LE GRAND TOUR

Sandrine Bonini est née en 1978, un matin d'hiver, en pleine tempête de neige.
De cette aventure extraordinaire, elle a conservé la passion du risque qu'elle déploie de préférence dans les histoires qu'elle raconte.
Après une exploration approfondie du cinéma d'animation à l'École des arts décoratifs de Paris, elle se tourne vers l'univers de l'illustration. Depuis, elle a écrit et illustré de nombreux albums, romans et bandes dessinées pour la jeunesse. Elle poursuit ses diverses investigations en animant des ateliers dans les écoles, à travers toute la France et au-delà.
Elle travaille à Paris.

Bibliographie sélective
Dans mon petit monde, illustré par Élodie Bouédec, éditions Grasset jeunesse, 2019
Clémence Évidence, illustré par Merwan, éditions Delcourt, 2017
La reine des truites, illustré par Alice Bohl, éditions Grasset jeunesse, 2016
Lotte, fille pirate, illustré par Audrey Spiry, éditions Sarbacane, 2014
June et Léa, illustré par Sandra Desmazières, éditions le Baron Perché, 2011
Les mésaventures scientifiques de Clarence Flûte (3 tomes parus), éditions Autrement jeunesse, 2011

ISBN 979-10-352-0418-1

Éditrice : Charline Vanderpoorte
Assistante d'édition : Juliette Gaillard
Illustrations : Sandrine Bonini
Conception graphique couverture : Florie Briand
Maquette intérieure : Amandine Chambosse

Loi n° 49-956 du 16 juillet 1949 sur les publications destinées à la jeunesse

LE GRAND TOUR

Livre 1

Texte et illustrations
Sandrine Bonini

EDITIONS THIERRY MAGNIER

Pénétrer jusqu'au fond de ces pierres, savoir
Leurs secrètes vertus, leur occulte pouvoir ;
De merveilleux effets approfondir la cause,
Certes, c'est, à mon sens, une bien rare chose !

Marbode de Rennes,
Le Lapidaire, XIe siècle

De toute façon, les pierres possèdent on ne sait quoi de grave, de fixe et d'extrême, d'impérissable ou de déjà péri. Elles séduisent par une beauté propre, infaillible, immédiate, qui ne doit de compte à personne.

Roger Caillois,
L'Écriture des pierres,
1970

Belle MAISON
Ville -sur- L'Eau
Cité d'Hextre
Péninsule
Mer Ducale
OCEAN D'HEXTRE
Archipel Erodé
Forteresse
Smaragdo
Cote Ecarlate
É Ruban
GRAND DUCHÉ
Mines et Carrières
Confins

PAYS SINISTRE
Forêt Sinistre
port des Phalanges
Montagnes Inertes
Passage Sinistre
Mer Espiègle
SOL RUDE
Mélas
OCÉAN TOURBE
LA GRANDE CARTE

PREMIÈRE PARTIE :

BOURGEONS, AUCELLES, ALOUETTE

1
Villa Lordalie

L'élégant coffret, décoré d'une frise sculptée, arborait en son centre l'écusson reconnaissable entre tous. À l'intérieur, lové dans son écrin, le *Bourgeon* attendait patiemment de produire son effet.

Le jeune garçon appuya d'un coup sec sur l'oiseau stylisé : le ressort émit un déclic discret et le coffret s'ouvrit, comme par enchantement.

L'œil d'Arto fut un instant happé par l'éclat soyeux de la Pierre, tout juste taillée et à peine polie par endroits. Sa couleur, d'un vert profond, était nuancée par les reflets diaprés qui en irisaient la plus grande facette ; assurément, la gemme était splendide.

Mais le jeune homme avait déjà goûté aux séductions hypnotiques de ces *Bourgeons*. Lorsque son frère, Orlan,

avait reçu le sien plusieurs années auparavant, n'allait-il pas le contempler en secret, dès qu'il en avait l'occasion ?

Il attendait que son frère s'absente pour se précipiter dans sa chambre et ouvrait le coffret qui dévoilait, avec le même bruit délicieux, le joyau caché à l'intérieur. À cet âge, il aurait tout donné pour en recevoir un lui aussi, mais aujourd'hui les choses avaient bien changé.

Il referma le coffret avec nervosité. Qui d'autre savait ? Ce tout jeune garçon en livrée, qui venait de le lui apporter ? Il pouvait le faire renvoyer, ou même exécuter, s'il le fallait ! Tant que personne à la Villa n'apprenait qu'il avait reçu ce *Bourgeon*, peut-être avait-il encore une petite chance de différer son départ ?

Il arpentait ainsi la pièce, tout en se demandant si son père et son frère étaient déjà au courant. Sans aucun doute.

Le Régent devait s'attendre à ce que son fils cadet reçoive son invitation ces jours-ci. Comme tous les membres de la noblesse du Grand-Duché, il devait même se réjouir du glorieux voyage que cette Pierre annonçait.

Seul, Arto enrageait à cette idée.

Le jeune homme n'avait pas la moindre envie d'accomplir le rituel. La saison Ardente et ses festivités étaient sur le point de commencer et il avait déjà prévu de participer à tous les banquets sans exception et d'honorer la moindre réception de sa présence. Invité des plus illustres, il savait qu'il pourrait s'y permettre tous les excès et il ne comptait en aucun cas retarder son plaisir jusqu'à l'année prochaine.

Et puis, sans se l'avouer, il acceptait mal l'idée d'être le second à accomplir son Grand Tour. Au cours de ce même voyage, quelques années auparavant, son frère Orlan avait marqué durablement les esprits : il s'était montré courtois, spirituel, et avait fait preuve d'une ambition politique de haute volée dans l'ensemble des cours qui l'avaient accueilli, raffermissant ainsi les liens entre les Palabres et les autres provinces du Duché d'Hextre.

Arto se demandait souvent à quoi pouvait lui servir de marcher dans les traces d'un personnage aussi illustre, puisque lui-même ne serait jamais à la hauteur de ces exploits. Il avait décidé, au contraire, qu'il brillerait par son absence et surplomberait cet ennuyeux rituel de son indifférence.

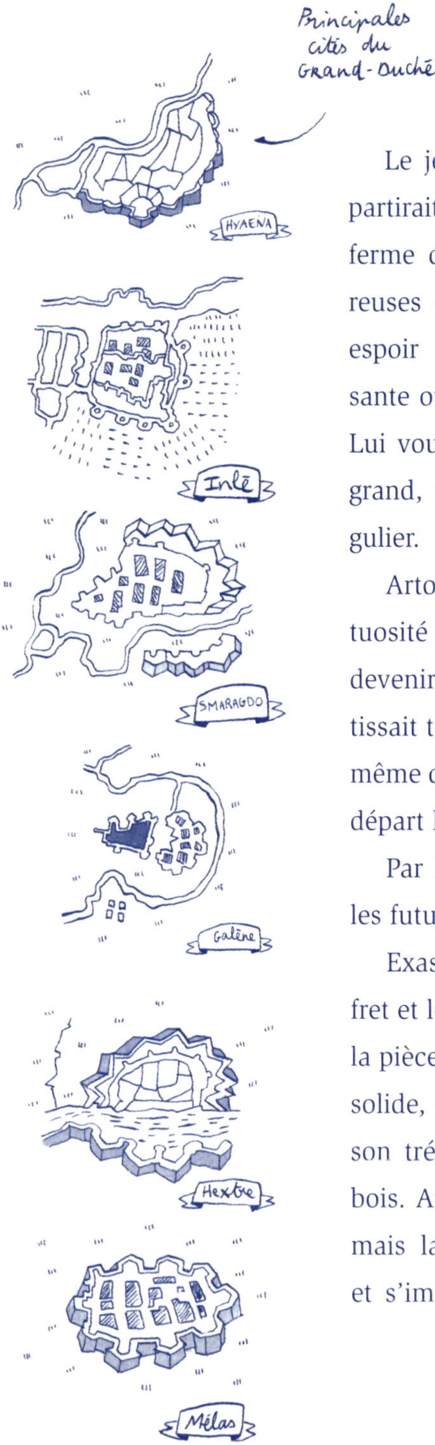

Le jeune homme était résolu : il ne partirait pas une année entière s'ennuyer ferme dans les cours les plus poussiéreuses du Grand-Duché dans l'unique espoir de créer une alliance intéressante ou d'apaiser quelque conflit local. Lui voulait accomplir quelque chose de grand, d'unique, de profondément singulier.

Arto était excessif et lorsque l'impétuosité le prenait, elle ne tardait pas à devenir une vague énorme qui engloutissait toute sa capacité de raison. L'idée même qu'on puisse le forcer à prendre le départ le faisait frémir.

Par le Duc, plutôt mourir que servir les futurs intérêts de son frère Orlan !

Exaspéré, il finit par se saisir du coffret et le jeta sans ménagement à travers la pièce. Celui-ci, pourtant d'une facture solide, se brisa sous l'impact et libéra son trésor qui roula sur le parquet de bois. Arto tenta de l'intercepter du pied mais la Pierre s'insinua sous la porte et s'immobilisa en heurtant les bottes, toujours bien entretenues, de son frère aîné qui s'apprêtait à frapper à la porte.

Celui-ci ramassa la Pierre, la portant à son œil en direction de la lumière.

– Par le Précis, voilà qui est tout de même troublant. La moitié des Palabres n'hésiterait pas à exterminer l'autre pour un tel présent sans que mon frère daigne lui accorder la moindre attention. Un *Bourgeon* de toute beauté, pourtant. Je n'ai pas eu droit à autant d'égards, si ma mémoire est bonne.

Arto, furieux, avait ouvert la porte et faisait face à son frère : le cadet dominait certes légèrement l'aîné par la taille mais il était beaucoup plus fin. Le visage aux pommettes saillantes d'Arto et son profil d'aigle contrastaient avec la figure ronde de son frère. Orlan était plus trapu et plus lourd : il était déjà un homme quand Arto entrait à peine dans sa dix-septième année de caprices et d'excentricités.

– Que fais-tu encore à la Villa à cette heure ? demanda Arto, froidement. Je m'étonne que tu ne sois pas déjà le Duc sait où, accaparé par tes glorieuses fonctions !

– Notre père m'envoie te chercher. Cela ne servira à rien de cacher ton invitation : le jeune valet aux couleurs d'Hextre n'est pas passé inaperçu.

– Je te serais reconnaissant de te mêler de tes affaires, répondit Arto.

Le jeune homme reprit le *Bourgeon* des mains de son frère et referma la porte d'un coup sec, laissant Orlan seul dans le couloir.

– Je préfère te prévenir. Tout le monde est impatient de voir ce que tu as reçu ! lança-t-il avant de s'éloigner.

En guise de réponse, Arto donna un coup rageur dans la lourde porte bordée de chevrons métalliques. Tout lui était cuisant en cet instant : depuis son poing douloureux, qui tenait serrée la Pierre, jusqu'à ses oreilles échauffées par la colère. Et, tandis qu'il guettait les pas de son frère dans le couloir, son cœur débordait d'amertume.

Un ressentiment qu'il dirigeait envers son frère Orlan d'abord, mais aussi envers son père le Régent, toute la Villa Lordalie, les Territoires des Palabres, et pour finir envers le Grand-Duc, en personne.

2
Castel d'Alterro

Siebel tentait pour la troisième fois de se gratter l'épaule avec son menton lorsqu'elle se fit rappeler à l'ordre par un mouvement brusque qui replaça de force sa tête à l'aplomb de son corps.

– Ne pourrais-tu te tenir tranquille cinq minutes d'affilée ? Nous venons à peine de commencer !

La femme qui la torturait ainsi avait pourtant été une alliée, une protectrice même, mais voici qu'elle se transformait en bourreau, l'immobilisant des heures durant sur une chaise. Siebel savait au fond d'elle qu'elle n'aurait pas de répit jusqu'à l'heure où elle quitterait enfin la demeure pour se rendre à la Villa Lordalie.

Une bonne partie du quotidien de Siebel avait changé, en mal, depuis l'annonce de ses fiançailles avec le Prince Orlan. À présent que son sort était scellé, elle recevait sans cesse

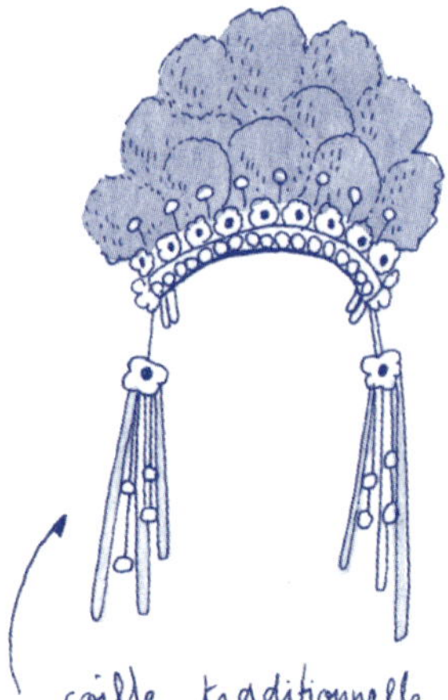

des visites de courtoisie auxquelles elle ne pouvait se soustraire.

Il lui fallait passer des heures entières sans bouger dans un but qui lui échappait la plupart du temps. Qu'importaient par exemple sa tenue, sa coiffure, et même cette chose que lui préparait sa gouvernante ? Bélise ne lui avait-elle pas expliqué qu'elle serait entièrement dissimulée sous un voile pendant presque toute la cérémonie ?

– Je trouve le résultat plus que satisfaisant, Bélise. Très beau, vraiment. Est-ce qu'on ne pourrait pas passer à autre chose ?

– Moi, ça ne me dérange pas, ma mignonne. Tu as tout l'arbre généalogique des Argans à réviser.

– Par le Duc, encore ?

– Ne jure pas, Siebel, s'il te plaît. J'espère que tu n'imaginais pas te rendre chez le Prince Orlan sans de solides notions sur l'histoire de la famille de Lordalie ? Après la cérémonie de ce soir, je ne serai plus là pour t'aider à parfaire ton instruction, tu sais ?

Siebel soupira, soudain très lasse.

Ces dernières semaines, elle avait ingurgité beaucoup de connaissances sur la formation du Grand-Duché : depuis l'édification de la Cité fortifiée d'Hextre jusqu'à l'annexion progressive de toutes ses provinces. Elle avait longuement étudié l'histoire de chacune d'entre elles : les Palabres, l'Archipel Érodé, la Péninsule et même les Confins. Mais tout cela n'était pas assez ; il fallait encore qu'elle se penche sur l'illustre dynastie des Argans et leur Régent actuel, le seigneur de Lordalie, le père de son futur époux.

Malgré l'apparente hégémonie du pouvoir ducal, les tensions étaient omniprésentes, surtout dans cette partie du Continent. Les *Complaisances*, ces Pierres que le Grand-Duc attribuait à ses sujets les plus fidèles, rendaient les notables fous de pouvoir et avivaient les tensions entre les différents clans.

Sabirs, Convers, Argans, Causeurs : tant de tribus peuplaient les Palabres qu'il était impossible de s'y retrouver. Siebel avait surtout retenu que les querelles entre ces peuples dataient de bien avant la formation du Grand-Duché et que la fameuse Paix ducale avait permis de résoudre les conflits pendant une très longue période.

– Je me demande un peu à quoi va m'avancer d'apprendre le nom des vieilles tantes d'Orlan, fit-elle remarquer à mi-voix.

– Jeune fille, je te connaissais un sens du devoir plus développé que ça ! répondit Bélise. Ce mariage commencerait-il à te monter à la tête, finalement ?

Siebel rougit sous la pique et répondit par un froncement de sourcils, vexée.

La voix de Bélise se radoucit :

– J'imagine que tu trouverais plus amusant de partir, comme ton frère Baltasar, pour un Grand Tour de nos provinces les plus anciennes. Mais tu sais comme moi qu'il est très rare que les femmes y soient conviées. Et puis, il me semble que tu devrais davantage te réjouir d'un mariage aussi prestigieux. Le Prince Orlan, fils héritier du Régent : il n'y a guère que la famille ducale au-dessus !

Siebel écoutait d'une oreille distraite, contemplant la bague au petit cabochon d'*Alouette* bleu azur qu'elle portait à l'annulaire. Sa peau bistre faisait ressortir la teinte céruléenne de la Pierre. Le bijou, dans la famille de Lordalie depuis des générations, était trop serré pour elle mais il n'y avait plus assez de temps pour le faire agrandir avant la cérémonie.

– Et puis, continua sa gouvernante, n'oublie pas qu'après tout, toi aussi, tu voyageras. Votre mariage n'aura lieu qu'après le long pèlerinage organisé par le Régent, qui présentera son fils et sa future épouse à toutes les Palabres. On dit même que notre bon Duc pourrait assister à l'une des étapes, tu te rends compte ? Toi qui voulais vivre des aventures, tu seras bien servie !

– Ce sera loin d'être une aventure, répondit Siebel. Si toute la cour se déplace en même temps, ce sera même très fastidieux. Je ne peux déjà plus supporter la présence de tous ces comtes et ces barons qui nous assaillent. On raconte que la plupart des notables achètent leurs titres pompeux à coups de *Cétoines*. Je suis désolée mais le rang du Prince ne m'impressionne pas tant que ça.

Bélise ouvrit des yeux scandalisés.

– Vraiment, tu ne mérites pas qu'on s'intéresse à ton cas, si tu oses te permettre ce genre de commentaire !

– Excuse-moi, je ne voulais pas dire ça, se hâta de répondre Siebel devant l'expression offensée de sa gouvernante. Je t'assure que j'ai très à cœur de réconcilier nos clans.

– Parfois, ma petite, tu es impossible !

– Oublions cela, Bélise. Et si tu m'enlevais ce… cette chose, et que nous allions à la salle d'études ?

– Vas-y seule, ma terrible. Je dois monter toutes les petites *Porces* que j'ai récupérées sur ce vieux corsage et les monter ici, sur le voile. J'en ai encore pour une bonne partie de la matinée, je pense. Ensuite, il faudra songer à t'habiller et fermer tes malles en vue du départ. La cérémonie des fiançailles aura lieu à la tombée de la nuit et nous avons un peu de route jusqu'à la Villa.

Bélise soupira en se remettant à l'ouvrage tandis que Siebel, libérée de la coiffe alourdie des centaines de *Porces* que sa gouvernante avait déjà cousues, s'échappa dans le long couloir. Sans aucun doute, la fortune de la famille d'Alterro était infime comparée à celle du Prince, et Bélise fournissait beaucoup d'efforts inutiles afin que cela ne se remarque pas trop.

Siebel se hâta de traverser les couloirs, espérant ne pas croiser son frère Baltasar : l'enthousiasme du jeune homme risquait fort de détonner avec la mélancolie qui la submergeait.

Comme par un fait exprès, celui-ci encombrait toute la salle d'études, exposant divers objets qui paraissaient, à eux seuls, symboliser les merveilles de connaissances que lui apporterait son futur voyage.

– Ah, Siebel, tu tombes bien. Regarde donc ce sextant de cuivre ! Superbe, non ? Les parents me l'offrent pour mon départ, mais je voudrais qu'il arrive entier sur le bateau. Tu pourrais m'aider à l'envelopper correctement ?

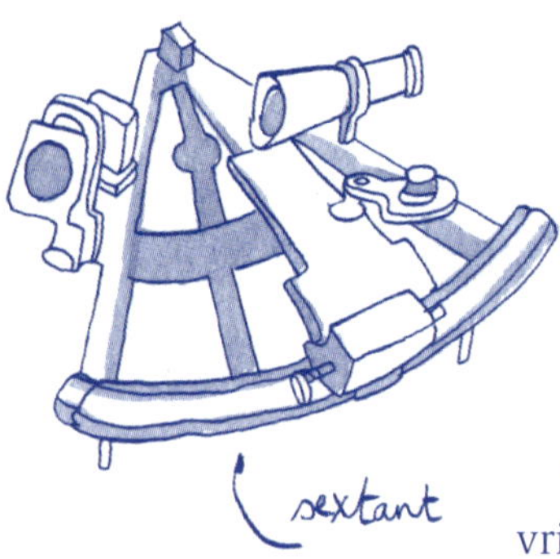

Baltasar, tout à sa joie, ne percevait pas l'humeur taciturne qui avait gagné sa sœur cadette.

Il partait, comme la plupart des jeunes personnes Bien-Nées, pour son voyage rituel, plein d'une excitation légitime à l'idée de découvrir des terres lointaines et des cultures inconnues. À son retour, dans un an, il aurait certainement vécu plus d'événements que Siebel n'en vivrait dans sa vie entière, et se verrait offrir par le Duc une Pierre qui illustrerait sa nouvelle position sociale. Fort de celle-ci, il serait alors nommé Consul d'une cité ou peut-être Gouverneur d'un des nouveaux territoires du Grand-Duché. Si le cœur lui en disait, il pouvait aussi choisir de devenir Exploitant de Carrières, ou encore un de ces pionniers qui exploraient les Confins.

Et pendant tout ce temps, Siebel resterait là, mutique, à tenter de pacifier leurs deux clans ; chose difficile à concevoir entre Convers et Argans. Elle était prête à tout pour que les Palabres retrouvent un semblant de concorde mais l'ennui terrible de sa future existence la pétrifiait. Elle n'en montra cependant rien et aida son frère du mieux qu'elle put.

– Père m'a dressé un itinéraire incroyable ! D'abord, je visiterai tout l'Archipel et si le voyage se passe bien, nous nous rapprocherons de la Forteresse puis nous ferons une étape sur la Péninsule d'Hextre. Par le Duc, tu imagines ? Passer une nuit dans la Cité ducale, se promener seul dans les rues pleines de monde et rencontrer des voyageurs venus de tout le Continent, j'en rêvais !

Il baissa la voix et poursuivit sur un ton affecté :

– Père m'a aussi demandé que je lui écrive régulièrement afin de lui rapporter les murmures de notre Duché. Il paraît que ça bouge beaucoup en ce moment. La menace Sinistre n'a jamais autant pesé sur nos côtes : il faut se tenir prêt. Comme le dit si souvent Mère, la guerre est à nos portes…

Le jeune homme s'arrêta et s'aperçut enfin de l'expression lointaine de sa sœur.

– Mais je parle sans arrêt et je te retarde dans tes préparatifs : la célébration de vos fiançailles aura lieu ce soir, j'oubliais ! Toi aussi, tu dois être follement excitée de quitter la maison, non ? Un avenir radieux t'attend à la Villa !

Incapable de diluer le plaisir de son frère en lui confiant sa tristesse, Siebel fit un immense effort pour changer de sujet :

– Tu risques de croiser du monde sur la route… Je n'ai vu que des valises et des malles en direction du port ce matin ! J'ai entendu que demain partaient aussi le fils des Figueri et celui de la famille de Salicorne.

– Ainsi que le frère d'Orlan, le Prince Arto, ajouta Baltasar. Je sais déjà qu'il me faudra rester loin de lui si je veux éviter les ennuis ; enfin c'est ce que tout le monde raconte. Il paraît que c'est devenu quelqu'un de très lunatique depuis qu'il est revenu en ville. Il faut croire que ses années d'éducation à la campagne ne l'ont pas rendu aussi sage que toi !

Estomaquée, Siebel faillit laisser éclater sa frustration au visage de Baltasar.

Serrant les dents, elle se reprit et répondit à son frère, sur un ton qu'elle voulait le plus neutre possible :

– Vraiment ? Je ne pensais pas qu'Arto partait cette année, lui aussi. C'est dommage, j'étais persuadée que nous aurions l'occasion de nous croiser à la Villa.

3
Archipel Érodé

– Oh, par le Duc, c'est affreux ! Aglaé, tu es vraiment hideuse comme ça !

Aglaé avait regardé sa tignasse rousse tomber au sol, non sans une certaine fierté. En se redressant, elle n'avait même pas jeté un regard au miroir que lui tendait sa sœur.

– Ça n'a aucune importance, Sonja, répondit la jeune fille. À la Forteresse, personne ne se souciera de mon apparence.

Devant les yeux embués de sa jeune sœur, elle ajouta :

– Et puis, Mère dit toujours que ça leur fait du bien de les couper, non ? C'est chose faite !

Elle prenait un ton bravache, mais sa voix n'était pas aussi assurée qu'elle le désirait.

Sonja, toute en boucles blondes, fondit en larmes.

– On dirait un garçon des rues !

La jeune fille leva les yeux au ciel : Sonja avait décidément la tête pleine d'idées arrêtées, coincée comme elle l'était sur cette île où florissaient préjugés et petites habitudes.

À dix-sept ans, Aglaé, l'aînée des quatre sœurs Idéalis, avait accepté depuis longtemps la voie qu'il lui faudrait suivre et attendait même ce grand jour avec impatience.

Le Grand-Duc, en effet, exigeait de chaque famille résidant dans l'Archipel qu'elle fournisse au moins un de ses membres pour sa garnison. En contrepartie, le Duché assurait la sécurité de tous, depuis l'Archipel jusqu'aux Confins. Hormis la rigoureuse formation qui leur était imposée, ces nouvelles Recrues étaient, au bout du compte, peu exposées au danger et socialement respectées. C'était, selon Aglaé, une situation presque enviable.

Les Recrues étaient en grande majorité de jeunes garçons : la maison Idéalis n'ayant pas de fils sur qui ce rôle pouvait échoir, Aglaé avait décidé, très jeune, qu'elle embrasserait cette fonction dès qu'elle atteindrait l'âge requis.

Ainsi, lorsque Hyacinthe lui avait enfin apporté ce matin-là, l'*Aucelle*, soigneusement enveloppée dans l'uniforme de simple cotonnade blanche, elle s'était réjouie et avait immédiatement commencé à se préparer sous le regard médusé de ses sœurs.

En découvrant à la fois la Pierre rugueuse, toute bordée de dendrites, et la tête de son aînée, aussi piquante qu'un oursin, sa mère se lança dans une grande litanie :

– Grand-Duc ! Tes cheveux, Aglaé ! Tu sais pourtant que ton grand-père a jadis rendu bien des services à la Péninsule ? À ce titre, je suis pratiquement sûre que nous pourrions demander une grâce pour toi !

– Mère, nous en avons déjà parlé de nombreuses fois ! Je refuse de bénéficier d'un quelconque privilège. Après tout, chaque famille de l'Archipel n'est-elle pas soumise aux mêmes règles ? Et puis, il me semble qu'une telle faveur ternirait encore davantage l'image de notre maison aux yeux du reste de l'Île.

– Certainement, j'en conviens. Pourtant, je persiste à croire qu'il n'y a aucune raison de s'obstiner à ce point ! Pour une jeune fille de bonne lignée, Aglaé, cette situation est tout simplement grotesque. Est-ce que tu imagines les épreuves physiques que les Recrues endurent pendant leur instruction ?

– Je ne suis pas fragile, vous le savez. Et je n'ai pas peur de fournir des efforts.

– Quelle entêtée ! Antiov ? Vous devez convaincre votre fille d'abandonner cette abominable idée !

Le père d'Aglaé, indolent de nature et ramolli par l'inaction depuis que la maison Idéalis avait perdu son titre de noblesse, jeta un regard découragé aux cheveux hirsutes de son aînée.

– C'est pourtant la loi, ma chère… Notre bon Duc saura certainement se montrer reconnaissant envers notre famille. Qui sait, peut-être arrangera-t-il un mariage intéressant pour Sonja ou Natcha ? Nous avons grand besoin de rentrer dans ses faveurs, comme vous le savez.

Aglaé adressa un sourire triomphant à sa mère et déploya devant elle l'ample pantalon des Recrues. Elle l'enfila et ceintura sa taille avec une large bande de tissu écarlate, seule note de couleur de l'austère uniforme.

Dans son dos, Sonja tentait d'ajuster la ceinture d'une façon plus gracieuse mais Aglaé l'arrêta d'un geste affectueux et ferme.

– C'est inutile, Sonja, un simple nœud suffira.

Sa mère sortit de la pièce et, en guise d'au revoir, claqua derrière elle la lourde porte du salon, ses talons résonnant sur les dalles abîmées des couloirs venteux de la demeure. Aglaé se tourna alors vers son père, mais celui-ci avait déjà repris son occupation du matin : vider l'immense plateau de fruits de la Mer Espiègle qui représentait son petit-déjeuner. Ses sœurs, de la plus grande à la plus petite qui tenait à peine sur ses jambes, l'embrassèrent tour à tour.

Enfin, elle sortit du manoir délabré, précédée de Hyacinthe, l'unique et dernier domestique de la maison. Elle aurait de loin préféré se rendre seule au port mais, bien que Déchus depuis plusieurs années, ses parents ne pouvaient imaginer que leur fille aînée se rende sans la moindre escorte rejoindre le départ de la nouvelle garnison.

Lorsqu'elle fut enfin dehors, après avoir adressé un dernier signe à ses sœurs, pressées derrière la fenêtre envahie de lierre et de glycine, Aglaé poussa un soupir de soulagement qui fit sursauter le vieil homme.

– Vous pleurez, mademoiselle Aglaé ?

– De joie, mon bon Hyacinthe !

– De… de joie ? Je ne comprends pas, mademoiselle !

– Il n'y a rien à comprendre. Regardez ce merveilleux ciel, ces nuages… Quelle journée magnifique !

Aglaé était heureuse de quitter cette maison qui l'asphyxiait. Elle eut une pensée émue pour ses sœurs : était-il possible de supporter une existence où l'on ne pouvait ni courir, ni sauter, ni aller où bon nous semble ? De n'être autorisée qu'à des passe-temps d'un ennui terrible, de devoir s'apprêter pendant des heures dès qu'une voisine tenait salon ?

Entre ses deux parents, sa mère était celle qui peinait le plus à s'habituer à leur nouveau statut de Déchus. Elle, qui avait si longtemps arboré un splendide *Œil-de-Chat* sur la poitrine, se désolait de ne plus pouvoir faire profiter ses filles d'un enseignement artistique et musical. Depuis que des Recrues étaient venues, un matin, se saisir de tous les instruments de musique de la maison, elle mettait un point d'honneur à présenter ses filles à chaque occasion possible afin de leur trouver un fiancé qui, l'espérait-elle, redonnerait un peu de lustre à leur famille. Le comble pour Aglaé était que les filles devaient fabriquer elles-mêmes l'instrument de leur torture : puisque la famille Idéalis n'avait plus les moyens de payer ni couturier ni étoffes correctes, elles devaient sans cesse retailler d'anciennes robes pour se coudre de quoi être présentables.

Tandis que Sonja, Natcha et Andréa se plaisaient à être traitées ainsi comme des poupées, Aglaé rêvait d'évasion. Certes, elle avait du mal à s'imaginer combattre, ramper dans la boue ou encore se jeter à l'assaut, mais cela l'effrayait moins que ces horripilants travaux d'aiguille. Elle piaffait d'impatience de se retrouver dépouillée de ses attraits féminins, de son identité, de son nom – devenir un corps parmi d'autres, attendant les ordres.

Elle accéléra le pas, courant presque. La coupe ample de son vêtement accompagnait ses mouvements d'une manière inédite et parfaite. Suivie de Hyacinthe à bout de souffle, elle avala les derniers escaliers qui menaient au port.

– Par le Duc, mademoiselle Aglaé ! Que dira votre mère si l'on vous voit courir ainsi dans toute la ville ?

– Bah ! Rien que je n'apprendrai avant au moins deux ans ! répliqua-t-elle, euphorique, en accélérant encore.

PRÉCIS D'HEXTRE

L'HÉLIX

Pour ce qui est de l'*Hélix*, il est admis que le clivage et la taille effectués à la Cité d'Hextre seront les seuls tolérés.

La couleur de l'*Hélix* ainsi que ses variations déterminent la valeur de la rente et celle du droit de fermage de son porteur :

Une *Hélix* de teinte dite *azuréenne* offre au porteur le droit de bétail.

Une *Hélix* de teinte dite *sépulcrale* offre au porteur le droit de planter et de récolter – sauf dans le cas où elle est associée à une Pierre dite d'*Indulgence*.

LA PORCE

Pour ce qui est des *Porces*, il est admis que les Pierres devront être taillées sur la base hexagonale pour être valides.

La *Porce* – sauf dans le cas où elle est associée à une *Indulgence* – offre au porteur un droit de rivière et toute autorité sur ce qui y vit.

S'il s'agit d'une Pierre non taillée, le porteur ne bénéficiera dans ce cas que d'un simple accès à l'eau et ne pourra pas bénéficier du droit de pêche ou de cultiver d'aucune manière que ce soit.

Il lui sera accordé en revanche d'exploiter la force hydraulique de la rivière et ce uniquement dans un cadre détaillé plus loin.

4
Villa Lordalie

La conversation entre Arto et son père s'était encore plus mal passée que le jeune homme ne l'avait imaginé. Son frère Orlan avait été présent tout du long et rien que ce détail lui donnait des envies de tout casser dans la Villa.

Grand-Duc ! Ne pouvait-il jamais s'arrêter de jouer le fils idéal ? D'être la sage et parfaite copie de leur père, l'intraitable Régent des Palabres ?

Ils étaient Princes tous deux, mais la façon dont Orlan occupait sa place d'aîné était devenue insupportable. Arto avait pourtant toujours su que c'était son frère qui serait appelé un jour à régner sur les Territoires des Palabres. Mais il ne pouvait plus supporter la suffisance qu'Orlan affichait depuis qu'il était revenu de son Tour, auréolé de gloire, sa *Complaisance* en poche.

Le Régent avait sermonné le jeune homme pendant toute l'entrevue, le mettant au supplice. Arto prendrait-il un jour conscience que les Palabres étaient la plus importante province du Grand-Duché ? Et qu'administrer cette partie de l'empire pour le compte de la Péninsule requérait certaines capacités de rigueur et d'humilité qui lui faisaient encore cruellement défaut ? Ne pouvait-il, pour une fois, prendre exemple sur son frère, qui était déjà Gouverneur de l'Argutie, à vingt ans à peine ?

Son père lui avait rappelé tout cela d'une traite et s'était montré catégorique : Arto remplirait sans délai ses obligations, comme tous les Bien-Nés du Duché qui avaient atteint leur dix-septième anniversaire et il ne servait à rien de s'y opposer.

Les récents conflits qui avaient éclaté entre les différents clans des Palabres rendaient le vieil homme plus rigide encore que d'habitude :

– Arto, j'aimerais que vous cessiez de ne penser qu'à votre bon plaisir et que vous commenciez à vous comporter comme un adulte ! Vous ne pouvez perpétuellement négocier et vous soustraire à la moindre tâche qui vous incombe. Par le Duc, il ne me suffit pas seulement de devoir réprimer toutes ces querelles de clans ; il me faut encore convaincre un enfant capricieux du grand honneur qui lui est offert !

– Mais Père, est-ce qu'il ne serait pas possible, au moins d'attendre la fin de la saison Ardente ? insistait le jeune homme.

Le Régent, excédé, se mit à tonner :

– Il suffit, Arto ! Ce départ aura lieu, j'en ferai l'annonce ce soir même pendant la cérémonie de votre frère !

– Quelle cérémonie, Père ? demanda Arto, qui masquait difficilement sa contrariété.

– Où avez-vous la tête, Arto ? Mais par le Duc, ses fiançailles ! Qui, je l'espère, calmeront pour quelque temps cette hargne qui gronde dehors. Et maintenant, laissez-moi, tous deux, j'ai beaucoup à faire ! conclut le vieil homme, en congédiant ses fils.

Les deux frères sortirent de la vaste et belle salle sans se parler, ni même se regarder.

Les fiançailles d'Orlan étaient complètement sorties de l'esprit d'Arto : il se contrefichait bien des dispositions que le Régent prenait pour son frère. Le jeune homme tenta de décharger un peu de sa frustration par une longue sortie à cheval, pensant que les griffures du vent et la fatigue agiraient sur lui comme un baume.

Alors qu'il ramenait sa monture, il surprit la discussion des garçons d'écurie et reçut la seconde flèche en plein cœur.

– Tout ça, c'est d'la provocation, voilà c'que dit mon père ! disait un jeune garçon, rouge d'excitation. Et moi j'pense comme lui !

– Tais-toi donc, espèce d'écervelé, tu ne sais même pas de quoi tu parles, lui répondit un palefrenier plus âgé. C'est ce que tous les Convers attendent du Régent, bien au contraire.

Comment veux-tu réconcilier deux clans qui s'entendent si mal autrement, hein ?

– C'est bien ce que j'dis : c'est une comédie. Une duperie, même !

– Mais quelle duperie ? La jeune fille est d'un très ancien lignage Convers. Pas très fortunée, c'est vrai, mais c'est le symbole qui compte.

– Un symbole pour les aveugles, oui ! Rien n'empêchera toutes ces violences contre les Convers d'continuer tant qu'le Grand-Duc n'aura pas pris parti. Voilà c'que dit mon père et je suis bien d'accord !

L'autre soupira, accablé :

– Comment ? Notre bon Duc, se mêler de choses aussi dérisoires ? Tu es vraiment un poulet sans tête ! Allons, prends cette étrille et va plutôt t'occuper du hongre là-bas, et que je ne t'entende plus déblatérer ainsi !

Arto avait écouté toute la discussion sans l'interrompre. Lorsque le plus âgé des deux hommes s'était rendu compte de sa présence, il s'était empressé de lui prendre la bride des mains, gêné.

– Excusez-le, monsieur le Prince, il est encore si jeune, et si sot… Il ne sait pas ce qu'il dit !

Arto n'avait pas répondu et s'était éloigné, abasourdi.

Une jeune fille Converse. Bien sûr, il aurait dû s'y attendre…

Il ne pouvait s'agir que d'elle.

Ainsi, la seule personne qui avait à ses yeux un peu d'importance dans toutes les Palabres, et certainement même sur tout le Continent, allait convoler avec son propre frère : voilà qui achevait d'anéantir Arto pour cette journée.

Arto et Siebel avaient tissé un lien spécial pendant les longues années qu'ils avaient passées, enfants puis adolescents, dans la campagne Palabréenne. En tant que cadets, la tradition voulait qu'ils soient envoyés, dès l'âge de raison, dans les résidences secondaires des familles où leur était délivrée leur instruction. Pendant ces années d'éloignement, Arto et Siebel, dont les demeures étaient proches, avaient été de vrais inséparables.

Contre toute attente, cette relation avait été renforcée par l'enfermement progressif de la fille du seigneur d'Alterro depuis sa puberté. Au début, Siebel réussissait assez bien à contourner le couvre-feu et à échapper à la surveillance de sa gouvernante. Mais au fil des mois, il n'était même plus question de sortir du domaine et encore moins de rencontrer un jeune garçon aussi peu recommandable qu'Arto.

Après avoir épuisé toutes les ruses possibles et imaginables lui permettant de la retrouver, celui-ci avait dû se résoudre à rester sans nouvelles de Siebel pendant les trois dernières années. Ce soir serait la première fois depuis bien longtemps que Siebel se montrerait en public.

Aurait-elle beaucoup changé depuis leur dernière entrevue ? Il lui semblait que celle-ci remontait à une éternité. Ce jour-là, Arto avait décidé, par pure provocation, de doubler la meute du seigneur d'Alterro en pleine chasse, alors que la bête traquée était sur ses fins. Faisant irruption devant la meute, Arto avait perturbé les chiens et permis au cerf de s'enfuir.

Narquois, il avait alors prétexté que son cheval s'était emballé mais personne n'avait été dupe : le jeune homme avait voulu gâcher l'hallali cruel du seigneur devant tout le monde. Siebel ne lui avait pas adressé la parole, mais il avait senti sur lui son regard ; elle seule pouvait transpercer son armure de jeune garçon impétueux et voir à travers ce que lui-même ignorait.

À l'époque, elle avait déjà ce physique étrange – avec son visage en fer de lance et ses yeux noirs, sa peau hâlée, on la jugeait loin des canons de beauté à la mode en Argutie.

Il tenta de se figurer à quoi elle pouvait ressembler, à présent. Il l'imaginait, très belle certainement, dans le grand caftan blanc des fiançailles, sous le dais qui les abriterait tous les deux.

À côté d'elle, son frère Orlan, impassible dans son manteau d'apparat, s'accordant à merveille avec cette idée féodale selon laquelle les femmes ne seraient qu'un moyen de consolider les empires, par le partage des provinces d'abord, puis par la naissance de nombreux héritiers.

Une jalousie douloureuse, sans précédent, débordait d'Arto à mesure qu'il imaginait la jeune fille et son frère ensemble. Assister à cette cérémonie était tout simplement au-dessus de ses forces. Sa décision était prise : puisque c'était ce que tout le monde souhaitait, il partirait le soir même.

Lorsque le Prince frappa à la porte du Châtelet, le Capitaine Dinis ne crut pas d'abord à ce qui se passait. Fidèle à sa réputation, le Prince Arto se montra impératif : il voulait un navire qui soit prêt à partir à la tombée de la nuit. Malgré les protestations du Capitaine, le jeune homme ne céda en rien et ne lui laissa aucun délai.

Le plus rapidement possible, le Capitaine tâcha donc de réunir un équipage expérimenté sans comprendre les raisons de ce départ précipité : à sa connaissance, le départ d'Arto n'était pas prévu avant quelques jours. Le regard sombre du jeune homme et son empressement ne disaient rien de bon à Dinis, mais il était de son devoir militaire d'obéir au Prince – même si celui-ci était pris d'une toquade aussi hâtive qu'incompréhensible.

Le jeune homme était-il sous l'emprise de drogues ? Dans les couloirs du Châtelet couraient toutes sortes de bruits sur le jeune Prince : on disait qu'il se livrait avec excès à toutes sortes de libations, abusant de l'alcool et des narcotiques les plus divers.

Heureusement pour le Capitaine, il y avait au port un bateau de l'Amirauté qui devait bientôt partir en reconnaissance militaire et dont les cales étaient pleines. En effet, la « question Sinistre » était sur toutes les lèvres et le Grand-Duc avait ordonné à tous ses territoires maritimes d'augmenter les fréquences de patrouilles de surveillance dans la Mer d'Hextre.

Le Capitaine se rendit donc au port et commença l'avitaillement du navire, n'en revenant pas lui-même de ce qu'il était en train de faire. Il essayait de se figurer la réaction de l'Amiral, lorsqu'il découvrirait la disparition du navire.

Dinis se rassura en pensant qu'ils seraient à coup sûr rentrés le lendemain soir. Il était connu que le jeune Prince n'avait pas le pied marin et les conditions météorologiques s'annonçaient particulièrement mauvaises. En observant le soleil rougeoyant s'abîmer dans l'épaisse masse de nuages à l'horizon, il ne put réprimer un sourire : si l'orage qui menaçait se levait au large, le Prince passerait sur le bateau un moment qu'il n'était pas près d'oublier.

Après une fin d'après-midi exténuante de préparatifs sur le navire, il se jugeait toutefois paré à lever l'ancre, priant pour que le Prince ait recouvré la raison.

Arto apparut enfin au bout du quai, précédé de ses domestiques et de ses malles, et une vague d'agacement parcourut le Capitaine. L'envie de remettre à sa place ce jeune Bien-Né arrogant le démangeait, mais il était modelé à l'esprit militaire et à l'obéissance depuis si longtemps que cette vague se brisa aussi vite qu'elle s'était formée.

La silhouette du Prince lui parut plus dégingandée encore que d'habitude dans le contre-jour offert par le clair de lune. Ses habits élégants flottaient autour de son corps gracile ; son visage aux traits ciselés aurait pu être beau s'il n'avait été perpétuellement déformé par un rictus amer.

Le jeune homme embarqua donc, suivi de son précepteur, Maître Ulrich. Celui-ci le maternait avec une patience infinie sans jamais sortir de ses gonds, ce qui ne manquait pas de surprendre le Capitaine. Selon lui, s'occuper d'un tel garçon revenait à s'amuser avec un serpent.

Enfin le bateau fut prêt à larguer les amarres et Dinis se sentit obligé de prévenir le Prince du grain qui s'annonçait au loin.

– Monsieur, le temps sera méchant et la mer risque d'être houleuse cette nuit. Nous devrions attendre demain matin, le vent de terre nous offrirait un bien meilleur départ.

– Allons, Capitaine, rétorqua Arto devant tous les matelots, si vous êtes incapable de naviguer sur quelques rouleaux, vous devriez peut-être débarquer dès à présent ? Pour ma part, je m'en accommoderais très bien.

L'homme tressaillit sous la pique mais ne riposta pas et lança ses ordres de manœuvres pour sortir de la baie. Tandis que leurs voiles se dressaient, les matelots aperçurent au loin une immense procession descendre le chemin sinueux qui menait de la Villa Lordalie au port. Un des hommes sonna le clairon tandis que les invités de la réception se répandaient sur les quais ; le Régent et son fils aîné en tête. Maître Ulrich les avait-il prévenus qu'Arto fomentait quelque idée imprudente ?

Devant tous leurs convives, il était hors de question pour le Régent de perdre la face. Il lança le premier *Hourra*. La foule le suivit et une clameur réjouie se mit à grandir depuis le port. La ferveur gagna bientôt l'équipage du navire qui répondit à grands cris, flatté d'un tel engouement.

Sur le pont, Arto, silencieux, accroché au bastingage, scrutait la foule. Son profil aiguisé semblait chercher quelqu'un, sans succès, parmi les personnages minuscules.

Soudain son visage s'éclaira : le jeune homme venait d'apercevoir la petite silhouette blanche qui s'avançait sur les quais. Instantanément, celle-ci transforma la foule bariolée qui l'encadrait en un vague arrière-plan défraîchi et sans couleur...

Tandis qu'elle observait le navire s'éloigner dans la baie au milieu des vivats, Siebel se sentit comme transpercée. Le départ précipité d'Arto la ramenait brutalement à sa propre situation et elle pouvait distinguer le lourd couvercle de sa future existence se refermer sur elle.

En quelques heures, la jeune fille était passée de l'enfermement de son adolescence à celui d'un mariage aux conventions étriquées. Le navire d'Arto, en disparaissant à l'horizon, lui procurait un immense et terrible sentiment d'abandon.

Certes, Arto et Siebel ne s'étaient pas rencontrés physiquement depuis longtemps. Elle avait eu vent des frasques du jeune Prince et de la réputation peu édifiante qui le précédait : il passait pour un seigneur capricieux et inconséquent. Pourtant, elle se souvenait distinctement de chaque moment passé avec lui.

Il y a quelques années encore, il imaginait toutes sortes de stratagèmes amusants pour lui signaler sa présence sur le domaine : c'était tantôt un oiseau, tantôt un chien, qui transportait un message lui annonçant sa venue.

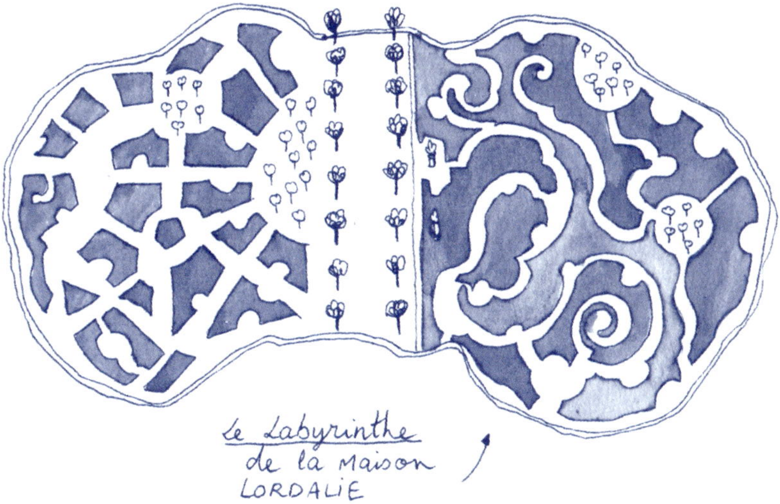

Elle-même avait été punie de nombreuses fois à cause de ses idées saugrenues mais il y avait chez lui une certaine folie qui les poussait à braver les dangers ensemble.

Un jour, il avait insisté pour plonger dans le lac tout habillé et avait bien failli créer un incendie en tentant ensuite de construire un feu pour se sécher. Une autre fois, ils s'étaient cachés dans le labyrinthe du parc pour espionner les couples qui se retrouvaient en secret, avec comme projet de les faire chanter pour leur extorquer de l'argent. En convoquant ces souvenirs, elle réprima avec difficulté les larmes qui perlaient au coin de ses yeux : avec lui, elle ne s'ennuyait jamais.

À cet instant, le Prince Orlan, son futur époux – puisqu'il le serait à l'issue de leur voyage autour des Territoires –, se rapprocha d'elle et lui adressa la parole, pour la toute première fois depuis le début de la soirée :

– Vous serez sans doute, madame, la seule personne ici à regretter l'absence de mon déplorable frère.

Siebel fut surprise d'entendre la voix blanche, si peu timbrée, d'Orlan.

Pendant la longue cérémonie de fiançailles, tous deux étaient restés silencieux, drapés dans leurs somptueux habits, et avaient salué d'un simple mouvement de tête la file ininterrompue de seigneurs et de courtisans venus leur apporter leurs vœux.

– Voilà qui me surprend, monsieur, lui répondit-elle. La famille serait-elle, chez vous, si peu sacrée ? À vous entendre, on pourrait croire que vous vous réjouissez à l'idée que le bateau de votre frère s'échoue au prochain récif !

Le jeune homme eut un rire poli.

– Comme vous y allez, madame, je n'ai pas dit cela. La charge et les responsabilités qui incombent à notre famille sont conséquentes, surtout depuis que les troubles ont repris, et il faut bien avouer que mon frère ne fait rien pour nous faciliter la tâche.

Le jeune homme avança de quelques pas.

– Je sais que vous ne m'appréciez guère, ajouta-t-il, mais sachez que je porte les intérêts de notre Duché au-dessus de mes propres sentiments et j'espère que vous saurez faire de même. En échange, tant que vous vous montrerez une alliée intègre, je vous promets que je ne vous importunerai ni le jour ni la nuit.

Siebel comprit aussitôt le sous-entendu : beaucoup de rumeurs couraient au sujet du Prince. Elles racontaient tantôt qu'il était fou amoureux d'un jeune homme mystérieux, tantôt qu'il avait une liaison avec une femme qu'il hébergeait dans un endroit secret de la Villa.

Elle ne savait si ces rumeurs qui scandalisaient les Palabres disaient vrai mais elle était rassurée d'imaginer Orlan capable d'éprouver des sentiments, malgré sa rigueur apparente. Il assumait cette comédie du mariage avec une aisance qui la désarçonnait. À présent, il était clair qu'il n'avait pas l'intention de vivre une relation, encore moins d'avoir des rapports physiques avec elle.

– Vous serez ma femme officiellement, continua Orlan. Par cette union nos deux clans perpétuellement en conflit seront en paix, cela me suffit. S'il est vrai que les Argans gouvernent les Palabres depuis longtemps, nous ne pouvons compter les Convers pour rien ou cela nous plongerait dans une guerre intestine, longue et inutile. L'équilibre des Territoires des Palabres est crucial pour l'hégémonie du Grand-Duché ; notre rôle, en tant que première province, est de tout faire pour le préserver. Tant que nous sommes associés tous deux, cet équilibre est sauf. Pour ma part, je n'ai besoin de rien d'autre et j'espère qu'il en sera de même pour vous ?

Siebel baissa les yeux.

En un sens, elle était soulagée mais cette idée renforçait aussi le sentiment d'enfermement qui la tenaillait. Allait-elle rester dans cette Villa, telle une statue représentant les Convers le restant de sa vie, sans avoir même aucune expérience charnelle ? Cette idée la terrifiait.

Le visage d'Orlan était impassible. Autant celui d'Arto était vivant, et parfois même déformé par les émotions qui le traversaient, autant celui de son frère semblait fait de cire.

Régulier, calme et lunaire, son visage comme son regard étaient impénétrables. Il avait dû, se disait Siebel, apprendre depuis sa plus tendre enfance à construire une barrière invisible entre sa vie intérieure et celle de la cour. Néanmoins, en cet instant, le jeune homme lui parut digne de confiance.

Orlan lui tendit le bras.

Elle le prit et ils s'en retournèrent tous deux vers la Villa, sans un dernier regard pour la mer, s'efforçant de jouer chacun leur rôle à la perfection.

PRÉCIS D'HEXTRE

LA CÉTOINE

Pour ce qui est de la *Cétoine*, il est admis que celle-ci autorise son porteur à pratiquer le commerce et l'échange de marchandises dans le cadre des marchés réglementés par le Grand-Duc, de l'Archipel jusqu'aux Confins.

Une *Cétoine* qui présenterait une forme d'inclusion dite « en aile d'ange » donne valeur d'arbitrage en cas de litige commercial.

L'ÉCARLATE

Pour ce qui est des *Écarlates*, il est admis que celles-ci ne pourront être récoltées que par les pêcheurs eux-mêmes porteurs d'une *Écarlate*, offerte par le Duc.

La grosseur de la Pierre exprimera la portion de territoire exploré et la quantité de pêche autorisée.

LE VOLCELEST

Pour ce qui est du *Volcelest*, il est admis que celui-ci distingue son porteur par la charge de justice qui lui incombe. Le *Volcelest* autorise son porteur à juger des affaires publiques, à dresser amendes et punitions.

Le porteur de *Volcelest* pourra également rassembler un conseil en cas de tribunal particulier. Le verdict rendu par un tel conseil ne pourra être contesté en aucune manière.

5
Forteresse d'Hextre

Aglaé retira ses lourdes bottes en retenant son souffle.

Cela faisait cinq jours entiers qu'elle ne les avait pas ôtées et l'état de ses pieds lui donna la nausée : de larges ampoules s'étaient transformées en plaies suppurantes et quelques sangsues étaient même logées entre ses orteils. Elle serra les dents et entreprit immédiatement de soigner ses blessures.

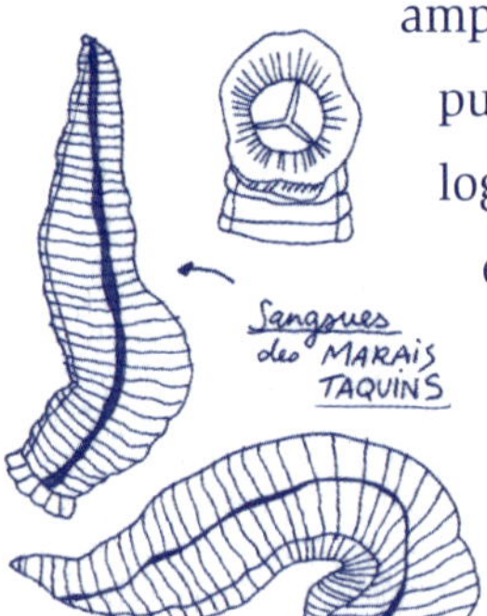

L'entraînement avait commencé tout de suite après son arrivée. Sans même un regard, un soldat chargé des nouvelles Recrues lui avait jeté un paquetage et cette énorme paire de bottes, beaucoup trop grandes pour elle. Les divers frottements avaient à la longue occasionné des brûlures qui avaient empiré au fil des jours.

Peu habitué à des efforts si prolongés, son corps avait du mal à s'acclimater à ce nouveau traitement ; Aglaé pouvait toutefois sentir la fine pellicule de corne qui commençait à se former sous son talon, ce qui lui apportait un peu de réconfort. Heureusement, dans son passé de jeune fille rangée – passé récent mais qui lui semblait déjà n'être plus qu'un lointain souvenir –, elle avait appris la science des plantes médicinales. Se rappelant quelques-uns des principes fondamentaux, elle avait discrètement glané sur le chemin quelques herbes afin de se fabriquer un cataplasme avant de dormir.

C'était la première nuit complète accordée au contingent depuis leur recrutement. Ils avaient enfin rejoint, leur lourd barda sur le dos, les baraquements où ils poursuivraient leur instruction pendant plusieurs mois.

L'immense Forteresse, postée sur un relief rocheux, offrait ses flancs aux rafales de vent qui parcouraient la Péninsule. Les nouvelles Recrues occupaient d'office les salles du bas, les plus froides et les plus humides, l'accès aux étages étant réservé aux soldats plus aguerris.

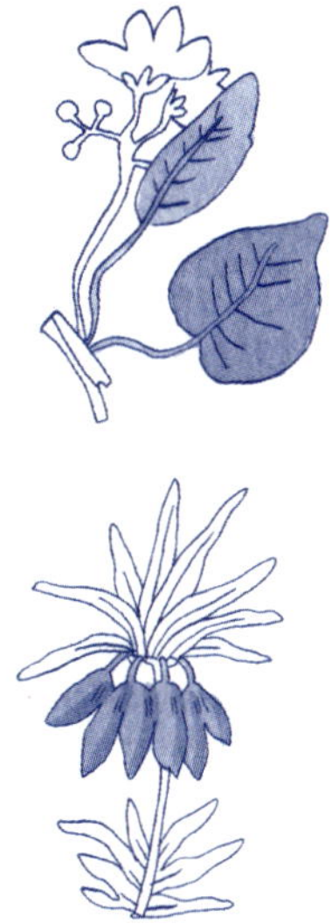

plantes médicinales des PALABRES

Avant cela, ils avaient traversé à pied les Marais Taquins, qui portaient très bien leur nom si l'on considérait leurs méandres innombrables, et parcouru ensuite un long chemin de landes pluvieuses, ne prenant guère que quelques heures de sommeil, de temps en temps. Aglaé se demandait si on ne les avait pas fait tourner en rond pour les épuiser et les confondre davantage. Les Recrues n'avaient d'ailleurs pas eu le droit à la parole depuis le départ, dans le but sans doute de leur éviter de former trop vite des clans.

Aglaé avait néanmoins cherché, dans les quelques regards qu'elle croisait, un peu d'empathie ou même un simple sourire, mais n'avait rien récolté, chacun s'étant refermé sur soi après ces longs jours sans repos.

Il n'y avait au départ que quatre autres filles dans sa colonne et l'une d'entre elles avait abandonné dès le premier jour, suite à une chute dans l'un des pièges vicieux des Marais. Cette expérience avait au moins permis à chacun de se tenir sur ses gardes, personne n'ayant envie de rester coincé des heures entières dans ces glaises monstrueuses. La fille s'en était tirée mais elle avait regagné la côte en civière, les jambes brisées.

Pour ce qui était des autres Recrues, il s'agissait surtout de fils des îles voisines, et Aglaé ne connaissait aucun d'entre eux. À présent qu'ils s'installaient enfin à la Forteresse et défaisaient leur barda, les discussions démarrèrent peu à peu autour de la jeune fille ; pourtant ce léger moment de décontraction ne dura pas : tous étaient assommés de fatigue. Après la revue, les Aucelles s'effondrèrent sur leurs couchettes et Aglaé sombra en quelques instants dans un sommeil sans rêve.

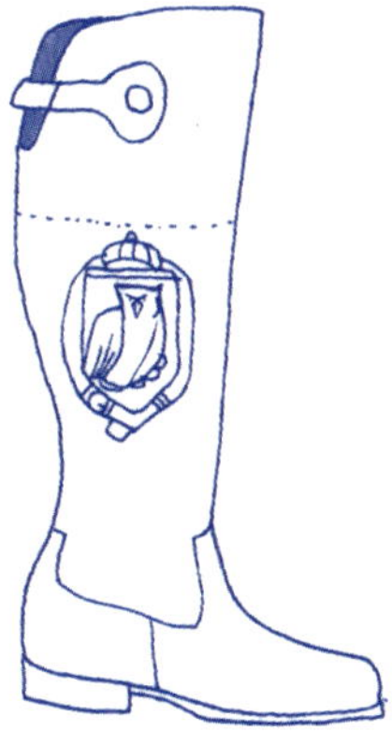

Botte réglementaire de l'uniforme ducal

Au milieu de la nuit cependant, elle se réveilla, suffocante. Un des garçons était affalé sur elle, l'écrasant sous son poids et fourrageant avec avidité sous sa blouse. Terrifiée, étouffant sous la main énorme qui l'empêchait de respirer, Aglaé n'eut même pas le réflexe de crier. Elle réalisait à peine ce qui arrivait lorsqu'une botte lustrée fit, d'un formidable coup de pied, rouler le corps de son agresseur à terre. Celui-ci atterrit sur le sol et rampa, avec un grognement pathétique, le nez ensanglanté. Le corps auquel appartenait la botte vengeresse se tenait dressé au-dessus du lit.

– Vermine infecte. Tu repars cette nuit. Fais ton paquetage immédiatement !

Une voix de femme, rocailleuse et autoritaire, parcourut le dortoir :

– Aucelles ! Les règles de la Forteresse sont strictes : tout contact charnel est formellement interdit et un comportement de ce type engendrera la plus grave des sentences. Vous êtes désormais la fameuse progéniture du Grand-Duc : sachez donc vous montrer dignes de votre rang. Ici, ne comptez pas sur les autres pour vous venir en aide, vous devrez vous débrouiller seuls ! En attendant, et pour faire comprendre à votre cothurne qu'ici on ne dort jamais que d'un œil, tout le monde se relève et se prépare. Corvée d'eau pour toute la chambrée.

Aglaé tâchait de se rhabiller à toute allure, lorsque la main de la femme appuyée sur son épaule lui intima l'ordre de se rasseoir.

– Toi, tu restes là et tu observes, ajouta la Voix. Demain, peut-être auras-tu appris ce que *rester sur ses gardes* veut dire.

Lorsque Aglaé surprit les regards mauvais que lui adressait l'ensemble du régiment, elle comprit que la Voix ne venait certainement pas de lui faire un cadeau.

Dès le lever du soleil, elle se jura de ne plus jamais se retrouver dans une telle situation de faiblesse. Le type qui l'avait attaquée s'était littéralement évaporé, ainsi que l'avait ordonné la Voix.

À dire vrai, Aglaé en était soulagée car la présence de cet homme dans le campement n'aurait pas manqué de la faire frémir, malgré son désir de s'endurcir.

Elle pouvait encore sentir son poids sur elle, son odeur acide, le contact poisseux de sa peau. Cela ne lui était jamais arrivé jusqu'à présent. La nuit où elle avait eu rendez-vous en secret avec Jonas, le commis de sa demeure, c'était elle qui avait fait les premiers gestes. Mais le jeune garçon était si intimidé de se retrouver dans la vieille serre décrépite, la nuit, avec une des jeunes filles de la maison, qu'il était resté gauche et maladroit, osant à peine la toucher. L'idée qu'on pouvait user de violence sur son corps n'avait même jamais effleuré Aglaé.

Elle était rassurée par l'avertissement donné par la Voix ; avertissement qui avait de plus le mérite de prévenir toutes les autres Recrues. Aglaé pensa que les autres filles allaient se sentir, comme elle, tranquillisées sur ce point. Pourtant, les Aucelles étaient rentrées de la corvée avec un air de reproche terrible et les quelques filles du régiment ne l'avaient même pas regardée en face.

Pour elle qui rêvait de se fondre dans le groupe, c'était vraiment mal engagé.

Après ce premier événement, lorsque l'instruction proprement dite commença, Aglaé se retrouva très vite isolée. À chaque exercice, chacun choisissait rapidement un partenaire pour les exercices en duo et Aglaé devint de fait le cobaye attitré du Lieutenant Ravier qui les entraînait.

Les autres semblaient prendre un certain plaisir à la voir au centre de la pièce, se décomposer chaque fois davantage. L'entraîneur en rajoutait, la surnommant Brindille lorsqu'il lui demandait de se lever. Il aurait été hors de propos pour

Aglaé de lui demander de ne pas le faire, si bien que Brindille était devenu son surnom officiel en moins de quelques heures.

Il est vrai qu'elle était par nature assez fluette et que les derniers jours de privation et de marche l'avaient un peu amaigrie. Elle nageait dans l'ample tunique croisée qui leur servait de tenue d'entraînement.

Pour autant, elle ne se sentait pas plus faible que les autres Recrues, loin de là. Elle était légère et plus leste. Ses pieds, qui cicatrisaient bien grâce au baume qu'elle avait confectionné, lui offraient des appuis solides dont elle se sentait de plus en plus sûre.

Mais ce surnom la déstabilisait et la discréditait aux yeux du groupe : elle écopait de façon systématique de la mauvaise place, de la plus petite ration, du moins bon équipement. Les filles du régiment avaient formé un groupe et semblaient ne plus prendre sa présence en considération. Les garçons quant à eux plaisantaient de façon paillarde à son sujet :

– Hé Brindille, tu vas t'envoler si tu continues de sauter comme ça ! Mais si tu me demandes très gentiment, je veux bien t'aider à rester plaquée au sol…

Pendant les exercices, ils profitaient souvent d'être dans le dos de l'entraîneur pour lui adresser des gestes salaces. Aglaé avait vite compris qu'elle ne pourrait en aucun cas se tourner vers les officiers pour dénoncer les traitements que les autres Recrues lui réservaient.

La Générale avait justement mis en avant l'agression du premier soir et manifesté son mépris évident pour quiconque se retrouverait en situation délicate. Aglaé décida donc d'en prendre son parti et profita de son isolement forcé pour s'entraîner et consolider tout ce qui, chez elle, pouvait encore être fragile.

Après quelques semaines de formation, elle n'avait plus aucune conversation avec quiconque. Cela lui convenait parfaitement, car elle considérait qu'elle n'avait pas de temps à perdre. Plus sa détermination se rendait visible, plus l'écart se creusait avec les autres.

La plupart des Aucelles formaient en secret le vœu de terminer au plus vite leur instruction et les deux années de leur engagement obligatoire pour ensuite rentrer chez eux, avec un grade quelconque. La seule chose qui pouvait les motiver était que le Grand-Duc offrirait aux meilleurs éléments une première Pierre qui, en fonction de son éclat, leur permettrait sans doute d'acquérir un bout de terre ou un droit de fermage. Cependant, beaucoup commençaient à tirer au flanc.

Ceux-là, Aglaé les avait vite repérés : ils trichaient pendant les exercices les plus difficiles et le soir, pendant leurs quelques heures de liberté, cultivaient de petits trafics au mépris des lois édictées par la Voix.

Le corps d'Aglaé, au contraire, se transformait sous l'effet de la pratique physique intensive. Elle devenait de plus en plus athlétique : ses muscles se dessinaient et s'allongeaient grâce à l'escalade qu'elle pratiquait seule, sur un mur abandonné où de vieilles prises branlantes lui permettaient encore de s'accrocher.

La course sur les rochers lui procura la corne sous les pieds dont elle rêvait et elle imaginait les commentaires de ses sœurs devant ses mains et ses ongles noirs de terre, ses genoux écorchés, sa tunique relevée et nouée sous la poitrine pour gagner en aisance.

Par le Duc, Aglaé, c'est répugnant. Tu es d'une inconvenance, habillée ainsi ! Et tous ces muscles, quelle laideur !

Sa peau avait perdu sa teinte laiteuse sous la couche d'argile qu'elle appliquait quotidiennement pour les exercices de camouflage. Comme elle ne pouvait, en revanche, transformer complètement sa corpulence, elle avait décidé de travailler sur ses points forts : la rapidité, l'esquive et l'agilité.

Elle s'entraînait presque exclusivement avec le Lieutenant Ravier, leur professeur de lutte. Petit et trapu, il avait le gabarit parfait pour l'aider à se développer en force. De plus, il était taiseux, comme elle, avec un regard noir et perçant qui l'impressionnait. Aglaé avait remarqué qu'il la faisait davantage travailler que les autres Recrues, même si ses ordres restaient très autoritaires.

Recrues à l'entraînement

– Relève-toi. Plus vite. Esquive, encore. Grand-Duc, tu es trop lente !

Aglaé ne savait même pas en quels termes elle devait s'adresser à lui.

N'osant rompre le lien qui les unissait à l'entraînement, elle ne le quittait jamais des yeux s'efforçant de rester concentrée sur ce dialogue fait de gestes et d'enchaînements, chaque fois plus rapides.

Les journées à la Forteresse passaient à toute allure, tant elle était désireuse de bien faire.

Un matin, la Générale Caracara, que tous surnommaient la Voix depuis l'incident de la première nuit, pénétra dans le vaste gymnase qui abritait leurs entraînements sportifs.

Les Aucelles n'avaient que rarement l'honneur de ses visites et son entrée ne passa pas inaperçue. Exclamations étouffées et chuchotements se faisaient entendre sur son passage et la Générale fit taire ces réactions d'un imposant regard circulaire.

Les Aucelles, déconcentrées, peinaient à se remettre à l'entraînement. D'ordinaire, la Voix passait son temps dans les multiples étages de la Forteresse, encadrant les Officiers et les Volontaires, ceux qui se réengageaient après les deux années obligatoires de service.

On disait aussi qu'elle se rendait souvent au Perchoir – la demeure personnelle du Grand-Duc, nichée au cœur de la Cité ducale – et cette évocation suffisait à échauffer l'imagination des jeunes Aucelles.

La silhouette impressionnante de la Générale et les claquements de ses bottes sur les pavés finirent par ramener le silence complet dans l'assemblée. Le Lieutenant Ravier, impassible comme toujours, répétait ses indications à chacun avec autorité tandis que la Voix les jaugeait longuement.

– Gauche, droite, debout. Enchaîne, Brindille. Plus vite !

Aglaé s'exécutait sans mollir, tentant chaque fois de préciser sa frappe, d'accélérer son geste. La Voix, imperturbable, s'éloignait quand le Lieutenant Ravier se posta net devant Aglaé. La jeune fille se remit en position, attendant ses consignes. Mais celui-ci, sans mot dire, s'avança vers elle et de façon abrupte lui attrapa la nuque d'une main et le bras de l'autre. En un geste rapide, il la fit ployer à genoux, le bras tordu en arrière tout près de se briser, dévoilant soudain une brutalité dont il n'avait jamais fait preuve auparavant.

Dans cette posture, raidie par la douleur, Aglaé entendit les coups se suspendre et vit les bottes de la Générale se tourner vers eux. La jeune fille, les larmes aux yeux, se sentait à nouveau prise en défaut, complètement écrasée sous son adversaire. Aglaé enrageait contre Ravier qui voulait démontrer à tous que n'importe qui pouvait avoir le dessus sur elle. Elle était si contrariée par la volonté évidente du Lieutenant de l'humilier qu'elle n'arrivait plus à réfléchir.

Même si elle n'était pas tout à fait au bout de ses moyens, Aglaé ne voyait pas comment se libérer de cette prise. Le Lieutenant ne faisait pas semblant : il la maintenait fermement, l'œil plus noir que jamais.

À deux doigts de marteler le bras de son adversaire pour signifier son abandon, elle jeta un dernier regard au sol. Le cœur battant à tout rompre, elle remarqua alors la position peu stable de Ravier sur ses appuis. En une fraction de seconde, elle déplia puissamment sa jambe libre et faucha la jambe du Lieutenant qui, surpris, perdit l'équilibre et bascula en avant, laissant tomber un genou à terre avec un bruit sourd.

Les rires qui avaient commencé à fuser alors qu'Aglaé était face contre terre s'interrompirent aussitôt. Ravier était déjà debout tandis qu'Aglaé se redressait, haletante, le bras engourdi de douleur. Sans aucun commentaire, la Voix tourna les talons.

Toutes les Aucelles reprirent le combat en silence, comme si rien ne s'était produit.

Aglaé s'était déjà remise en position lorsque Ravier l'arrêta d'un geste.

– On passe à la suite. Va chercher les armes en bois, sur le râteau là-bas.

La colère d'Aglaé fondit tout entière.

Le Lieutenant n'avait pas cherché à l'humilier : il avait voulu au contraire montrer ses capacités à la Voix. Et s'il l'avait attaquée de cette façon, c'était parce qu'il la savait *capable* de se sortir de cette prise.

Lorsqu'elle se saisit des longs sabres de bois, Aglaé s'arrêta un instant pour maîtriser un peu le torrent d'émotions qui la parcourait. Elle tentait de contrôler sa respiration, de revenir à cette espèce d'automate dans lequel elle s'était glissée jusqu'à présent.

– Brindille, ces épées ? Tu nous les ramènes ou tu les fabriques ? lança Ravier.

– J'arrive tout de suite.

Elle rapporta deux épées en bois au centre du cercle et sentit tous les regards se tourner de nouveau vers elle. Personne d'autre n'avait commencé à manier les armes, même les gars les plus massifs du régiment.

Le silence se fit épais autour d'eux.

Ravier adopta une position bien campée sur ses jambes, le sabre brandi devant lui.

– Tu fais exactement ce que je dis. Attention, Brindille, je ne me répéterai pas, c'est compris ?

Aglaé acquiesça, l'œil brillant.

Elle n'était plus seule.

Elle avait enfin un partenaire.

PRÉCIS D'HEXTRE

LES QUATRE PIERRES CARDINALES

Pour ce qui est du *Cardinal*, il est admis que son caractère sacré réside dans l'intensité de sa couleur et son éclat. Le *Cardinal*, Pierre souveraine, ne pourra être délivré que par le Grand-Duc, en mains propres.

Les quatre *Pierres Cardinales* sont incessibles et ne peuvent en aucun cas subir taille ou clivage supplémentaire.

Celles-ci sont aussi connues sous les appellations suivantes :

Le *Petit* : *Cardinal* opalescent, à l'éclat vitreux, taillé en table, régente toutes les îles de l'Archipel Érodé.

La *Maison* : *Cardinal* nacré, à l'éclat soyeux, taillé en marquise, régente la Péninsule d'Hextre et administre la Cité ducale.

L'*Ancêtre* : *Cardinal* translucide à l'éclat métallique, taillé en pendeloque, gouverne l'intégralité des Territoires des Palabres.

La *Couronne* : *Cardinal* bleu-vert à l'éclat adamantin, taillé en cœur. Cette Pierre, sacrée entre toutes, présente la triple inclusion, solide, gazeuse et liquide, en forme de couronne, ne peut être manipulée que par le Grand-Duc lui-même. Ses pouvoirs sont illimités dans le temps et l'espace.

AUTRES PIERRES REMARQUABLES

Pour ce qui est de l'*Épervier*, il est admis, comme toutes les Pierres de défense, qu'il ne sera arboré que par les représentants des Forces ducales.

Pour ce qui est de l'*Araignée*, il est admis qu'elle permet à celui qui la possède de porter une arme et de s'en servir.

Pour ce qui est de l'*Aucelle*, il est admis que son porteur s'acquittera des deux années d'instruction à la Forteresse.

Pour ce qui est de l'*Œil-de-Chat*, il est admis que son détenteur sera autorisé à pratiquer ou enseigner l'art de la danse, du chant ou de la musique.

Pour ce qui est de l'*Indulgence*, il est admis qu'elle offre à son porteur le droit de réintégrer la société ducale après son jugement dans le cas d'un crime ou d'un délit. Une *Indulgence* interdit en revanche à son porteur de mener quelque action de groupe, de posséder un commerce, de pratiquer l'art ou la musique, ou de posséder une *Araignée*.

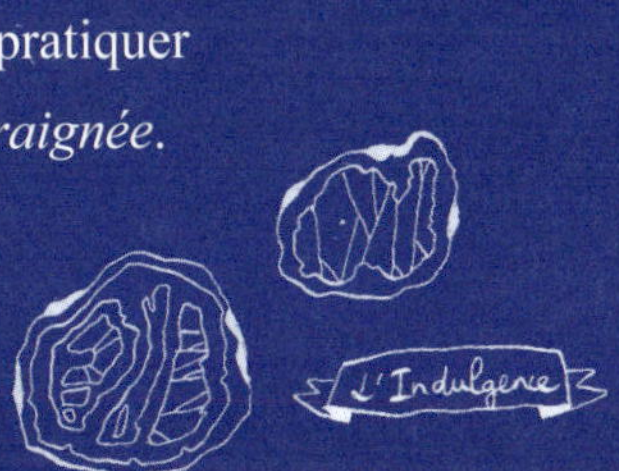

6
Mer Espiègle

L'orage avait été terrible et, à plusieurs reprises, Dinis s'était cru perdu.

Il avait d'abord eu peur pour le vaisseau de l'Amiral puis, la tempête grossissant, il avait pensé que personne n'en réchapperait : les vagues de la Mer Espiègle pouvaient être spectaculaires, plus encore qu'ailleurs.

Il resta concentré toute la durée de l'orage, tâchant de garder son calme et de donner ses ordres avec précision. Ses solides jambes de marin l'aidaient à tenir bon malgré la houle qui soulevait le vaisseau de façon violente et désordonnée.

Des gerbes d'eau projetaient par intervalles un homme contre le garde-corps, le laissant sonné pendant quelques minutes ; puis celui-ci se relevait et s'attelait de nouveau à répartir les poids sur le pont pour équilibrer au mieux l'assiette du bateau. Heureusement, tous avaient une certaine habitude du gros temps en mer et, au début, personne ne céda à la panique.

Dinis tentait de conserver un bon angle d'attaque des vagues afin d'éviter de trop gros chocs contre la coque du bateau. Mais malgré ses efforts, l'eau envahissait le pont ouvert et s'infiltrait de façon menaçante dans la proue du navire. L'inquiétude gagna l'équipage, les cris se mêlaient au fracas des vagues déferlant sur le navire.

Au beau milieu de ce chaos, le Capitaine vit soudain passer l'ombre du Prince, ondulant sur le pont comme un spectre. Pourtant, ses consignes avaient été formelles : aucun des deux passagers ne devait monter jusqu'à ce qu'on les envoie chercher. Déjà, au départ, alors que les vagues étaient encore petites, Arto faisait pâle figure. Son visage avait rapidement pris une teinte olivâtre et ses jambes semblaient presque trembler sous son faible poids.

Par le Duc, que pouvait-il se passer dans l'esprit de cette maudite tête couronnée pour se promener sur le pont, au beau milieu d'un sérieux grain ? Il jura plusieurs fois entre ses dents : l'envie était grande d'assommer le Prince pour le ramener à sa cabine.

Dinis, furieux, sortit du poste de pilotage et invectiva le Prince tout en lui désignant la corde à laquelle il était lui-même attaché.

– Prince ! Retournez immédiatement à l'intérieur, une vague peut vous emporter à tout instant et vous n'êtes même pas attaché !

Un méchant coup de gîte fit perdre l'équilibre à Arto qui retomba maladroitement entre deux caisses. L'habit trempé, les cheveux dégoulinant de pluie, il se releva, titubant pour attraper le bout que lui envoya le Capitaine.

– VAGUE SCÉLÉRATE ! hurla soudain un des matelots, avant d'être recouvert par les cris des autres hommes.

Dinis tourna la tête : la vague qui s'apprêtait à déferler sur eux était si haute qu'elle leur cachait même la lune. D'un front quasi vertical, elle s'étendait devant eux, tel un véritable mur. Le jeune homme avait entendu les rumeurs courant sur ces vagues légendaires qui se formaient parfois sur la Mer Espiègle mais n'avait encore jamais assisté à un tel spectacle.

les vagues scélérates de la MER ESPIÈGLE

Il eut l'impression d'être emporté par un boulet de canon à travers le poste de commande, sa tête heurta une paroi et il perdit connaissance. Un flot d'eau monstrueux déferla sur le pont tandis que le bateau se couchait presque sur la mer, plié par la force extraordinaire de la vague.

Lorsqu'il revint à lui, le pont était recouvert d'une pagaille de caisses, de cordages et de limon, et les hommes sortaient peu à peu de leur stupeur. Par miracle, la coque avait tenu bon et, après une inspection générale, Dinis jugea que le bateau était encore en état de naviguer.

Arto gisait sur le pont. Il était sonné comme un lutteur après un combat ; son arcade saignait, il était fiévreux mais vivant.

– Monsieur, allez vous reposer, la mer sera calme ce matin, lui proposa le Capitaine en l'aidant à se relever.

Mais le jeune homme refusa son aide d'une voix blanche :

– Je n'en ai pas besoin. Je ne peux plus supporter cette cabine, je préfère me rendre utile ici.

Et il commença à ramasser au hasard des objets qui s'échappaient des caisses éventrées sur le pont.

Dinis insista :

– Cela n'est pas nécessaire, monsieur. Les hommes auront tôt fait de remettre le bateau en état mais pour l'instant, nous devons nous assurer que les voies d'eau ne sont pas trop importantes. Je vous recommande plutôt de vous faire soigner. Votre arcade…

– Je vais très bien, Capitaine, et si j'ai besoin de quelque chose, je vous le ferai savoir !

À cet instant Maître Ulrich sortit de sa cabine, d'un pas mal assuré, se précipitant sur le jeune homme.

– Arto ! Vous m'avez rendu fou d'inquiétude ! Je vous ai cru perdu, emporté par cette vague titanesque ! Mais par le Duc, vous êtes blessé !

Arto essuya le sang qui coulait sur sa joue avec indifférence.

– Peut-être bien, répondit-il tout en désignant le bout auquel il était toujours relié. Et si le Capitaine ne m'avait pas envoyé cette corde, j'aurais terminé au fond de l'eau, déchiqueté par les squales. Pourtant, je dois avouer que je crains moins leurs horribles morsures que celles de ma propre famille.

– Au nom du Duc, Arto, mais que dites-vous là ? Quittez cette humeur cynique et montrez, je vous prie, un peu plus de respect pour votre illustre lignée !

Arto exécuta alors une petite révérence sarcastique. Maître Ulrich sermonna le jeune homme puis, usé par l'exercice, s'en retourna vers la salle des cartes, en soupirant.

Le Capitaine se frotta le visage pour se réveiller. Cette tempête les avait complètement égarés : il fallait en premier lieu qu'ils déterminent leur position au milieu de cette immensité. Malgré les verres fêlés de ses compas, il espérait retrouver rapidement le cap et priait le Grand-Duc pour que le navire ne se soit pas trop écarté de l'itinéraire.

Il jeta un coup d'œil alentour, à travers sa longue-vue, inspectant les horizons miroitants.

À perte de vue, il n'y avait rien.

L'équipage resta hébété pendant quelques jours.

L'adrénaline, qui les avait dans un premier temps galvanisés, se dissipa peu à peu. Un mélange d'admiration et de respect s'était installé autour de leur Capitaine, qui avait si bien gouverné sur les rouleaux déchaînés.

La présence d'Arto, en revanche, suscitait le malaise parmi les matelots. Son caractère imprévisible n'était pas du goût des hommes, qui l'évitaient. Après tout, c'était à cause de sa lubie qu'ils s'étaient retrouvés en pleine tempête, la nuit-même de leur départ.

Le jeune homme, qui passait d'une émotion à l'autre, de la prostration complète à des moments de frénésie, plongeait ainsi l'équipage, habitué à une organisation stricte, dans une grande perplexité.

Les marins grommelaient sur son passage :

– Il n'est pas content d'être Prince ? Il veut devenir matelot ?

– Bah ! Il en a aura jamais la carrure. Regardez-le, il est tout maigre !

– Et vous avez vu ses yeux ? Nom d'une *Porce*, je parie que c'est pas le mal de mer qui le laisse dans cet état ! J'irais bien fouiller ses malles voir s'il n'y a pas quelques graines de Félicité là-dedans !

Arto ne s'était pas du tout habitué au roulis : le front luisant de fièvre, il déambulait sur le pont, au bord de la nausée. Le jeune homme soutenait les regards noirs des marins qui le jaugeaient. Cela le désarçonnait, il n'était pas accoutumé à tant de défiance.

À la cour, tout rapport social reposait sur le maniement du sarcasme, et il était habitué à être, sur ce point, bien au-dessus des autres. Mais voir tous les jours les hommes hisser des voiles, tirer des bouts énormes ou affronter des poissons de belle taille dans de véritables corps à corps le laissait interdit. Par son rang, Arto avait encore le dessus sur eux mais il sentait son influence fléchir à mesure que le bateau dérivait.

C'était la première fois qu'il se retrouvait aussi isolé, et cette situation inédite lui était difficile. Il communiquait parfois avec le Capitaine mais il trouvait à ce dernier un petit air d'insolence qui l'irritait. Un soir, celui-ci lui demanda de le retrouver dans la salle des cartes. Rien que ce détail agaçait Arto : c'était à lui de convoquer le Capitaine, et non l'inverse.

– Monsieur le Prince, commença-t-il, cette tempête nous a, par malheur, égarés en pleine Mer Espiègle depuis maintenant quinze jours. La plupart des bateaux qui se sont aventurés sous ces latitudes n'en sont jamais revenus et il est connu des marins que ces eaux perfides changent de visage continuellement. Voilà pourquoi nous devons en sortir le plus rapidement possible.

– Par le Duc, qu'essayez-vous de me dire au juste, Capitaine ?

– Je pense que nous devons communiquer un signal de détresse. Soit pour contacter les navires qui seraient à notre portée, soit pour alerter les côtes les plus proches.

Arto regarda Dinis, une expression offusquée sur le visage.

– Capitaine, avez-vous perdu la raison ? Imaginez-vous sérieusement que j'aborderai la première étape de ce voyage en envoyant un signal de détresse ? Grand-Duc, en débarquant comme des naufragés, quel message catastrophique envoyons-nous aux rivages les plus éloignés des Palabres, dites-le-moi ?

– Mais monsieur, comment ferons-nous pour les vivres, pour l'eau ? Nous ne pouvons dériver ainsi éternellement ! Ce navire était appareillé pour une patrouille militaire d'un mois, tout au plus !

– Par le Précis, que de bavardages inutiles ! Nous retrouverons notre chemin d'ici peu, j'en suis certain !

le compas de navigation

En vérité, Arto n'avait que faire de l'itinéraire soigneusement élaboré par Maître Ulrich. L'expérience puissante de cette tempête avait allumé chez lui une envie plus forte que de faire du simple cabotage autour de l'Archipel. Cette vague extraordinaire avait été pour lui, plus qu'un signe, une véritable aubaine.

En les égarant, elle lui offrait une occasion inattendue dont il était bien décidé à se saisir. Qu'y avait-il à découvrir en s'aventurant toujours plus loin ? se demandait-il, en regardant le large. Le Grand-Duc n'envoyait-il pas de plus en plus régulièrement des expéditions pour tenter de se rapprocher du légendaire Sol Rude ? On disait que ce territoire, inexploité et surveillé de près par le Pays Sinistre, regorgeait de ressources prodigieuses.

Mais le Capitaine n'en démordait pas.

– Monsieur le Prince, par votre décision, je suis le Capitaine de ce bateau, déclara-t-il, l'air grave. J'ai sous ma responsabilité ces hommes, ce bâtiment et même votre propre personne. C'est donc moi qui déciderai ce que ce navire fera ou non. Nous chercherons une côte pendant encore une semaine en espérant que cette mer fantasmagorique daigne nous accorder du poisson. Passé ce délai, je serai dans l'obligation de vous désobéir et d'utiliser un de nos signaux de détresse.

Arto, distrait, lui répondit avec un large sourire :

– Eh bien, dans ce cas, pressez-vous. Et venez me prévenir lorsque vous aurez trouvé un rivage, surtout ! De mon côté, j'ai beaucoup à faire…

Sur ces mots, Arto planta le Capitaine et sortit sur le pont, bouillonnant d'une excitation nouvelle. Avisant un marin qui appâtait une palangre pour la pêche, il le chassa et entreprit de le faire lui-même. Après tout, s'il comptait découvrir le bout du monde, la moindre des choses était d'apprendre à pêcher du poisson.

7
Villa Lordalie

Siebel reposa sur le bord de la cheminée le lourd instrument de navigation qu'elle contemplait.

Cet objet la ramenait inlassablement au départ d'Arto : cela faisait maintenant plusieurs semaines qu'il avait pris la mer et la Villa entière semblait l'avoir oublié. Son nom n'était même jamais évoqué dans les discussions et tous paraissaient soulagés de savoir le Prince et ses frasques à belle distance des Palabres.

– Eh bien, lança Orlan en pénétrant dans la pièce baignée de lumière, de loin la plus belle de la Villa. Vous paraissez fort mélancolique ce matin. N'êtes-vous pas heureuse de signer bientôt cette ordonnance qui proclame l'accord entre nos deux clans ?

– Bien entendu. Et je suis heureuse que votre père la signe en retour ; lui qui souhaite depuis si longtemps intégrer les Convers à votre maison.

– Vous savez que beaucoup intriguent en vue de nous empêcher de sceller une union durable entre Argans et Convers. Mais vous êtes, madame, le symbole vivant de cet esprit de concorde, ajouta-t-il, avec un geste de courtoisie à son égard.

– C'est sans doute ce qui me vaut cette grande solitude ici.

– Mon père se méfie encore de ceux qui pourraient comploter en votre défaveur. Ou, au contraire, prétendre vous sauver de nos griffes. Mais il ne vous tient jamais écartée des négociations, vous en conviendrez ?

Sentant que la conversation tournerait vite en rond, comme chaque fois qu'elle évoquait son sentiment d'être censurée, Siebel changea délibérément de sujet.

– N'êtes-vous pas curieux de savoir ce que votre frère peut faire pour les Palabres ? Après tout, il porte notre pavillon dans tout l'Archipel et peut-être même…

– Je doute, l'interrompit Orlan, que mon frère fasse quoi que ce soit qui contribue un jour au rayonnement de notre cour. Je craindrais même plutôt les inévitables répercussions de ses frasques sur les missions diplomatiques délicates que nous menons en ce moment.

– Mais votre père, tout au moins, doit être soucieux de sa santé, vous ne croyez pas ?

– Mon père, ajouta Orlan avec sévérité, régente sur ordre ducal l'immense territoire des Palabres constitué de plus de quinze fiefs, dont chaque seigneur rêverait de prendre sa place. Mais aucun d'entre eux ne serait en mesure d'administrer les Palabres aussi bien que lui. Le Régent est, je dois l'avouer, bien mal servi par mon frère qui depuis sa naissance s'ingénie à se comporter comme un agitateur.

Orlan prit place dans un élégant fauteuil et continua :

– Arto sait qu'il ne pourra jamais gouverner et cela le rend fou ! Il ne reviendra sans doute pas ou alors il nous rapportera, par ses actions, un conflit quelconque, vous pouvez en être certaine. Vous comprendrez dans ce cas que personne dans cette maison, mon père y compris, ne peut souhaiter ardemment son retour, n'est-ce pas ?

Siebel était exaspérée par le ton professoral qu'Orlan adoptait systématiquement dès qu'il évoquait son père.

– Mais ne pensez-vous pas qu'il pourrait au contraire revenir, en ayant changé ?

Orlan fit la moue.

– Personne ici ne le pense. Vous devriez, je vous assure, tourner vos pensées vers des éléments plus constructifs de notre administration. Je venais justement vous proposer de rencontrer le représentant de la guilde des Lapidaires. Comme vous le savez, les Lapidaires représentent les seuls artisans autorisés à travailler et sertir les pierres authentifiées par le Duché. Beaucoup d'entre eux sont convers comme vous, madame ; pourtant, ils doutent de votre implication, ils vous croient détachée d'eux. Vous devriez leur démontrer que vous travaillez à leur cause, que vous les servez aussi bien à la Villa qu'auprès du Grand-Duc.

– Je rencontrerai cet homme, bien sûr, répondit Siebel. Mais j'aimerais une faveur de vous, en échange.

– Madame, ceci n'est pas une négociation, répliqua Orlan. N'oubliez pas notre alliance. Vous le ferez par égard pour cette alliance, comme une chose naturelle.

Orlan ne la regardait pas directement en parlant. Lorsqu'il s'adressait à elle de cette façon, Siebel sentait ses entrailles se nouer. Cette manière froide et mesurée de s'exprimer, cette vision désincarnée du monde l'horripilaient.

– Dites-moi cette chose qui vous serait agréable, madame.

– J'ai entendu dire qu'un Émissaire Sinistre est arrivé en ville, il y a quelques jours.

– Effectivement, leurs étranges bateaux ne passent jamais inaperçus. Fort heureusement, il s'agit d'un navire diplomatique.

– J'aurais aimé rencontrer cet homme.

– L'Émissaire Sinistre ? Mais, par le Précis… Pourquoi cela ?

– Il n'y a pas de raison en particulier. Il arrive de loin et je serais curieuse de m'entretenir avec lui.

– Dans le contexte actuel, vous ne pourrez en aucun cas le faire en tête à tête.

– Cela me convient très bien.

Le Prince Orlan eut un air dubitatif. Il regarda la pendule, fronça les sourcils et ajouta :

– Soit. J'en parlerai avec le Régent, mais je ne peux rien vous garantir. Il ne reste que peu de jours avant notre départ pour le pèlerinage dans les Territoires. Je dois vous confier, madame, que les routes qui traversent les Palabres ne sont pas des plus reposantes. Notre Grand-Duc nous a promis des travaux colossaux pour les moderniser mais pour l'instant, elles sont vétustes et poussiéreuses. Je ne peux que vous recommander de vous préparer en conséquence.

Orlan sortit enfin, après une rapide révérence, et Siebel se laissa tomber dans l'autre fauteuil. Chaque discussion avec lui épuisait son énergie vitale : il était pourtant son allié, peut-être le seul véritable de cette cour qui lui était hostile, mais malgré tout, elle savait qu'il ne pourrait jamais y avoir d'amitié entre eux.

Certes Siebel se sentait protégée par le rang d'Orlan, futur Régent, mais elle savait aussi que sa position était mise à mal depuis qu'elle s'était installée à la Villa. D'un côté, les Argans la rejetaient car ils méprisaient les Convers depuis toujours : comme ceux-ci n'avaient pas les mêmes droits au sein du Grand-Duché, ils les jugeaient tout simplement inférieurs.

De l'autre, les Convers pensaient qu'elle trahissait leurs intérêts dans les négociations engagées avec le Régent et la famille de Lordalie. Les Convers des Palabres demandaient depuis longtemps que leur statut évolue par l'acquisition de nouveaux droits et accusaient le mariage de Siebel et Orlan d'être une tentative de freiner les échanges. Elle recevait quantité de messages de menaces, si bien qu'elle ne sortait plus que rarement, sentant peser sur elle un danger bien réel, dès lors qu'elle ne se déplaçait pas avec Orlan.

La jeune fille réalisait que les tensions dans les Palabres étaient à leur comble et que chaque instant qui précédait leur union pouvait voir le peuple la prendre comme bouc émissaire de sa colère. Mais le Régent et les notables, eux, restaient sourds face à ces querelles : la menace Sinistre était pour eux la seule chose qui importait.

Depuis l'apparition du fameux navire Sinistre, les rumeurs couraient bon train. On disait que des bateaux armés s'apprêtaient à traverser le Détroit des Cétacés pour attaquer la Péninsule. On entendait dire que les Forces ducales étaient prêtes à intervenir à tout moment et qu'une mobilisation massive était imminente.

Siebel écrivait régulièrement à son frère Baltasar, même si elle se doutait que son courrier devait être lu et épluché dans les moindres détails. Elle se contentait donc de lui envoyer quelques messages codés pour lui donner la température de l'état politique des Palabres en suivant l'itinéraire de ses

escales sur la carte. Prétextant lui donner quelques nouvelles du jardin, elle lui décrivait l'évolution des querelles entre Argans et Convers.

Ce matin, écrivait-elle par exemple, *les fleurs des pruniers se sont écloses. Quelle beauté, quelles couleurs ! Hélas je crois que ce splendide spectacle ne durera malheureusement que quelques jours.*

Elle faisait référence au moment où de nombreux commerces, tenus par des Convers, avaient rouvert leurs portes. Les terribles rixes les ayant opposés aux Argans dans la ville

Branche de prunier des Palabres

s'étant enfin calmées, les Convers réinvestissaient leurs maisons, leurs boutiques. Les volets se rouvraient et la vie reprenait enfin dans certains quartiers, désertés depuis plusieurs semaines. En effet, lorsque ces pics de violence éclataient, des familles entières disparaissaient, comme évaporées pendant la nuit.

Dans ce climat de suspicion généralisée, le moindre événement exaltait les esprits et l'arrivée de l'Émissaire Sinistre n'avait pas fait exception.

Siebel, contrairement au Régent, était convaincue qu'il fallait tenter un véritable geste diplomatique pour éviter que la situation ne dégénère mais elle ne voulait pas brusquer Orlan.

Elle espérait que l'entrevue avec l'Émissaire leur offrirait une petite lucarne d'espoir.

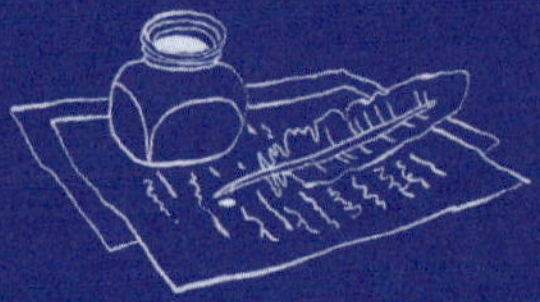

Lettre de Baltasar à Siebel d'Alterro

Chère Siebel,

J'ai bien reçu ta dernière lettre, elle m'a devancé et m'attendait au Castel d'Aspi, sur l'île du Traître, où nous avons débarqué hier au soir.

J'ai eu vent, par plusieurs personnes, du climat délétère qui règne dans les Palabres en ce moment. Je suppose que l'arrivée de ce bateau Sinistre dont tu parles ne facilite pas les choses. Pour ma part, j'ai confiance en l'autorité du Régent : celui-ci réussira à ramener le calme très bientôt, j'en suis convaincu et votre voyage à travers les Territoires sera un excellent moyen pour apaiser les villages qui lui montreraient encore de l'hostilité.

Ici, sur l'Archipel, je me rends compte que la situation ne vaut guère mieux. Les îles les plus pauvres sont soumises au tribut militaire et crient sans cesse à l'injustice. Les Sans-Pierres et les Déchus, de plus en plus nombreux, se plaignent de leur situation difficile.

Mais je dois avouer que la plupart des Touristes ne se préoccupent pas tellement de ces questions politiques. Ils préfèrent concentrer leur attention sur les réceptions données un peu partout et réfléchissent surtout au moyen de faire la meilleure impression possible.

Dans ce but, le moindre détail a son importance : les tenues, la conversation, l'adresse au jeu ou au chant… Le soir, dans les salons, on joue aux cartes ou bien on se produit sur scène, dans les kiosques à musique. Chacun dévoile des trésors d'imagination pour se faire remarquer ! Tout cela n'est pas désagréable mais je commence déjà à me lasser de tant de frivolité. Comment expliquer ce que je ressens sans passer pour un ingrat ?

J'espérais autre chose.

Je croyais découvrir le monde et voilà que je me retrouve dans des cours, toutes similaires à la nôtre, à éviter les traits d'esprit perfides des autres Touristes, à visiter quelques ruines et à honorer des banquets. J'imaginais rencontrer de nouvelles cultures : je n'ai vu que le triste reflet de moi-même.

Ceci te paraîtra peut-être insensé mais je rêve de me retrouver seul et de me débrouiller par moi-même. Je me suis lié d'amitié avec un des marins qui me paraît digne de confiance et j'élabore avec lui le projet d'une possible escapade lorsque nous approcherons de la Péninsule.

Cette ruse me permettra peut-être de goûter aux plaisirs légendaires de la Cité et, qui sait, d'y vivre une authentique aventure ?

Rassure-toi, je ne prendrai aucun risque inconsidéré.

Ton frère audacieux,
Baltasar

8
Forteresse d'Hextre

Le bois émit un craquement plaintif avant de se briser en deux.

Aglaé ne s'interrompit pas pour autant et se jeta sur son adversaire, une fille nommée Éliane. Celle-ci se débattit avec un cri félin :

– C'est un entraînement, tu as oublié ? On ne porte pas les coups !

Aglaé l'avait immobilisée au sol, un genou sur ses omoplates, prête à lui enfoncer la cage thoracique. Elle se redressa et se remit en place sans un regard ni une réponse à sa partenaire, essoufflée, qui lançait à la cantonade :

– Par le Duc, je crois bien qu'elle est devenue complètement dingue, celle-là !

Elle s'attendait à ce que les autres surenchérissent mais de simples murmures s'élevèrent et l'attention du groupe se porta ailleurs. Ravier aida la jeune fille à se relever et lui désigna l'épée de bois brisée qui gisait au sol.

– Dépose ça au combustible et surveille tes chutes. Tu aurais pu te briser la nuque sans que Brindille n'ait rien eu à ajouter.

Aglaé sourit pour elle-même. Elle n'entendait plus que rarement son surnom. Désormais les autres l'évitaient ou la désignaient du menton en disant « elle », jamais davantage. Il n'y avait plus de blagues potaches, plus d'allusions à sa faiblesse.

En quelques mois, sa réputation au sein du groupe avait changé du tout au tout. Son entraînement avec Ravier y était pour beaucoup. Son aptitude au combat, sa capacité à retourner la force de son adversaire contre lui la rendaient redoutable : Aglaé progressait plus vite que les autres Recrues de sa promotion.

Elle n'en éprouvait aucune gloire ni fierté particulière. En réalité, elle ne se sentait heureuse que lorsqu'elle exécutait parfaitement ce qu'on lui demandait.

Après son combat victorieux contre Ravier, quelques apprenants avaient tenté de l'approcher de façon stratégique. Elle n'avait jamais accepté leurs propositions, répondant à peine aux sollicitations, si bien que tous s'étaient habitués à son étrangeté et à son isolement.

– Aglaé, on reprend sur les sauts. Ta détente est bonne, mais tu manques de précision.

– Oui, Lieutenant.

Aglaé vouait une sorte de respect quasi mystique à Ravier. Rien que son physique l'impressionnait : musculeux et tanné, son corps était sculpté par l'entraînement tandis que son visage, lui, témoignait des combats passés. Lorsqu'il se déshabillait, une longue cicatrice aussi repoussante que fascinante parcourait son torse en diagonale.

La jeune fille plaçait en lui une confiance aveugle, le remerciant d'avoir décelé en elle quelque chose qui lui donnait la force de continuer cette austère formation.

Elle révisait, avec la même rigueur, les préceptes du Grand-Duché qu'on leur inculquait pendant les interminables séances d'études. Ceux-ci étaient simples : par son pouvoir militaire, le Duché avait apporté la paix sur l'ensemble du Continent. Il offrait à tous les bienfaits de la civilisation, éduquant les peuples barbares et prodiguant la culture raffinée émanant de la légendaire Cité ducale. Si l'on considérait la grandeur du projet, les inégalités de traitement entre les peuples conquis étaient des conséquences acceptables et ceux qui se montraient en désaccord devaient se soumettre, ou périr.

La confiance qu'Aglaé plaçait dans le système ducal et sa volonté d'apprendre étaient telles qu'elle s'impliquait avec ferveur, autant dans les exercices physiques que dans les cours qu'ils recevaient quotidiennement.

À la fin de chaque semaine était organisée une revue officielle avec tous les régiments de la Forteresse pendant laquelle la Voix inspectait les troupes et faisait pleuvoir quelques sanctions. De temps à autre, elle se rendait, toujours par surprise, dans leur salle d'entraînement. Elle les observait un moment puis s'entretenait à voix basse avec le Lieutenant et enfin repartait, sans un mot pour ses nouvelles Recrues. La Générale n'adressait que rarement la parole aux Aucelles et cette indifférence polie convenait très bien à Aglaé.

La présence de Ravier, seule, lui suffisait, même si le Lieutenant parlait peu, et jamais pour bavarder. Si elle y songeait, Aglaé n'avait pas plaisanté une seule fois depuis son intégration à la garnison, quatre mois auparavant. Lorsqu'elle repensait aux fous rires de ses sœurs, à leurs bavardages incessants, elle était prise de vertige.

Cette existence lui paraissait extrêmement lointaine, comme s'il s'agissait d'une autre vie, vécue dans un autre monde. Il suffisait que le Lieutenant lui demande d'arrêter de rêvasser et de se remettre en position pour que ces visions disparaissent, tels les reflets évanescents d'une *Cétoine*.

Un matin, la Voix, plus impérieuse que jamais, fit s'ébranler la porte de la palestre dans laquelle ils s'exerçaient.

– Lieutenant ! Veuillez emmener vos Recrues en zone de regroupement, immédiatement !

Les Aucelles suspendirent leurs gestes, interdits. C'était la première fois que la Générale interrompait l'entraînement de cette façon.

Tandis qu'ils se rendaient dans la grande cour de la Forteresse dédiée aux rassemblements, les murmures allaient bon train :

– Ça y est, le devoir nous appelle ! lança un garçon, avec une excitation manifeste.

– Vous croyez que les Sinistres ont débarqué ? demanda un autre. Quelle déveine, on est là que depuis quelques mois !

– Et alors, qu'est-ce que tu imaginais ? Qu'on allait te border ici pendant deux ans, avant de t'envoyer te faire frotter le cuir ? On va pas rester là, à faire des gentils combats d'intérieur et à étudier des stratégies militaires toute notre vie !

– Moi, je ne suis pas du tout pressée de partir me battre contre des Sinistres, il paraît qu'ils sont vraiment trop cruels, répliqua une des rares filles.

– Ah, ah ! exultait le premier. Eh bien moi, j'ai hâte de me tester pour de vrai ! On pourrait aller taquiner quelques Anatomes !

Le plus âgé du groupe, un garçon nommé Vladimir, déclara dans un bruit de gorge :

– Il y a encore mieux que ça. Il paraît qu'il y a un trafic de Pierres qui s'organise en complète impunité sur la Côte Écarlate. Des Sans-Pierres, très certainement. Faudrait épingler tout ça.

– J'espère qu'on parle surtout de filles, lança son acolyte, en tirant la langue.

Ils s'esclaffèrent, en se bourrant les côtes de coups de poing, se battant comme des louveteaux.

La Générale, qui avait grimpé sur une estrade, leur intima l'ordre de se taire d'un regard courroucé et interpella le régiment entier :

– Aucelles ! Vous qui devez, par naissance, allégeance au Grand-Duché d'Hextre, vous avez enfin entamé votre formation de Recrues à la Forteresse. Par cet engagement, vous assurez à présent la sécurité de nos îles, de nos villages et de nos familles, et reconnaissez la souveraineté du Grand-Duc – depuis l'Archipel jusqu'aux Confins.

À ces mots, tous répétèrent la fin de sa phrase, comme on le leur avait appris. La Générale considéra l'assemblée d'un air satisfait avant de reprendre :

– La Paix ducale, qui a su durablement apaiser nos colonies, est rendue possible grâce à cette Forteresse et à ses garnisons successives. Il est temps, pour certains d'entre vous, de mettre à profit les enseignements que vous avez commencé à recevoir ici.

La Générale marqua une pause, afin de jauger la qualité d'écoute des Aucelles et continua :

– Une intrusion s'est produite sur une de nos côtes. Nous n'avons encore que peu d'informations sur cet événement, sinon qu'une embarcation non réglementaire a accosté, de nuit et sans se signaler au port de contrôle de Smaragdo, ce qui constitue une première infraction au Précis. D'autre part, nous présumons que cette intrusion pourrait donner foi aux bruits selon lesquels un trafic important de Minerai se pratiquerait, en dehors de tout contrôle de la Cité.

À ces mots, Vladimir roula des yeux vers son voisin, d'un air entendu.

– Dans le but d'éclaircir ces rumeurs, reprit la Générale, nous avons reçu l'ordre ducal d'envoyer une équipe afin d'investiguer sur ces rumeurs, et d'ouvrir une enquête si nécessaire. J'appelle donc ici à sortir des rangs : Jan Courtevue, Tod Elseneur et Vladimir Desombres.

Les trois gaillards firent un pas en avant, avec une fierté non dissimulée. Quelques-uns dans l'assemblée soufflèrent de soulagement. La Générale endigua tout bavardage en ajoutant d'une voix forte :

– Aglaé Idéalis ! Vous dirigerez cette opération de reconnaissance, en tant que Brigadier. Les autres, vous pouvez disposer.

Aglaé ne sortit pas des rangs ; ce furent les rangs qui se séparèrent d'elle, comme une marée descendante. La jeune fille s'avança, hésitant entre la joie d'une telle promotion et la méfiance. Était-ce une forme de test ou de piège de la part de la Voix ?

Elle dévisagea Ravier, dans l'espoir d'en apprendre davantage, sans succès. Quant à ses compagnons d'escouade, ils la regardaient en coin tout en chuchotant, circonspects, manifestement contrariés d'avoir à obéir à une fille.

La Voix frappa dans ses mains, ce qui fit revenir le silence chez les jeunes garçons : ceux-ci se rassemblèrent autour d'elle avec déférence. Malgré le grade d'Aglaé, la Générale préféra lever les yeux vers Jan, qui arborait son sourire le plus ravageur.

– Vous quittez immédiatement vos identités habituelles pour endosser un nom de mission ; quelque chose de simple et facile à mémoriser. La coutume est d'emprunter ces pseudonymes à la forêt avoisinante.

– Daguet ! répondit du tac au tac Jan, gonflant le torse.

– Orso, hasarda Tod.

– La Tique, articula Vlad, après s'être éclairci la gorge bruyamment.

Aglaé ne répondit pas, supposant que son nom de mission était déjà tout trouvé.

Une main se posa soudain sur son épaule. Par réflexe, elle s'apprêtait à s'en saisir et à faire basculer son propriétaire au sol mais elle suspendit son geste en reconnaissant la main déformée du Lieutenant Ravier.

Broche d'Épervier

Celui-ci épingla, au revers de son vêtement, une chaînette au bout de laquelle était attachée une Pierre toute facettée, d'un noir profond.

– Ceci est un *Épervier*, expliqua-t-il. C'est aussi le nom que l'on donne aux petites brigades de reconnaissance. Selon le Précis, il vous donne le droit d'utiliser votre arme, dès que vous le jugerez nécessaire.

C'était la première fois qu'Aglaé entendait le Lieutenant parler aussi longtemps d'affilée. Surprise, elle se laissa faire sous les regards médusés de ses coéquipiers. Vladimir, autrement dit La Tique, posait sur elle un regard teigneux.

La jeune fille se rendait compte qu'il lui faudrait faire comprendre à son escouade, par tous les moyens, que c'était bien elle qui dirigerait cette opération…

9
Mer Espiègle

Arto traversait le pont avant à grandes enjambées, les bras chargés de documents, lorsqu'il rencontra sur son passage un lourd amas de cordages contre lequel il trébucha.

Ses cartes se répandirent par terre ; il ne lui en fallait pas plus pour déchaîner sa fureur. Il s'acharna à coups de botte sur les bouts innocents, tout en vociférant sur le plus jeune des matelots :

– Par le Duc, ce pont est un véritable taudis ! C'est scandaleux ! Ce navire est indigne de son rang !

Le Capitaine dut user une nouvelle fois de toute sa patience pour conserver son calme face aux réactions toujours aussi excessives du jeune homme.

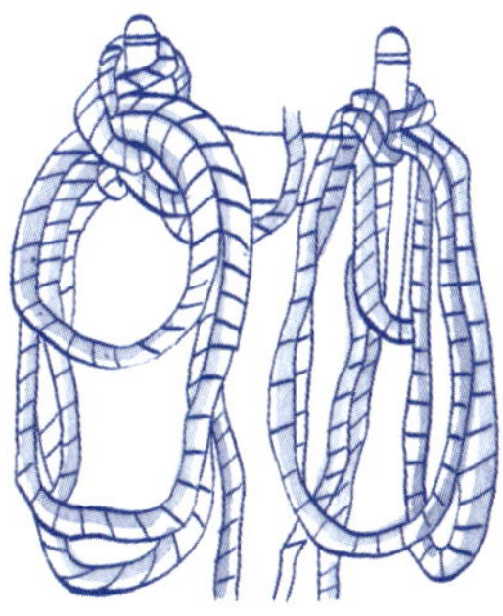

Cordages du bateau "Le Lordalie"

– Monsieur, intervint-il, tout en aidant Arto à ramasser ses précieux documents, souvenez-vous que cela fera maintenant un mois que nous dérivons ainsi. Les hommes ont beaucoup à faire pour nous ravitailler, en plus de leur travail à bord.

La voix du Capitaine tentait d'être ferme mais pas trop agressive de peur d'aggraver la mauvaise humeur du Prince car les caprices du jeune homme rendaient la vie à bord parfois difficile.

Un matin, il tentait de convaincre l'équipage de chasser une de ces géantes créatures marines qui frôlaient le navire. Un autre jour, il pensait avoir trouvé le moyen infaillible de capturer les oiseaux qui s'approchaient du bateau, et voulait obliger l'équipage à se mettre à l'ouvrage. La plupart du temps, le Capitaine intervenait pour éviter que la situation ne dégénère. Face à de telles lubies, les matelots restaient sans voix et un désarroi général avait commencé à gagner le navire.

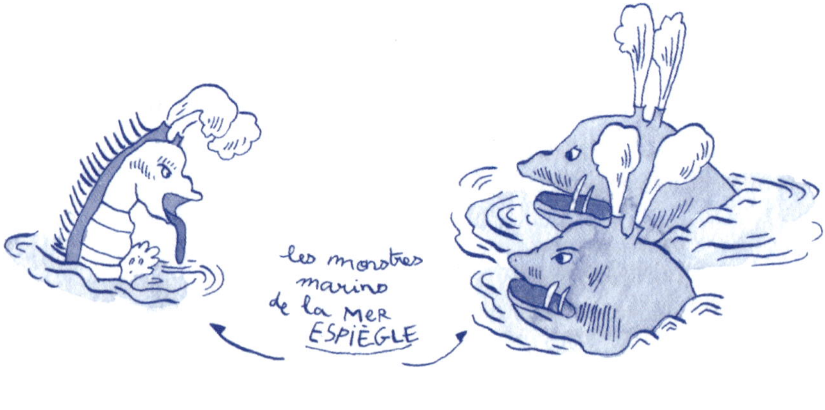

Malgré les conseils de Maître Ulrich, ils étaient tombés dans tous les pièges de la Mer Espiègle. Chaque jour, des côtes verdoyantes leur apparaissaient d'un côté du navire : le Capitaine rudoyait alors les hommes afin qu'ils relancent la chaudière et hissent les grandes voiles. Mais, inlassablement, ils observaient avec consternation les rivages disparaître à mesure qu'ils tentaient de s'en approcher. Quelques heures plus tard, les marins, hallucinés, repéraient les mêmes côtes au loin, dans la direction opposée.

Ces mirages désespérants n'étaient pas les seuls à les tourmenter : des vagues énormes les surprenaient parfois, pour être remplacées l'instant suivant par une mer d'huile. L'équipage, perplexe, n'arrivait plus à s'organiser et se disputait sans cesse sur la façon d'opérer.

Enfin, le plus inexplicable était encore ce qui se produisait lorsque les hommes jetaient leurs filets à l'eau. Ces derniers se remplissaient tant qu'ils les retrouvaient prêts à craquer sous le poids de leur charge. Les matelots les remontaient au prix d'énormes efforts, pour ne découvrir, à l'intérieur, qu'une brassée d'algues et quelques alevins frétillants. Le Capitaine n'y comprenait plus rien. Pour leur salut, un énorme poisson sautait parfois de lui-même sur le pont principal, leur octroyant un ou deux repas corrects.

Tout se passait comme si la Mer Espiègle se divertissait avec eux ; les aiguillonnant sans jamais vouloir les perdre tout à fait. Après quelques semaines de ce traitement, l'équipage était prêt à s'entretuer. La faim les tenaillait et l'eau était rationnée depuis longtemps.

Maître Ulrich et le Capitaine s'entretenaient sans cesse, cherchant obstinément les étoiles dans un ciel nuageux chaque nuit et d'un bleu éclatant au matin. Seul Arto, visiblement absorbé par une nouvelle idée, semblait ne pas se soucier de la situation délicate dans laquelle le navire se trouvait.

Après avoir rassemblé ses documents éparpillés par terre, celui-ci regagna la salle des cartes qu'il avait investie, encore agité par son empressement habituel. Cela faisait dix jours qu'il s'y enfermait, ne sortant que pour manger un morceau qu'il attrapait en cuisine. Maître Ulrich s'en était un peu inquiété au début mais le Capitaine, soulagé de ne plus voir Arto errer sur le pont, avait rassuré le vieux précepteur : le jeune Prince avait besoin de s'occuper et il ne servait à rien de le déranger.

À l'intérieur de la cabine, Arto avait déployé toutes les cartes maritimes dont le bateau disposait et il régnait, dans la pièce minuscule, un désordre indescriptible. Là, travaillant de jour comme de nuit, le jeune homme, plus exalté que jamais, avait commencé à échafauder un plan.

Les signaux de détresse du Capitaine s'étaient révélés bien inutiles face aux charmes de cette mer fantasmagorique. Sextant, octant et boussole – instruments d'ordinaire infaillibles – se contredisaient sans cesse sur la position éventuelle du navire.

Dinis avait même fini par ranger son précieux *Soleil*, sa fameuse Pierre de navigation, dans un tiroir, jugeant qu'il ne pouvait plus en tirer de renseignements fiables : lorsque le ciel se découvrait, l'astre solaire était toujours dans la direction opposée à celle indiquée auparavant par la Pierre.

En concertation avec Maître Ulrich, ils décidèrent de cesser de poursuivre les mirages de ces côtes alléchantes et laissèrent dériver le navire, ne hissant plus la voile que pour éviter certains dangereux écueils qui se présentaient à eux. Le Capitaine conserva l'habitude quotidienne de sonder la direction du vent et de noter la température de l'air, imaginant décrypter un code caché dans les chiffres, sans succès.

L'espoir revint enfin lorsque le Capitaine s'aperçut que la température de l'air montait depuis quelques jours de façon prononcée et régulière. Son cœur s'emballait au fur et à mesure que les signes se confirmaient.

Un matin, alors qu'il vérifiait les valeurs notées avec minutie dans son carnet, un des matelots l'interpella :

– Capitaine, par le Duc ! Venez voir !

Dinis fronça les sourcils et s'approcha du bastingage. Il comprit immédiatement ce qui avait étonné le jeune garçon. La couleur même de l'eau avait changé : d'un bleu outremer, elle était passée à un noir mat et profond.

D'autres matelots avaient remarqué la différence mais personne n'avait osé faire de commentaire, de peur de rompre le charme. Les hommes se demandaient si le bateau n'était pas miraculeusement passé des eaux de la Mer Espiègle à celles du gigantesque Océan Tourbe, qui bordait les côtes Sinistres. Tous espéraient avoir trouvé une issue à cette mer maléfique qui avait déjà englouti tant de marins par le passé.

Alors que l'équipage contemplait, dans un lourd silence, les flots épais d'un noir de *Corbeau*, il devint incontestable qu'ils avaient enfin quitté la Mer Espiègle : celle-ci, lassée de son jouet, les avait libérés.

Fous de joie, les hommes se congratulèrent et certains poussèrent quelques cris de joie lorsque la porte de la cabine s'ouvrit sur Arto, échevelé, le regard dément.

– Maître Ulrich, Capitaine ! Venez, tous les deux, venez immédiatement ! J'ai une nouvelle extraordinaire à vous annoncer, s'écria-t-il avec ardeur, en s'engouffrant de nouveau à l'intérieur.

Le vieux précepteur et le Capitaine échangèrent un regard entendu en se dirigeant vers l'étroite cabine. Dinis resta près de la porte, en peu en retrait, pendant toute la durée de l'entrevue. Un mauvais pressentiment le titillait. Grand-Duc, quelle folie avait encore imaginée le jeune homme ?

– Messieurs, commença Arto, fébrile, j'ai examiné toutes nos cartes. J'ai même ressorti celles que vous conserviez cachées, Capitaine, dans un de ces vieux tiroirs ! J'ai refait vingt fois les calculs et les repérages pour en arriver à la conclusion suivante : de là où nous nous situons, il ne reste que dix ou quinze jours de navigation pour atteindre le fameux Passage Sinistre – qui devrait se trouver précisément ici.

Carte du Sol Rude

Il désignait de son crayon une zone maintes fois griffonnée sur la carte.

– Si nous le trouvons et l'empruntons, nous pourrons ensuite longer sans crainte toute la côte du Sol Rude, et regagner, par la mer, la Péninsule d'Hextre en arrivant de ce côté-ci !

Le jeune homme, fébrile, désignait sur la carte une étroite bande marine qui serpentait à travers le Pays Sinistre et débouchait en pleine mer. Maître Ulrich leva les mains vers le ciel.

– Arto ! Voici donc à quoi vous occupiez vos journées depuis tout ce temps ? Tout ceci n'est pas raisonnable ! Par le Duc, ce passage… Ce n'est qu'une légende !

– Absolument pas, répondit Arto, fulminant, ce passage existe, c'est une certitude ! Dans ce traité, insista-t-il, en désignant un livre abîmé, il est bien précisé qu'un détroit s'ouvre ici, détachant du Pays Sinistre une terre inconnue : le Sol Rude. Certes, il est difficile de le situer mais cela n'a rien d'impossible. Et puisque nous sommes arrivés jusqu'ici, nous nous devons au moins d'essayer !

– Monsieur le Prince, intervint le Capitaine avec diplomatie, votre précepteur dit vrai : ce passage est une chimère. Ceux qui ont essayé de le trouver ont échoué ou en tout cas n'en sont jamais revenus pour l'attester. En revanche, nous avons pour vous d'excellentes nouvelles ! On dirait que la chance nous sourit enfin. Nous sommes à présent certains d'avoir quitté la Mer Espiègle, ce qui signifie que nous pourrons enfin chercher un rivage où accoster. Une fois que notre navire sera un peu arrangé, nous pourrons retourner vers l'Archipel et retrouver notre itinéraire de départ.

Arto, furieux, renversa la table devant lui, éparpillant les cartes et les livres dans un bruyant remue-ménage.

– JE REFUSE ! rugit-il.

– Mais monsieur le Prince, répondit le Capitaine, abasourdi, nous n'avons pas le choix ! Il devient urgent de nous avitailler correctement, ou les hommes finiront par dépérir.

– Capitaine, ce que vous pouvez être terre à terre ! l'interrompit Arto, avec un rire méprisant. Mais Grand-Duc, vous ne comprenez donc pas que nous avons ici l'opportunité de réaliser une véritable prouesse ? Si nous découvrons ce fameux passage et que nous réussissons à regagner Hextre par cette voie, imaginez-vous les honneurs qui nous attendront à notre arrivée à la Cité ?

Le Capitaine secoua la tête.

– Monsieur, les hommes ne voudront jamais continuer à naviguer dans ces conditions.

– Dans ce cas, il vous appartient de les convaincre ou de les faire obéir, Capitaine ! répondit Arto, impérieux.

– Arto, mon garçon, gémissait Maître Ulrich, cette entreprise est beaucoup trop périlleuse ! Reprenez-vous, par notre Duc tout-puissant !

Le précepteur tentait de tempérer son élève mais il ne pouvait rien contre la volonté qui habitait Arto en cet instant. Celui-ci se saisit d'un encrier et en déversa son contenu sur la pile de cartes qui jonchaient le sol sous les yeux épouvantés des deux hommes. Le Capitaine se précipita mais l'encre, épaisse et collante, s'était déjà répandue en larges traînées noirâtres, saccageant définitivement les précieuses illustrations.

– Arto, ces cartes permettaient de nous orienter ! Vous venez de nous condamner, ainsi que tout l'équipage ! Par le Duc, je prévois, à tout ceci, une issue terrible !

Le jeune homme jeta le flacon vide au sol.

– Mais, au contraire, Maître, je leur offre la vie ! répondit-il, une lueur de défi dans le regard. La seule qui vaille la peine d'être vécue ! Une vie de conquérants, de pionniers ! Entre nous, lequel d'entre eux pourrait être assez fou pour la refuser ?

10
Fleuve Ruban

Siebel dormait terriblement mal depuis plusieurs jours.

Elle avait un pressentiment, un poids qui écrasait sa poitrine et la gênait pour respirer.

Le Régent et sa cour avaient commencé leur procession à travers les Territoires des Palabres, et il y avait dans l'air une excitation qui semblait mettre chacun sur le pied de guerre. Voilà quelques semaines qu'ils traversaient de petits villages parsemés sur les rives du Fleuve Ruban, et ces visites n'étaient pas de tout repos. Les querelles éclataient pour un rien, dans la rue, dans les dîners mondains, partout.

Depuis l'annonce des fiançailles de Siebel et Orlan, les altercations et les affrontements en duels pour de simples divergences d'idées devenaient quotidiens. Les Convers reprochaient aux Argans de les tenir éloignés du commerce et des formes de pouvoir de manière générale. Ils réclamaient un partage plus équilibré de leurs représentants à la Chambre, le haut lieu où se réunissaient guildes et corporations.

Les Argans, eux, reprochaient aux Convers leur agressivité, les accusaient d'être fermés sur leurs propres intérêts. Et les exactions commises le soir par des groupes de jeunes gens dans le pourtour des villes ne faisaient que renforcer cette défiance. Chacun des clans se saisissait de ces agressions pour exhorter la foule et attiser la fureur qui fermentait dans les deux camps.

Depuis sa rencontre avec l'Émissaire Sinistre, Siebel était convaincue qu'il y avait sans doute enfin un moyen de ramener un peu de concorde entre les deux clans.

Lors des présentations, elle avait d'abord été impressionnée par le personnage. L'homme, plutôt jeune, était très grand et le vêtement chatoyant et raffiné qu'il portait lui conférait une certaine allure. Il s'était levé et s'était approché d'elle avec beaucoup d'élégance. À sa surprise, il parlait très bien la langue d'Hextre, même s'il utilisait certaines expressions de façon amusante.

– Vous me voyez enchanté, madame. Je m'appelle Thadée et je demeure votre serviteur, avait déclaré l'homme, avec un geste de salut.

– Vous pouvez m'appeler Siebel, répondit-elle. Je suis ravie de faire votre connaissance. Et je n'aurais pas imaginé que vous maîtrisiez si bien notre langue.

– J'ai étudié beaucoup, beaucoup de langues, c'est vrai. Mais je les parle toutes si mal ! avait ajouté l'Émissaire, dans une langue d'Hextre parfaite, où subsistait une pointe d'accent.

Siebel et Thadée s'étaient assis autour d'une table, encadrés de plusieurs conseillers et fidèles du Régent. La rencontre, protocolaire, n'avait pas duré longtemps. Orlan était visiblement mal à l'aise et s'agitait sur sa chaise, tandis que Siebel et l'Émissaire échangeaient quelques politesses. Au bout d'un moment, Siebel ne put réprimer sa curiosité.

– J'imagine que vous vous en êtes déjà entretenu avec le Régent, mais me ferez-vous l'honneur de me confier la raison de votre venue ici ? Car les visiteurs Sinistres sont rares, n'est-ce pas ?

– Oui, il est vrai, admit Thadée. Je suis venu trouver le Régent, avec un projet enchanteur, pensé par notre Aga.

– Votre Aga ?

– Elle est un peu l'équivalent chez nous de votre Grand-Duc, expliqua Thadée. Notre Aga a eu connaissance des pénuries importantes que rencontrait votre Duché, en ce qui concerne certaines matières premières que nous trouvons chez nous en abondance. Les bois précieux et solides, pour les constructions navales, notamment.

– Je ne le savais pas, répondit Siebel. Mais c'est fort probable car une grande partie des Territoires sont exploités par les Mines et les Carrières.

Orlan se leva soudain et déclara vivement :

– Siebel, je vous assure, vous n'avez pas besoin de connaître toutes ces informations, ni d'en supposer quoi que ce soit !

L'Émissaire feignit de n'avoir rien entendu et continua :

– Pour simplifier, notre Aga pense qu'il serait intéressant de créer chez vous une sorte de comptoir, un endroit où nous pourrions échanger des marchandises et peut-être même des savoir-faire. C'est une idée magnifique, vous n'êtes pas d'accord ?

– Oui, certainement, répondit Siebel, encore contrariée par la remarque d'Orlan, qui visait de toute évidence à la museler. Une idée très intéressante, sans nul doute.

– Comme j'ai expliqué la chose au Régent, l'idéal serait d'implanter ce comptoir quelque part sur cette langue de terre, ici, ajouta-t-il en désignant un endroit sur une carte sommaire des Palabres. Car ainsi, la route maritime avec notre Forêt Sinistre serait réduite et donc facilement praticable.

À ces mots, Orlan coupa court à la conversation :

– Siebel, annonça-t-il, crispé, je vous avais prévenue que cette visite ne saurait être très longue. Ces questions délicates sont actuellement en pourparlers avec le Régent, il n'est donc pas judicieux de les aborder ici. Il est temps pour nous de nous retirer et pour monsieur l'Émissaire de prendre un peu de repos.

La jeune femme sentit qu'il était inutile d'insister et se leva avec un sourire poli. L'Émissaire, toujours digne, dans son vêtement multicolore aux plis impeccables, lui rendit son

sourire avec amabilité et quitta la pièce, abandonnant sur la table le plan qu'il avait déplié.

Siebel en était encore stupéfaite.

Cette langue de terre que l'Émissaire avait désignée sur le plan et qui formait une pointe en V si caractéristique, cet endroit sur lequel l'Aga voulait établir ce fameux comptoir, c'était tout simplement le plus ancien territoire Convers.

Voilà donc pourquoi Orlan avait écourté leur entrevue.

Après cette rencontre, Siebel tenta à plusieurs reprises de revoir l'Émissaire mais chaque fois Orlan s'interposa. À en croire le Prince, Thadée avait toujours autre chose à faire. Siebel jugeait pourtant que l'offre Sinistre était un excellent moyen de mener une négociation entre les deux clans et elle tenta de convaincre Orlan de cette idée mais celui-ci restait sceptique.

– Je ne comprends pas pourquoi vous ne vous intéressez pas davantage à la proposition de l'Émissaire, insistait-elle. Une alliance commerciale donnerait aux Palabres un ascendant fort sur les autres Provinces, sans parler de l'avantage économique pour tous, ne trouvez-vous pas ?

– Je n'en suis pas convaincu, répondait inlassablement Orlan. Et le Régent, non plus. D'autre part, cette suggestion n'efface pas la menace militaire que les Sinistres font peser sur nous. Car dans le cadre d'une attaque, les Palabres seraient alors le premier territoire concerné. Cette proposition pourrait n'être qu'un prétexte et il est encore trop tôt pour le savoir.

– Pourquoi tant de méfiance ? C'est tout de même la première fois depuis fort longtemps que les Sinistres envoient un Émissaire !

– Voilà pourquoi nous devons rester sur nos gardes, répondit Orlan.

Rapidement, des bruits relatant l'entrevue de Siebel et de l'Émissaire avaient parcouru les Territoires. Cette tentative d'ouverture était perçue comme une traîtrise.

Dans chaque ville, dans chaque village, des affiches et des inscriptions jaillissaient sur les murs, côté argans mais aussi côté convers :

Les voix étaient unanimes : en quelques jours à peine, Siebel était devenue la figure de la traîtrise pour les Argans comme pour les Convers.

Elle s'en inquiéta auprès du Prince.

– Orlan, le peuple est chargé de ressentiment, vous devriez vous adresser à lui avant qu'un conflit plus sérieux n'éclate.

– Siebel, votre rôle s'arrête ici, l'interrompit Orlan. Je vous avais prévenue que vous entretenir avec l'Émissaire Sinistre pouvait attirer sur vous la colère de la cour et du peuple. Par le Duc, cela passera ; cela passe toujours.

– Mais pourquoi ne pas leur parler ?

– Ce voyage que nous avons entamé rassurera les foules aussi bien qu'un long discours, vous verrez. Je vous en prie, laissez-nous, mon père et moi, juger de ce qui est bon pour les Territoires et n'essayez pas d'interférer comme vous le faites dans nos décisions !

Orlan mit un terme à la conversation en quittant la pièce, comme à son habitude, non sans un signe respectueux à sa fiancée.

Siebel s'inquiétait pour la paix des Palabres autant que pour Orlan. Celui-ci, sûr de lui, ne semblait pas percevoir l'hostilité manifeste de certains villages qu'ils traversaient. Elle tenta encore de l'alerter à plusieurs reprises, en vain : le jeune homme la rabrouait avec une politesse glaciale, allant jusqu'à l'empêcher de prendre la parole devant le Régent.

Le quotidien d'Orlan et Siebel contrastait fort avec le climat de tension qui régnait dans les Palabres. La rigueur du protocole et les diverses cérémonies rendaient le déplacement de la cour très rébarbatif : chaque visite était ponctuée de rituels qui se ressemblaient tous.

Certains villages investissaient parfois des fortunes pour célébrer en grande pompe la venue du Régent et de sa cour, et ce, même si celui-ci ne réglait jamais aucune note.

Dans certains lieux très reculés, la venue du Régent, représentant direct du Grand-Duc, était une chose si extraordinaire que la foule se pressait pour le voir passer. Le Régent paradait, entouré de ses fidèles, arborant avec majesté son célèbre *Cardinal* monté en collier. La Pierre était taillée à la façon ancienne, ce qui rendait ses feux plus spectaculaires encore et cet éclat exceptionnel contribuait à l'image sacrée qu'elle véhiculait.

Le matin du drame, Siebel s'était éveillée très tôt et s'était préparée pour se rendre sur la place du village, qu'elle devrait traverser au bras de son futur époux.

Elle ne comptait plus le nombre de places, de ponts et autres lieux remarquables qu'elle avait ainsi arpentés depuis le début de leur voyage. Après avoir revêtu un vêtement couleur *Cétoine*, la couleur des Convers, elle avait attendu le début de la longue cérémonie avec lassitude.

Après les discours du chef de village, le Régent, comme de coutume, s'avança dans un silence respectueux sous l'immense structure en forme d'arc de triomphe.

L'édifice de bois, entièrement piqué de fleurs, produisait d'étranges gémissements. Tout à coup, sous les yeux horrifiés des badauds, la structure s'effondra sur elle-même dans un fracas de bruit et de poussière. Passé le premier instant de stupeur, on se précipita pour venir en aide au Régent, qui gisait sous les décombres.

Des cris affreux s'élevèrent autour de Siebel tandis qu'un dangereux mouvement de foule l'empêchait d'approcher. Alors que l'on s'attelait autour du blessé, les questions et les interpellations commencèrent à fuser : avait-on essayé d'attenter à la vie du Régent ? Se pouvait-il qu'il s'agisse d'un accident ? Ou bien, au contraire, avait-on saboté la structure pour faire croire à une tentative d'assassinat et discréditer ainsi le village ?

Le Régent, inconscient, fut transporté d'urgence jusqu'à l'auberge la plus proche : il avait une blessure inquiétante à la tête qui saignait abondamment. Siebel tentait de se frayer un chemin parmi la foule qui s'entassait dans la salle de l'auberge où l'homme gisait sur une table, veillé par Orlan, plus mutique que jamais.

Une voix s'éleva bientôt dans l'assemblée, alors que Siebel se rapprochait du blessé.

– Voilà la maudite Converse ! Elle ose encore se montrer et faire face à son terrible forfait !

Le marquis qui avait pris la parole fit quelques pas en avant, la main à son épée.

– Infâme, vil comploteur, comment oses-tu ? répondit Orlan en se tournant vers lui.

– Et comment être sûr que tu n'es pas, toi, son propre fils, lié à ce crime abominable ? N'as-tu pas toujours souhaité arborer le *Cardinal* de ton père ?

– Il suffit, je ne peux en entendre davantage, fulmina Orlan.

Un peu désarçonné d'avoir à prendre la relève de son père de façon aussi abrupte, il fit un geste peu assuré à l'intention des sentinelles, afin qu'elles dispersent la foule et emmènent le marquis. Pris en étau entre deux hommes en armes, celui-ci croisa Siebel sur son chemin et l'apostropha de façon à ce que tout le monde puisse l'entendre :

– Vous serez certainement la prochaine, madame. Prenez garde alors que votre belle robe ne soit pas toute tachée de sang !

Un nouveau mouvement de foule se fit lorsque les sentinelles firent évacuer la salle. Siebel recula vers le fond de la pièce tandis que des courtisans aux paroles venimeuses la scrutaient du coin de l'œil. Elle se rapprocha enfin d'Orlan, qui s'était rassis près du Régent.

Celui-ci respirait difficilement : un gargouillis inquiétant accompagnait chacune de ses inspirations. Un des médecins qui s'affairaient autour du blessé expliqua au Prince, à mi-voix, que la cage thoracique du Régent avait été enfoncée et que du sang s'écoulait probablement dans ses poumons.

– Duc tout-puissant, murmura Siebel.

Le Prince ne sembla même pas s'apercevoir de sa présence. Après un silence glacial, il leva enfin les yeux sur elle.

– Retournez dans vos appartements, madame, c'est préférable. Il y aura bientôt une enquête.

– Que voulez-vous dire ? répondit Siebel, stupéfaite.

– Nous discuterons de tout ceci plus tard, répondit-il, les yeux rivés sur le corps qui tressaillait douloureusement.

– C'est un accident dramatique, insista Siebel, mais, Orlan, je vous en prie, vous ne devriez pas donner foi à ces inqualifiables accusations !

Orlan n'était pas habitué à agir dans l'urgence, c'était palpable. Ses mains tremblaient et son visage était envahi de tics nerveux.

Siebel voulut ajouter quelque chose mais le jeune homme la congédia d'un geste de la main.

– Au nom du Duc, madame, faites ce que je vous demande ! s'emporta-t-il soudain.

Et tandis qu'elle s'éloignait, abasourdie, il ajouta d'une voix glaçante :

– Et sachez que si vous deviez être liée à ce crime abject, d'une manière ou d'une autre, je finirais par le savoir.

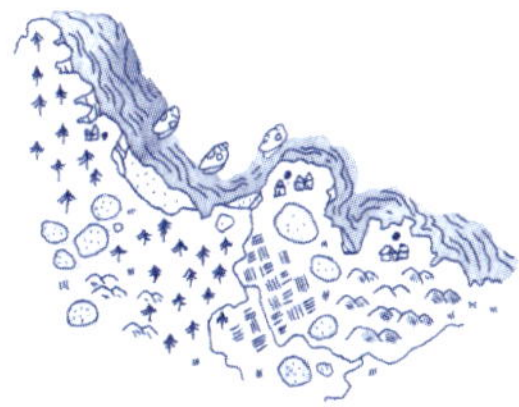

11
Côte Écarlate

Aglaé sortit du campement la première, comme à son habitude.

Elle dormait peu, prenant chaque jour à l'aube un moment pour respirer et faire le point. Elle était sous tension permanente depuis leur départ ; cela tenait bien sûr à sa position d'Épervier, qu'elle prenait très à cœur, mais surtout à la personnalité de ses acolytes – La Tique en particulier. Si les trois étaient jaloux et irrités à l'idée d'être dirigés par une fille, Vladimir était celui qui cachait le moins son mécontentement.

Il était maussade et acrimonieux, et Aglaé devait sans cesse le rappeler à l'ordre, son insigne à l'appui.

– La Tique, ce comportement pourrait être considéré comme de l'insubordination, l'imitait Daguet, avec une voix de fausset.

– Ouais ? Et tu as prévu de faire quoi ? Me dénoncer à l'aide de ton pigeon voyageur ? répondait Orso, empruntant la voix grave de La Tique.

Aglaé s'empourpra. Elle communiquait effectivement avec la Forteresse grâce à un ramier apprivoisé.

– Je suis désolée mais j'ai l'obligation de faire un rapport sur chacun d'entre vous, répondit la jeune fille.

Au départ, l'atmosphère était si pénible qu'Aglaé décida de les séparer et de les envoyer chercher des renseignements chacun de leur côté.

Cela faisait presque une saison complète qu'ils n'avaient pas profité de tant de liberté et ils avaient du mal à revenir dans le monde réel. Ils s'étaient habitués à l'ambiance austère de la Forteresse et à ses rituels quotidiens, qui leur avaient fabriqué un cocon protecteur. Pendant ces premiers jours de liberté, il ne leur vint même pas à l'esprit de profiter de ces instants de relâchement.

La Tique, en dépit de son animosité envers Aglaé, préférait éviter une altercation directe avec la jeune fille. Il se demandait si la Forteresse n'avait pas envoyé quelqu'un pour les surveiller en secret et ne voulait pas prendre le risque d'être sanctionné à son retour. Il acceptait donc ses consignes en maugréant.

Les deux autres garçons avaient un caractère plus inconsistant et prenaient rarement de décisions par eux-mêmes. Ils se mirent rapidement au service de La Tique, ce qui obligeait Aglaé à aller mendier auprès du jeune homme la moindre information.

Après quelques jours de recherche, la brigade découvrit l'embarcation clandestine, échouée sur le sable dans un petit havre discret de la Côte Écarlate. Ils interrogèrent les quelques habitants du village alentour mais ceux-ci ne pouvaient dire précisément quand cette chaloupe avait atterri là. Un garçonnet l'avait retrouvée en jouant et son père avait aussitôt informé le port qui avait prévenu la Forteresse.

Aglaé remarqua rapidement les traces considérables qui étaient restées imprimées dans la boue en lisière de forêt.

– Ces clandestins traînaient quelque chose de lourd, on dirait.

La Tique se moqua.

– Grand-Duc ! Quel sens de l'observation aiguisé, pour une fille !

Aglaé ne releva pas sa remarque.

– On peut voir qu'ils n'étaient pas très nombreux, deux ou trois, pas plus. En tout cas, ils ont cherché à prendre un chemin de traverse pour éviter de se faire remarquer. C'est donc qu'ils transportaient quelque chose d'illégal. Qu'est-ce que cela pouvait bien être ?

– De la monnaie, très certainement, répondit Daguet. Ou du Minerai ? Ce doit être un coup des Sans-Pierre, c'est évident. Ceux-là, ou les Déchus, il faut toujours qu'ils trafiquent quelque chose.

– Déchus ou Sans-Pierres, pour moi c'est pareil, rétorqua Orso.

– Non, les Sans-Pierres sont pires, c'est bien connu, insista Daguet.

– Par le Duc, un peu de silence ! les coupa Aglaé, outrée. Nous ne sommes pas ici pour écouter vos opinions ! Nous devons comprendre la raison qui a empêché cette embarcation de se présenter au port de contrôle.

S'enfonçant de quelques pas dans les feuillages, La Tique remarqua quelque chose.

– Du sang, conclut-il. Il a séché mais n'a pas été tout à fait effacé par la pluie.

– Quand a-t-il plu pour la dernière fois ? demanda Aglaé à la cantonade.

– Aucun souvenir, je ne regarde pas les nuages tous les matins, bougonna Daguet.

– Il y a eu un énorme orage, il doit y avoir quinze jours, et depuis plus rien, je crois, hasarda Orso.

– Merci Orso, lui répondit Aglaé. Donc, voilà ce qu'on sait : ils étaient deux ou trois, ils transportaient quelque chose de lourd et l'un d'eux était blessé. Ils se sont battus ou bien ils étaient poursuivis.

– Et ils n'avaient pas d'équipement pour avancer dans cette forêt épineuse, ajouta La Tique en se relevant. Les branches sont piétinées mais pas tranchées. À mon avis, ils n'ont pas dû progresser bien vite.

– Peut-être, répondit Aglaé en réfléchissant, mais on ne les rattrapera pas facilement sans une piste plus nette.

– Alors qu'est-ce qu'on fait ? On avance dans cette forêt ? Ou bien on retourne au village de pêcheurs ? demanda Daguet.

– Ils ne diront rien, répondit La Tique, en se raclant la gorge. On dirait qu'ils sont tenus par une espèce de loi du silence.

– Mais par qui ?

– Difficile à dire, tous ceux que l'on a questionnés en arrivant mentaient, c'est presque sûr, ajouta Aglaé. Ils avaient le regard fuyant.

– Bon, s'agaça La Tique. Brindille, qu'est-ce qu'on fait ? On prend le thé ici ou on avance ?

– On avance, répliqua Aglaé, fermement.

Ils marchèrent quelques heures et la nuit les rejoignit bientôt.

Ils improvisèrent un bivouac de fortune sur les plus hautes branches qu'ils purent atteindre. La forêt s'était considérablement épaissie et Aglaé avait proposé de s'installer en hauteur, à distance d'éventuels prédateurs.

Aglaé, soulagée de n'avoir pas à supporter pour cette nuit la proximité avec les trois garçons, en profita pour déployer

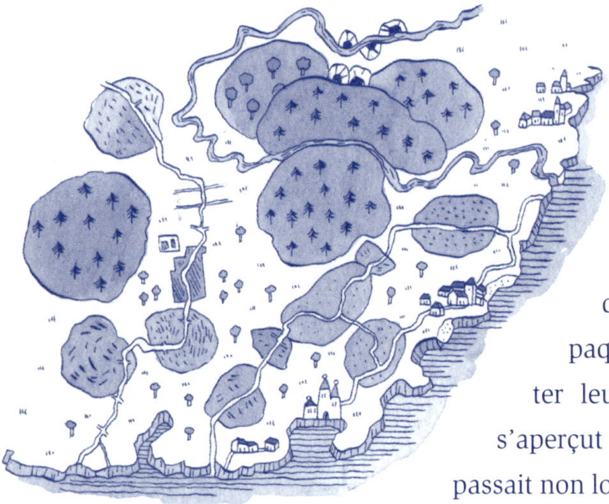

la petite carte que contenait son paquetage et y reporter leur itinéraire. Elle s'aperçut qu'une rivière passait non loin de leur campement, ce qui expliquait pourquoi ils ne trouvaient plus de traces depuis un moment ; les fuyards étaient certainement passés par ce cours d'eau. Celui-ci ne devait pas être très profond, à cette période de l'année.

La jeune fille était satisfaite de pouvoir répondre aux premiers éléments de son enquête. Elle tentait de relier un à un les indices qu'ils avaient glanés depuis leur arrivée sur le secteur. Que les clandestins soient des fugitifs, des victimes pourchassées ou bien des criminels ne l'intéressait pas. Pour le moment, elle désirait simplement reconstituer l'histoire du mieux possible et combiner les éléments de réponse au fur et à mesure de leurs découvertes.

Elle s'endormit, impatiente à l'idée de suivre la piste de la rivière.

Le lendemain, avant de descendre de son arbre, elle prit le temps d'écrire un court rapport qu'elle fixa à la bague de l'oiseau qu'ils transportaient dans une petite cage.

Aglaé suivait exactement les consignes de la Voix : la Générale lui avait demandé un rapport tous les trois jours. L'oiseau s'élança, sans l'once d'une hésitation, retrouver le chemin du pigeonnier de la Forteresse. Puis la jeune fille donna ses directives aux trois hommes qui accueillirent sa proposition en regimbant :

– Dans la rivière, par ce froid ? À toi l'honneur, Brindille !

– Les berges sont trop escarpées, et l'eau n'est pas profonde. Si on veut être sûrs de ne pas perdre leur trace, on a intérêt à emprunter le même chemin qu'eux.

Aglaé noua ses chaussures entre elles et les passa autour de son cou. Elle descendit dans la rivière, s'immergea jusqu'à la taille et se mit en marche. Lorsqu'elle eut remonté le premier lacet de la rivière, elle entendit le bruit des jeunes garçons qui pataugeaient derrière elle.

Progressant ainsi, ils arrivèrent au bout de quelques heures à une série de cuvettes naturelles, ourlées de grottes plus ou moins grandes. Plus loin, la rivière s'engouffrait dans une faille de la roche et disparaissait sous terre.

Aglaé examina sa carte. Derrière les grottes en question le relief rocheux devenait beaucoup plus escarpé. Un dénivelé important et des parois en devers rendaient l'ascension quasiment impossible.

– Ils n'ont pas pu escalader ici, surtout s'ils étaient chargés, fit remarquer Orso.

– Alors, il doit y avoir un passage par les grottes, dit Aglaé en examinant les voies d'eau.

– Les Grottes de Pluie, lut Daguet au-dessus de l'épaule d'Aglaé. C'est étrange comme nom, vous ne trouvez pas ?

Ils comprirent rapidement ce qui avait donné son nom aux grottes en s'approchant de la plus grande cavité. Un ruissellement continu de gouttelettes s'écoulait du plafond, formant un véritable rideau de pluie, qui contrastait étrangement avec le froid sec et ensoleillé qui régnait sur la forêt autour d'eux.

– Amusant, s'exclama Daguet, goguenard. On dirait vraiment qu'il pleut, mais à l'intérieur seulement.

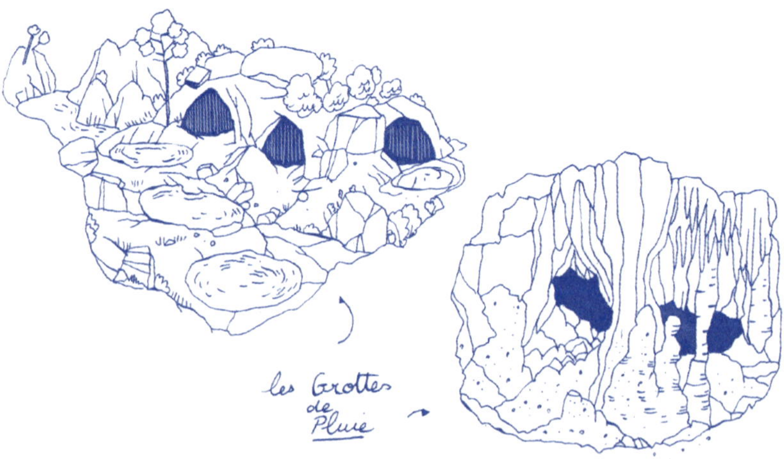

– Ils ne risquaient pas d'être dérangés ici, ajouta Orso, inquiet. J'ai déjà entendu parler de cet endroit. Pour beaucoup de gens, il est associé au monde des esprits, comme une sorte de porte sur l'autre monde. C'est un endroit mauvais.

– C'est vrai qu'on dirait une sorte de frontière, répondit Aglaé en considérant l'intérieur de la cavité et les impressionnantes concrétions formées par la calcite.

Elle s'aventura de quelques pas à l'intérieur : une atmosphère lugubre et humide envahissait les lieux. Daguet aussi s'était avancé tandis qu'Orso se tenait à bonne distance de l'entrée.

– On devrait peut-être vérifier qu'il n'y a pas une bête cachée, là-dedans ? proposa Daguet.

– Par le Duc, ne dites pas n'importe quoi ! coupa La Tique.

Il posa son barda avec fracas entre eux deux.

– Vous imaginez qu'on va rencontrer quoi, au fond de cette grotte ? Un dragon ? Ou encore mieux, une fée ? Trêve d'enfantillages : on va inspecter tout ça et le pire qui risque de nous arriver, c'est de salir nos uniformes.

Sa remarque détendit un peu l'atmosphère.

Seul Orso se rembrunit. Il était originaire d'une des îles les plus éloignées de l'Archipel où les croyances et les superstitions étaient encore puissantes. Aglaé ne souhaita pas le provoquer sur un sujet qu'elle jugeait sensible et ajouta :

– Orso, tu inspectes les alentours et les cuvettes. La Tique et Daguet, allons-y.

Ils firent un tour rapide des différentes cavités que présentait la grotte : en dehors d'étranges gravures sur les murs, ils ne trouvèrent qu'un maigre butin, les reliefs d'un bivouac sommaire, installé à même le sol.

– Bon, ils sont passés par là, et après ? Cela ne nous amène pas à grand-chose, grommela La Tique, irrité. On ressort !

Tandis que Daguet dispersait à coups de pied les restes du foyer, Aglaé remarqua un papier à demi calciné qu'elle ramassa discrètement. Les lignes étaient irrégulières, comme si elles avaient été écrites dans la précipitation, et le texte était à peine lisible.

Elle inspecta le reste de la cavité humide. Plus loin, presque enterré dans la glaise, elle trouva un carnet de cuir auquel appartenait certainement la page arrachée.

On aurait dit une sorte de journal. La jeune fille essuya vaguement le carnet, le fourra dans la poche intégrée à sa ceinture et se dirigea vers l'extérieur.

Au passage, elle jeta un dernier coup d'œil aux gravures qui ornaient les parois du long diverticule menant à la sortie. Parmi les multiples dessins, un motif géométrique attira soudain son attention. Aglaé tâcha de se concentrer : elle était certaine d'avoir déjà vu ce signe quelque part. Elle s'écarta un peu du mur pour le regarder dans son ensemble. Le motif revenait inlassablement, sur toute la paroi de la grotte ; dans la pénombre, elle ne s'en était pas rendu compte au premier abord.

Pendant qu'elle mémorisait l'étrange motif, La Tique rongeait son frein depuis l'extérieur :

– Au nom du Duc, Brindille, qu'est-ce que tu fabriques là-dedans ? Si tu veux qu'on t'abandonne à l'intérieur, sache que tu n'as qu'un mot à dire !

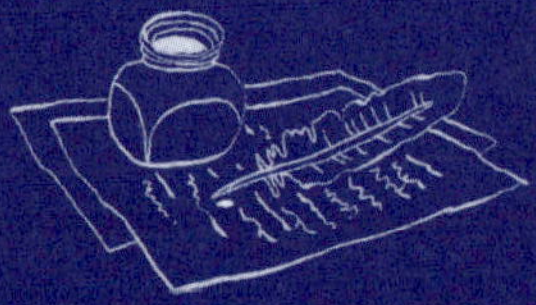

Lettre de Siebel à Baltasar d'Alterro

Mon cher frère,

Cela fait longtemps que je n'ai pas eu de tes nouvelles et je constate avec dépit que mes deux dernières lettres sont restées sans réponse. Je suppose que tu ne vois pas le temps passer à la Péninsule et que la monotonie du départ fait enfin place au divertissement.

Je ne te cacherai pas la vérité. Ici, la situation s'est terriblement dégradée depuis l'accident dont tu as dû, sans nul doute, recevoir les échos.

Dès que les médecins ont jugé le Régent en état d'être déplacé, nous sommes rentrés en urgence à la Villa. Le malheureux est actuellement entre la vie et la mort ; à peine conscient, il est peu probable qu'il en ressorte sans de graves séquelles. Il est veillé constamment et son état n'évolue que très peu.

Beaucoup sont convaincus que, loin d'être un tragique accident, ce qui s'est passé sur les rives du Fleuve Ruban était une tentative d'assassinat et Orlan en fait partie. Les rumeurs de complots se déchaînent un peu partout et je vois bien que le Prince est très mal conseillé. Je n'ai plus que très rarement accès à lui : depuis qu'il a pris la place de son père, ses ministres et fidèles font tout pour m'empêcher d'avoir le moindre entretien avec lui.

Rendu fou par le ressentiment, il impose à tous les Convers des mesures injustes qui ne font qu'aggraver la situation dans la ville : leurs maisons sont régulièrement fouillées et un couvre-feu leur est imposé dans certains quartiers. Par le Duc, je crains fort ce qui pourrait arriver si le Prince ne revient pas très vite à la raison…

Quelques émeutes ont déjà eu lieu dans certains quartiers et la rue gronde toujours. On me tient à l'écart dans une partie éloignée de la Villa où je ne reçois que très peu de visites.

Pardon pour ces déplorables nouvelles.

Réponds-moi, je t'en prie.

Ta sœur inquiète,
Siebel

12
Océan Tourbe

Tout s'était déroulé comme l'avait prédit Maître Ulrich, c'est-à-dire de façon catastrophique.

Le navire de l'Amiral, fleuron de la flotte Palabréenne, était solide mais certainement pas conçu pour les conditions extrêmes de l'Océan Tourbe.

Les hommes, au départ hostiles à l'idée du jeune Prince, s'étaient peu à peu laissé convaincre par les tableaux d'arrivées triomphantes que celui-ci s'était efforcé de leur dépeindre. Il leur avait si bien raconté les merveilles dont le sol regorgeait et les somptueuses récompenses que le Grand-Duc ferait pleuvoir sur eux à leur retour qu'ils avaient fini par adhérer à son ambitieux projet.

Mais après quelques jours de navigation au ralenti, ils avaient dû se rendre à l'évidence : les eaux noires et épaisses s'étaient refermées sur eux. Le bateau était figé dans une véritable gangue collante, d'un noir profond, qui empêchait tout mouvement. La chaleur et l'humidité faisaient, en outre, des dégâts supplémentaires sur les hommes autant que sur le matériel et les provisions.

Leur vaisseau s'était immobilisé à proximité d'une série d'îlots rocheux qu'ils pouvaient atteindre avec les chaloupes. Celles-ci, moins lourdes que le navire, se déplaçaient tant bien que mal dans la bourbe visqueuse. Une poignée d'hommes partirent inspecter les îlots et vérifier s'ils pouvaient y trouver de la nourriture.

Arto s'agaça de cette entreprise :

– Cette consistance poisseuse n'est certainement qu'un effet pervers de cette chaleur extrême. Dans quelques jours, après une bonne averse, l'eau aura retrouvé son aspect naturel, et nous pourrons repartir.

La première expédition revint enfin et rapporta que les îlots présentaient de petites cavités où s'abriter, qui fourmillaient de lézards et de serpents assez gros pour fournir quelques repas honorables. Les hommes commencèrent alors à organiser des allers et retours quotidiens pour chasser et se dégourdir les jambes. Le soir, tout le monde se regroupait sur le vaisseau : les matelots et les quartiers-maîtres dans leur carré ; le Capitaine, Arto et son précepteur dans un autre. Arto inflexible, refusait de quitter le navire : il passait ses journées à prendre des notes dans un

carnet et à dessiner les animaux inconnus que les matelots ramenaient à bord.

Il accusait le Capitaine d'abandonner son navire et restait parfois seul avec Maître Ulrich à arpenter le pont pendant que les hommes se rendaient à terre.

Depuis l'îlot principal, Dinis observait la poupe du bateau : celle-ci s'enfonçait chaque jour un peu plus dans cette affreuse tourbe noire. Comme tout le monde, il avait entendu parler de cette légendaire huile de *Corbeau* qui, selon les rumeurs, jaillissait depuis les fosses sous-marines, mais il n'y avait jamais cru tout à fait.

Inquiet, il avait pris la décision d'établir un campement sommaire sur cette île et avait commencé par y faire transporter une grande partie de leurs réserves. Il organisait dans une faille rocheuse un abri où ils pourraient se réfugier si les choses tournaient mal : des provisions, quelques nattes pour dormir, des couvertures si les températures venaient à baisser et une grande partie de leurs combustibles ; le bois et l'huile qui leur servaient pour s'éclairer et se chauffer.

Tout à coup, des voix connues s'élevèrent derrière lui, le tirant de ses ruminations :

– Laissez-moi, Maître Ulrich ! Vous voyez bien que je me débrouille parfaitement sans vous ! Alors Capitaine, que manigancez-vous par ici ?

Le Capitaine était surpris de voir que le jeune homme s'était enfin décidé à quitter le navire. Accompagné de son précepteur, il regardait avec hauteur les installations sommaires que Dinis et ses hommes avaient construites.

– Comme vous y allez, Capitaine, par le Duc, vous manquez d'optimisme ! On pourrait croire que vous n'imaginez jamais repartir de ce rocher !

– Monsieur le Prince, nous nous enfonçons de plus en plus. D'ici peu, j'ai bien peur que le navire soit complètement aspiré par le fond.

– Pour ma part, je suis convaincu que le bateau sera bientôt à flot. Aussi, je vous ordonne de démanteler ce camp et de vous tenir prêts à repartir !

Arto frappa plusieurs coups de sa canne au sol, impatient, tandis que les hommes se regardaient, hésitant sur ce qu'ils devaient faire ou non.

– Eh bien, qu'attendez-vous ? Allons, plus vite !

Mais Maître Ulrich arrêta le jeune homme d'un geste et se tourna vers le rivage. Un remugle menaçant les enveloppait, qui ne laissait que peu de doutes sur ce qui se passait. Ils se précipitèrent sur le rivage, en direction du bateau, et firent quelques pas dans la boue noire et épaisse. À leurs pieds, la tourbe gluante était animée de soubresauts tandis que le navire, comme ficelé par des membranes tentaculaires, était aspiré par le fond. Le bois gémissait sous l'emprise écrasante du *Corbeau* qui l'attirait irrémédiablement, et un des matelots, resté sur le pont du bateau, gesticulait en appelant au secours.

– Tobias ! Le navire ! hurlaient les hommes, épouvantés.

Tous comprirent qu'il n'y avait plus rien à faire.

Assis sur le rivage, ils assistèrent, hallucinés, au spectacle désolant de leur bateau englouti en quelques instants par la force herculéenne de l'Océan Tourbe.

Le naufrage du "Lordalie"

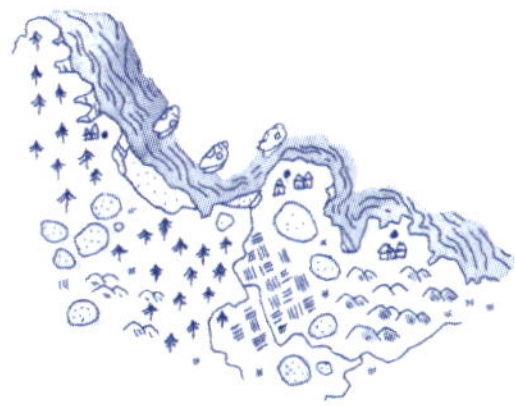

13
Côte Écarlate

Aglaé caressa du pouce la tête de l'oiseau, petite comme une noix. Elle relut, pour la dixième fois, les dernières instructions qu'elle avait reçues :

La Générale Caracara,
Commandante aux Aucelles de la Forteresse,
vous donne ordre de détruire
tous les indices que vous aurez collectés
sur votre passage.

La Voix les avait envoyés ici sous prétexte d'enquêter mais visiblement elle était déjà au courant de ce qu'ils allaient trouver. Une barque, des traces de lutte et les vestiges d'un campement de fortune. Aglaé ne voyait pas là matière à inquiéter le Grand-Duché. Le journal avait donc son importance. Mais pour qui ?

Si la Générale leur demandait de le détruire sans même en prendre connaissance, la jeune fille en déduisait que leur mission n'était plus de retrouver quelque chose ou quelqu'un mais bien de s'assurer de la disparition de cette personne.

Le carnet qu'elle avait retrouvé dans la grotte attisait terriblement sa curiosité. Elle ne pouvait se résoudre à le détruire avant d'avoir au moins regardé de quoi il s'agissait. À pas de loup, elle se rapprocha de la tente et vérifia l'intérieur : les garçons, entassés, dormaient depuis un petit moment. Elle retourna près du feu qui vivotait doucement. Installée sur une pierre, elle sortit de sa large ceinture le carnet à demi calciné et commença à en étudier les premières pages, à la lueur des flammes.

Celles-ci étaient presque illisibles : les pages qui n'avaient pas été roussies par les flammes étaient détrempées par la terre humide et l'encre avait bavé un peu partout. Elle approcha le carnet du feu. On pouvait tout de même y déchiffrer un nom : Baltasar d'Alterro.

Aglaé s'interrogeait : peut-être faisait-elle fausse route ? Le journal pouvait tout aussi bien se trouver dans cette grotte depuis des saisons entières et avoir résisté aux intempéries. Elle tenta de lire certains passages. Çà et là, des fragments de texte apparaissaient mais d'autres avaient entièrement disparu.

Sur les dernières pages, elle comprit que l'auteur avait été interrompu brusquement dans son récit. Quelque chose attira soudain son attention : le signe qu'elle avait découvert sur les parois était, là, reproduit sur la toute dernière page du journal.

Tandis qu'elle tenait le carnet près du feu, un raclement de gorge bien identifiable la fit sursauter.

– Alors, on examine les preuves ? Ce n'est pas ce qu'a demandé la Voix, il me semble…

La Tique s'était rapproché du feu sans qu'elle s'en aperçoive.

– Cela ne te regarde pas. C'est moi qui reçois les consignes.

– On dirait qu'on n'a pas la même définition du terme « détruire », si tu vois ce que je veux dire…

– La Voix ne nous interdit pas non plus de réfléchir.

– Réfléchir ? Mmmh… Réfléchir peut se révéler regrettable dans notre situation. Nous, on exécute. C'est pour ça qu'on nous forme, Brindille.

– Voilà peut-être pourquoi je suis en charge des transmissions et pas toi, La Tique ?

Aglaé jeta nonchalamment le journal dans le feu, et le regarda un instant s'embraser. Elle se redressa et s'étira en déclarant :

– Bon. Puisque tu es réveillé, tu n'as qu'à prendre le prochain tour de garde.

La Tique prit sa place près du feu et lui répondit d'un ton doucereux :

– À vos ordres, Brigadier Brindille. Mais surtout, n'oubliez pas de ne dormir que d'un œil ! On n'est jamais trop prudent, comme on dit…

Malgré ces insinuations, Aglaé dormit profondément, plusieurs heures d'affilée. À son réveil, La Tique était toujours près du foyer, maussade et silencieux. Orso, parti chasser, avait ramené un volatile bariolé qui, une fois déplumé, n'avait que la peau sur la carcasse.

– Qu'est-ce qu'on fait maintenant ? demanda Daguet. On rentre ? On a vu une barque branlante, attrapé un oiseau de paradis, et c'est fini ?

– On retourne au village le plus proche, on renvoie l'oiseau au pigeonnier et on attend les ordres, déclara Aglaé.

– Et on va attendre longtemps comme ça ? grommela Daguet.

– Commencez donc à replier le campement, si vous avez de l'énergie à dépenser, et, par le Duc, arrêtez un peu de vous plaindre, les gronda La Tique d'une voix sourde.

Cette fois-ci, Aglaé faillit le remercier mais le regard lourd de sous-entendus qu'il lui adressa était sans appel : c'était *ses* hommes et c'était *lui* qui commandait cette mission. Voilà le message limpide qu'il lui adressait devant Orso et Daguet, qui démontaient la tente en bougonnant.

Aglaé se méfiait beaucoup de lui. Elle pensait La Tique parfaitement capable de la laisser plus morte que vive dans un coin de cette forêt et de rapporter ensuite à la Forteresse un malencontreux accident.

– Il y a presque une journée de marche pour rejoindre le village, déclara-t-elle, il faut partir maintenant.

Son barda replié, Aglaé se remit en route tandis que La Tique, Daguet et Orso s'engageaient silencieusement à sa suite.

Lorsqu'ils arrivèrent enfin, ils trouvèrent le village déjà endormi. Ne sachant où s'installer pour la nuit, ils se dirigèrent vers la plage pour s'y reposer quelques heures avant l'aube.

En s'approchant, ils aperçurent un groupe réuni autour d'un feu.

– Tiens, une petite réunion nocturne ! C'est peut-être le moment de s'amuser un peu, non ? annonça Daguet en montrant ses poings.

– Je vous rappelle que nous sommes ici en observation, leur chuchota Aglaé. Il est hors de question de déclencher une bagarre sans raison valable.

Daguet soupira et adressa un regard excédé à Orso. Lorsque les Éperviers s'approchèrent, les hommes autour du feu s'écartèrent aussitôt sans un mot. Aglaé ne s'en étonna pas : l'hostilité envers les Recrues était notoire dans cette partie du Grand-Duché. Le regard sombre, les pêcheurs adressèrent aux visiteurs un salut poli mais glacial.

Aglaé reconnut alors un des pêcheurs qu'elle avait interrogés le jour de leur arrivée. C'était le père du garçon qui avait trouvé la barque et prévenu le port. Elle se posta devant lui.

– Vous avez trouvé ce que vous étiez venue chercher, j'suppose ? lança l'homme.

– Oui, on peut dire ça, répondit Aglaé.

– Si vous souhaitez un lit pour c'te nuit, allez voir le vieux Ruben. Sa maison sert d'auberge pour les visiteurs de passage.

– Très bien, nous irons.

– De chez lui, vous aurez une vue superbe sur la Forteresse.

– C'est bon, on connaît ! coupa Daguet.

– J'en doute pas, mon garçon, j'en doute pas. Allons-y, nous autres.

Il fit un signe et le groupe s'éloigna, mains dans les poches, d'une façon tranquille et nonchalante.

– Par le Duc, qu'est-ce qu'ils conspirent, ceux-là ? C'est une heure pour se retrouver à discuter sur une plage ? demanda Daguet.

– Toi, tu n'as pas compris comment on se liait d'amitié avec les gens du coin, lui répliqua La Tique.

– Bizarre, ces allusions sur la Forteresse. J'ai l'impression que ce type essayait de jouer au plus malin avec nous, insista Daguet.

– Faut dire qu'avec toi, la partie serait vite terminée ! se moqua Orso, avec un rire gras.

Aglaé n'avait plus dit un mot depuis le départ du pêcheur. La lumière dansante des flammes lui avait dévoilé ce qu'elle cherchait depuis la veille et qui était tatoué sur la poitrine de l'homme. Fascinée, elle avait immédiatement reconnu l'espèce de coquillage concentrique, le même que celui du journal et celui des grottes. Le pêcheur avait croisé son regard et relevé prestement son col. Tout cela s'était passé en quelques secondes, mais Aglaé était certaine de ce qu'elle avait vu.

Elle s'installa près du feu, troublée. Le parfum des embruns, mêlé à l'odeur âcre, caractéristique de la Côte Écarlate, vint lui picoter les narines.

Que pouvait signifier ce symbole ? De toute évidence, cela s'apparentait à un signe de reconnaissance. Mais pourquoi la Générale ne l'avait-elle jamais mentionné jusqu'à présent ? Un mouvement souterrain de contestation ne pouvait que fragiliser le système et occasionner de dangereux troubles. L'unité était la clef de voûte du pouvoir ducal, comme on le leur avait répété maintes et maintes fois, pendant leur formation.

Aglaé se perdit un moment dans le spectacle du feu qui s'animait devant elle pendant que les garçons s'affalaient sur le sable un peu plus loin. Il devenait maintenant certain que la Générale leur cachait une bonne partie des réels objectifs de leur mission.

Elle s'allongea sur le sable, les bras derrière la tête, le nez vers les étoiles. Par le Duc, tout cela se révélait beaucoup moins facile qu'elle ne l'avait imaginé en quittant la Forteresse, quelques jours plus tôt.

14
Villa Lordalie

Siebel pressait le pas dans le couloir.

Depuis qu'Orlan se méfiait d'elle, la jeune fille vivait dans une angoisse constante, même dans ce quartier réservé de la Villa qu'elle occupait. Arrivant devant sa chambre, elle vacilla lorsqu'elle aperçut l'œil blanc, peint à la va-vite, sur la porte.

Elle avait entendu dire que les maisons des Convers étaient désormais marquées d'un tel signe, pour les distinguer des autres. Partout, les Convers étaient attaqués de plus en plus ouvertement et beaucoup fuyaient la ville : chaque jour moins nombreux, ils devenaient alors des cibles faciles pour leurs agresseurs.

L'idée que quelqu'un avait bravé les sentinelles et s'était introduit dans la Villa, pour dessiner ce signe effrayant sur sa porte, était très préoccupante. Malgré sa peur, elle ne pouvait s'empêcher de se dire que c'étaient ses fiançailles avec Orlan qui avaient propagé cette incandescence, ce qui la rendait, d'une certaine manière, en partie responsable de la situation.

Un valet vint à sa rencontre tandis qu'elle retraversait à la hâte les longues arcades qui menaient aux jardins.

– Madame, le Régent vous demande de vous rendre tout de suite en salle du Conseil, lui déclara-t-il sur un ton peu aimable et sans la regarder dans les yeux.

Siebel obtempéra, dépitée.

Elle avait l'impression que même les domestiques de la Villa ne cachaient plus leur inimitié envers elle. Elle suivit le jeune homme jusque dans la partie la plus centrale de la Villa, impatiente néanmoins de s'entretenir avec Orlan. Elle savait qu'il lui fallait à tout prix retrouver sa confiance si elle voulait arranger la situation.

Lorsqu'elle se présenta, elle sentit que cette reconquête était mal engagée. Le Prince était agité et arpentait la pièce avec nervosité.

Depuis l'accident, il se montrait de plus en plus sanguin et prompt à s'emporter. Des bruits racontaient qu'il avait succombé aux substances illégales et que son caractère en était beaucoup altéré.

Lorsqu'il s'avança au-devant d'elle, Siebel resta stupéfaite sur le seuil de la pièce. Le jeune homme avait perdu l'embonpoint qui le caractérisait et, à la faveur du contre-jour, elle eut l'impression fugitive qu'Arto était de retour. Mais la surprise de Siebel s'évanouit tout à fait en reconnaissant son fiancé qui émergeait de l'ombre.

Les yeux brillants d'une lueur maladive dans le visage glabre du Prince, encore plus lunaire que d'habitude, provoquèrent chez la jeune fille un mouvement de recul.

– Pourquoi cette distance ? lui lança-t-il. Vous défiez-vous de moi ? Vous ne vous souvenez plus de notre marché ?

– Orlan, vous savez que vous pouvez me compter parmi vos alliés.

– Pourtant vous tremblez, madame. Auriez-vous des raisons de craindre ma colère ?

Siebel tenta de se justifier :

– Par le Duc, pas le moins du monde ! Mais je crois que vous donnez raison aux coupables en n'écartant pas complètement les accusations qui me concernent. Vous ne devriez pas les laisser nous diviser de la sorte.

– Mais on vous a entendue à de nombreuses reprises vous exprimer à la Chambre en faveur des Convers. Et vous avez même fait des promesses aux représentants de leurs corporations !

– J'ai promis de tenter d'intercéder en leur faveur car ce sont ceux qui sont le plus injustement traités. Les commerçants sont criblés de taxes qui les empêchent de travailler et leurs magasins sont vandalisés régulièrement…

– Vous avez outrepassé votre rôle ! l'interrompit Orlan.

Siebel se laissa tomber sur un divan, comprenant qu'encore une fois, elle ne serait pas entendue.

– Cette situation est devenue intolérable ! ajouta Orlan. Et je vous interdis ces ridicules prises de positions. Par le Précis, ce conflit sera bientôt résolu, faites-moi confiance.

– Orlan, que signifient les signes qui fleurissent sur les maisons ? Vous devriez faire cesser ces agissements avant qu'un désastre n'arrive.

– Siebel, votre présence dans cette maison attise les animosités plus que je ne l'imaginais. Croyez-moi, je ne porte aucun crédit aux médisances mais je ne pourrai enrayer cette surenchère de violence à moins d'utiliser la force moi-même.

Siebel avait peur de comprendre l'inimaginable solution qu'envisageait Orlan. Ces signes sur les portes signifiaient-ils qu'Orlan comptait se venger sur tous les Convers sans exception ?

– J'espère du fond du cœur que vous n'imaginez pas résoudre ce conflit en vous débarrassant de toute une partie de votre population ? demanda Siebel, le cœur battant à tout rompre.

Orlan lui répondit d'un air las :

– Et même ainsi, ma position en serait fragilisée, car on me verrait alors comme un tyran. Vous comprenez qu'il m'est difficile de trouver une solution qui ne fasse pas dégénérer les choses d'une façon ou d'une autre, n'est-ce pas ?

La jeune fille en frissonna d'horreur. Il lui semblait qu'Orlan avait définitivement pris parti contre les Convers et que plus rien ne pourrait, à présent, empêcher un bain de sang.

– Et comment vous y prendrez-vous pour vous débarrasser de moi ? J'ai vu l'œil sur ma porte, ce matin !

Le Prince se détourna d'elle et se dirigea vers la fenêtre, comme si la conversation était terminée. Siebel insista néanmoins :

– Un simple guet-apens dans un couloir de cette Villa devrait suffire. Oh, vous n'aurez pas besoin de beaucoup d'hommes : très peu, ici, sont prêts à prendre ma défense.

Orlan lui répondit sans même se donner la peine de se retourner :

– Par le Duc, il suffit ! Me prendriez-vous pour un vulgaire assassin ? Nous ne pouvons rompre nos fiançailles sans quoi le peuple prendrait cela comme un désaveu évident. Je ne vois qu'une solution pour l'instant : vous éloigner.

La jeune fille n'en croyait pas ses oreilles.

– Un exil ? Et combien de temps devrai-je partir ?

– Qui sait ? Plusieurs saisons. Une année, peut-être. Je souhaiterais reprendre la situation en main sans impliquer les Forces ducales. Vous partirez dès demain sur le bateau de l'Émissaire Sinistre. Tout a été arrangé.

– Vous voulez dire que vous m'envoyez en Pays Sinistre ? s'exclama Siebel, sidérée.

– Ce sera un moyen d'user de diplomatie : vous tenterez d'établir les bases de ce comptoir qui les intéresse tant et vous tâcherez de consolider nos rapports. Vous savez à quel point le Pays Sinistre et le Grand-Duché sont arc-boutés l'un contre l'autre ; tout ce que vous pourrez nous apprendre se révélera utile.

– Si je rentre un jour, murmura Siebel.

– Je ne peux rien faire de plus pour le moment ! lui répondit-il en se tournant enfin vers elle. Si vous saviez combien de conseillers m'ont préconisé de vous livrer à la foule.

La jeune fille était tiraillée. Partir en Pays Sinistre était sans doute une chose effrayante, pourtant, si Orlan disait vrai et que sa simple présence exhortait la foule à la haine, alors il n'y avait pas à hésiter : il lui fallait disparaître le plus vite possible.

– Allez, je vous en prie, préparer votre départ.

Elle se leva et s'apprêtait à sortir, encore sous le choc d'une telle annonce, lorsque le jeune homme ajouta :

– Une dernière chose, madame. Vous laisserez, je vous prie, votre chambre à coucher accessible cette nuit.

À ces mots, Siebel fut prise d'une grande confusion. Depuis leurs fiançailles, jamais ils n'avaient rompu cet accord et elle eut soudain l'impression d'être déshabillée sur place.

– Pourquoi cette demande ?

La froideur habituelle d'Orlan se mêlait à sa gêne et il se lança dans une de ses explications didactiques habituelles :

– C'est évident. Lorsque vous reviendrez à la cour, un héritier direct sera le moyen le plus efficace de consolider votre place et le pouvoir, vous en conviendrez. Dans le cas où je serais personnellement menacé, cela pourrait également éviter que mon frère, s'il revient un jour, ne se fasse trop d'illusions…

Siebel resta silencieuse.

Même sur ce sujet, Orlan avait réfléchi à toutes les options ; voilà qui ne l'étonnait guère… Elle quitta la pièce, sans un mot, livide, avec l'impression d'avoir reçu un véritable coup de poing à l'estomac.

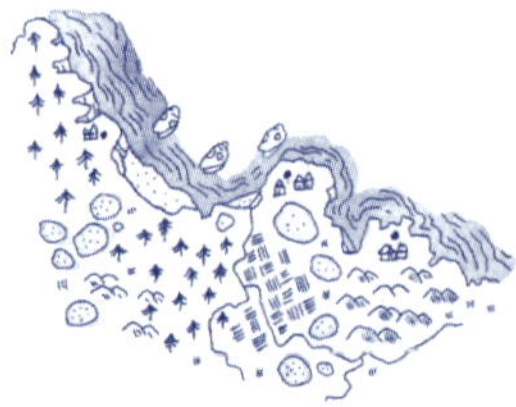

15
Côte Écarlate

Aglaé tentait en vain de réveiller ses trois acolytes, en les secouant sans ménagement. Il en était ainsi tous les matins, depuis cinq jours qu'ils étaient installés chez le vieil aubergiste.

Les garçons avaient de plus en plus de mal à se lever car ils abusaient de cette boisson que distillait l'homme, un alcool beaucoup plus fort que le vin prisé d'Argutie.

La jeune fille pesta tout en faisant rouler le corps sans énergie de Daguet sur le dos. Celui-ci ronflait bruyamment et releva à peine un sourcil. Elle n'osa pas renouveler l'expérience avec La Tique et déclara, consternée :

– Si la Générale vous voyait… Vous écoperiez d'un mois de corvées minimum !

Un grognement agressif lui répondit, puis le ronflement reprit.

Aglaé commençait à trouver un peu louche la générosité de l'aubergiste : il soûlait ses hommes un peu plus chaque soir. C'était rare que les gens soient aussi aimables avec des Recrues. D'ordinaire, les Forces ducales n'avaient pas très bonne réputation, elles étaient même redoutées à cause de leurs régulières exactions. Cet aubergiste avait dû deviner qu'il s'agissait de leur première mission : des Recrues plus aguerries ne se seraient jamais laissées aller à s'enivrer ainsi avec quelques verres d'alcool.

Malheureusement, les trois garçons de sa brigade étaient loin d'être des modèles de tempérance. La veille, Aglaé avait pourtant essayé de les rappeler à l'ordre mais ils n'en faisaient qu'à leur tête. Toute la soirée, l'homme avait surnommé Aglaé sa *petite demoiselle* et s'était adressé à La Tique comme s'il s'était agi du Colonel de l'Armée ducale. Bien entendu, La Tique était aux anges.

– Arrêtez de boire ! Nous sommes en service, leur avait-elle lancé à plusieurs reprises.

– On observe, Brindille, on observe, avait répondu Daguet, grisé.

– On inspecte la marchandise de ce brave Ruben, avait surenchéri Orso en attrapant le vieil homme par l'épaule.

Et ils avaient continué à boire une bonne partie de la soirée.

– Vous êtes lamentables, lança Aglaé, renonçant à les faire émerger des limbes dans lesquelles la boisson les avait plongés.

Elle sortit de la chambre décrépite dans laquelle l'aubergiste les logeait depuis leur arrivée et attrapa son manteau en drap de laine, les matinées étant fraîches sur la Côte Écarlate. Elle avait entrepris d'aller chercher un pichet d'eau glaciale et de donner un coup de frais à ses partenaires. Le ramier l'interrompit dans sa course, se posant avec élégance sur un piquet devant elle. Sidérée par la précision de l'oiseau, elle se hâta de récupérer les instructions.

Il lui tardait de sortir de cette léthargie.

Déambuler avec les trois représentants les plus pénibles de la garnison et les regarder s'enivrer était loin de ce qu'elle avait imaginé pour cette mission. Ils avaient interrogé tous les villageois mais n'avaient tiré aucune information digne d'intérêt. Cela faisait cinq jours qu'ils attendaient les nouvelles consignes, dans l'ennui le plus total.

Avec la brise matinale, ses doigts gelés étaient peu habiles. Elle mit du temps à dérouler le message tout entier mais remarqua immédiatement l'encre bleue ; la procédure pour les événements urgents.

La Générale Caracara,

commandant aux Aucelles de la Forteresse,

vous donne ordre de prendre contact dans les meilleurs délais avec la grande Carrière d'Ipoxy et de recueillir

toutes les informations utiles
sur la mutinerie du Gîte n° 9.

Aglaé se redressa avec le sourire : un peu d'action allait enfin pimenter leur torpeur !

Le message, comme tous ceux de la Voix, était succinct. La Générale avait-elle choisi de les envoyer parce qu'ils étaient dans le secteur ? Y avait-il un lien avec leur mission initiale ?

La jeune fille s'octroya un bref instant de contemplation, observant les rochers délicatement blanchis par le givre qui recouvrait la côte de son voile luisant. Derrière eux s'étendaient le vaste paysage des landes des Marais Taquins et, plus loin encore, les immenses sites de Mines et Carrières du Grand-Duché. C'est là qu'étaient extraits la majorité des Pierres et Métaux précieux en circulation dans le Duché, et en particulier, le Minerai *Fondamental*. Aglaé ne savait que peu de choses à son sujet : le Minerai *Fondamental* était de loin le plus précieux et le plus rare de tous. Il était surtout recherché par le Duc pour ses propriétés uniques lors de sa combustion. On disait qu'il était une source d'énergie qui révolutionnerait bientôt tout le Monde Habité.

Au cours de la formation, Aglaé avait appris que les Carrières constituaient un territoire continuellement exploité, si gigantesque que toutes les Forces ducales réunies ne pouvaient suffire à les surveiller dans leur intégralité.

Elle écrivit une brève réponse et la replaça à l'intérieur de la bague. Elle regarda l'oiseau s'envoler dans un ciel violacé, où traînaient paresseusement quelques nuages. Daguet sortit à ce moment-là de l'auberge et jeta un coup d'œil grimaçant en direction du soleil. Il distingua la silhouette de l'oiseau et grogna :

– Alors ? On retourne dans nos pénates ?

– Pas encore, répondit Aglaé. La Voix nous propose un détour. Va dire à La Tique et Orso de se préparer, nous partons sous peu !

Avant de quitter le secteur de la Côte Écarlate, Aglaé tenait à poser quelques questions en tête à tête à l'homme au tatouage qu'ils avaient croisé sur la plage. Elle voulait l'interroger sur ce symbole qu'il arborait. Elle avait envoyé un message à la Forteresse à ce sujet mais la Générale n'avait pas réagi. Pourtant Aglaé était persuadée qu'il y avait là quelque chose à creuser, c'était plus fort qu'elle, elle avait besoin de comprendre pourquoi elle faisait les choses. Au fond, elle savait que ce n'était pas ce que la Générale Caracara attendait d'eux.

Mais elle désirait aller jusqu'au bout. Elle se rassura en se disant que la Voix serait intéressée par les informations qu'elle pourrait glaner sur les pêcheurs d'*Écarlates*, qui agissaient souvent dans l'illégalité.

Elle s'approcha de Daguet, occupé à avaler un reste du dîner de la veille plutôt que de rassembler ses affaires.

– Rejoignez-moi tous les deux dans une heure devant la maison de l'Éclusier, celle qui est au bout du canal. Par le Duc, où est passé La Tique ?

– Mrouch… Il est allé vérifier quelque chose, grogna Daguet, la bouche pleine.

– Vous savez que vous devez me prévenir lorsque vous quittez le camp. Informe-le de notre départ dès qu'il revient.

– T'en fais pas pour lui, Brindille, il sait ce qu'il fait. Pas comme certaines.

Agacée par la pique, la jeune fille se rapprocha.

Daguet planta son regard dans le sien avec défiance. Sans sourciller, elle envoya le fin lacet de cuir qu'elle portait toujours au poignet lui enserrer le cou. Daguet n'eut même pas le temps d'avaler ce qu'il avait dans la bouche. Il se laissa glisser au sol pour essayer de projeter Aglaé par-dessus ses épaules. Mais celle-ci, d'un bond agile, sauta au-dessus de lui tout en le libérant. Daguet, cramoisi, éructait comme un diable, crachant et jurant de plus belle. Il se précipita sur elle mais, la vue encore brouillée, ne réussit qu'à s'écrouler de tout son long en se prenant les pieds dans les affaires qui jonchaient le sol.

– Tu vois qu'en cas de danger, je pourrais vous être utile, lui lança Aglaé, en récupérant son lacet par terre.

Elle s'éloigna, se hâtant de se rendre chez le pêcheur.

Cette échauffourée avec Daguet l'avait ravivée, son pouls palpitait encore sous ses tempes. Elle frappa trois petits coups secs sur la porte et l'homme ouvrit, le regard noir. Il scruta longuement l'*Épervier* épinglé à son vêtement.

– Bonjour. J'ai quelques questions à vous poser, commença Aglaé.

– Vous me soupçonnez de quelque chose ? répondit l'homme, la porte toujours entrebâillée.

– Pas encore, répondit Aglaé. Mais je me permets de vous signaler qu'un manque de coopération peut être considéré par le Précis comme la preuve d'appartenance à une conspiration.

– Conspiration, rien que ça ? répliqua l'homme en levant un sourcil. Pourtant, il me semble vous avoir tout dit.

Aglaé s'imposa sur le seuil.

– Vous avez dû remarquer les trois garçons qui voyagent avec moi ? Ils s'ennuient ferme depuis une semaine et ils sont un peu impulsifs. Je peux vous assurer que je serais une bien meilleure interlocutrice qu'eux.

L'homme la laissa entrer, circonspect.

La maison était petite, presque dépourvue de meubles. Partout dans la pièce principale s'amoncelaient des filets, des nasses et quelques rames vermoulues.

– Que désirez-vous savoir ? demanda l'homme, froidement.

– Vous êtes pêcheur d'*Écarlates* sur cette côte, lut-elle dans son rapport. Depuis combien de temps ?

– Huit ans. J'ai présenté mon boîtier l'autre jour à vos collègues, je suis en règle. On m'a délivré les trois Pierres réglementaires, je peux vous les ressortir si vous le souhaitez.

L'homme tira de sa poche intérieure un coffret de bois oblong.

Il l'ouvrit et exhiba les trois Pierres de couleur, rangées dans leurs trois emplacements. Les Pierres étaient petites, comme on pouvait s'y attendre, ce qui indiquait l'appartenance du pêcheur à un milieu modeste.

Aglaé se perdit un instant dans l'observation du boîtier d'identité. Elle se souvenait de celui de son père, magnifique coffret en bois d'orbe et aux Pierres de sa famille, qui d'année en année rapetissaient, au grand désespoir de ses parents. Avec ses sœurs, elles en riaient car elles ne savaient pas ce que cela signifiait.

Plus tard, elles comprirent l'appauvrissement progressif que la taille et la qualité des Pierres représentaient et ses sœurs ne prirent plus aucun plaisir à les contempler. Seule Aglaé restait fascinée par ce boîtier qui témoignait de leur déclassement.

Elle se rappelait précisément des trois Pierres.

La première, qui représentait leur origine, était simple mais d'une grande élégance : une *Praire* aux reflets cuivrés. La Pierre était taillée, ce qui montrait que la famille d'Aglaé était issue d'un milieu social élevé, les plus pauvres n'ayant pas le droit de faire tailler leurs Pierres. La deuxième était celle qui représentait la fonction ou le titre de la famille. Peu importait la rareté, c'était la couleur qui comptait. Le vert profond de la *Cétoine* indiquait que son père avait été nommé Baronnet de l'Île une vingtaine d'années auparavant. Pas une imperfection sur la surface laquée de la Pierre n'était venue ternir son éclat, jusqu'à la déchéance familiale.

Enfin, la dernière était celle que le Duc attribuait lui-même et qui montrait la qualité du lien qui l'unissait au porteur. C'était la plus importante car elle définissait les droits de ce dernier, ses pouvoirs ou ses obligations. Celle de la famille Idéalis était une *Hermine* transparente, qui indiquait sobrement qu'après différents épisodes de rébellion, l'Archipel avait été annexé dans son intégralité par le Duché.

Elle tenta de se concentrer sur le boîtier que lui tendait l'homme : ses Pierres n'avaient rien de particulier. Rustiques, de couleurs ternes : la plupart n'étaient pas des gemmes mais des *Porces* ou des *Hélix* à peine dégrossies. Néanmoins, la première, un *Oursin* de couleur claire, retint son attention.

– Vous êtes originaire de l'île du Bord ? demanda-t-elle en désignant la pierre à l'aspect granulaire.

– Comme vous pouvez le constater. J'ai quitté l'île après les Événements qui ont secoué l'Archipel et je me suis installé ici.

– Et le Duc vous a donné une *Indulgence*... continua Aglaé, en désignant la troisième Pierre qui arborait, elle aussi, une large balafre sur sa plus grande face.

– Lorsque les Événements ont commencé, expliqua-t-il, j'ai été embrigadé par des rebelles qui occupaient les falaises. Très vite, j'ai quitté le mouvement pour rejoindre l'armée loyaliste. Après l'armistice, j'ai rendu d'autres services au Duché alors on m'a attribué ceci. Ça me permet de pêcher l'*Écarlate* sur tout ce coin de la côte. Je ne m'en plains pas ; c'est un secteur qui donne beaucoup.

Aglaé regarda la veine blanchie : cette ligne de faille séparait la pierre en deux autant qu'elle en raccordait les morceaux et signifiait le pardon généreux du Duc. Elle fit courir un instant ses doigts sur la surface rugueuse de la pierre et fit signe à l'homme qu'elle en avait assez vu.

Le pêcheur, dans un claquement, rangea son boîtier dans son gilet.

– Et votre famille ? Vos anciens amis ? Êtes-vous toujours en contact ?

– Pourquoi le serais-je ? Ma vie est ici.

Il désigna un garçonnet qui dormait dans un hamac, la respiration lourde.

– Où est sa mère ? demanda Aglaé.

– Morte pendant les Événements.

Embarrassée, la jeune fille en vint au fait :

– Que signifie le tatouage que vous portez sur la poitrine ? demanda-t-elle.

– Ça ? répondit-il, en abaissant son col de chemise, dévoilant le symbole en forme de nautile. Une erreur de jeunesse. C'est un ancien symbole des Insurgés. Vous le trouverez sur beaucoup de pêcheurs qui arrivent, comme moi, de l'Archipel.

Aglaé ne répondit rien et inspecta rapidement la maison. Elle ne trouva aucune raison qui méritait de continuer l'interrogatoire et s'en retourna, frustrée, vers la porte.

– Bien, dit-elle avant de sortir de la cabane. Je dois réquisitionner par ordre ducal une embarcation de rivière. Vous avez quelque chose à nous proposer ?

– À votre service, reprit l'homme.

L'homme lui désigna une barge à fond plat, accompagnée d'une immense perche, l'assurant que c'était le meilleur moyen pour naviguer dans les Marais.

Elle remorqua la barque depuis la berge, la halant vers l'écluse où elle arriva en premier, puis attendit sa brigade.

Au bout d'un moment, elle aperçut sur la berge les trois garçons qui arrivaient, la démarche lourde et le rire tonitruant.

Par le Duc, se disait-elle, accablée, avec une telle équipe, il ne fallait pas s'attendre à beaucoup de discrétion.

Lettre de Siebel à Baltasar d'Alterro

Mon cher frère,

C'est dans la plus grande hâte que je t'écris ce matin.

Te résumer la situation catastrophique de ta sœur à la Villa Lordalie me paraît difficile mais je vais m'y employer tout de même.

Voici : le Prince Orlan m'exile et m'envoie en Pays Sinistre. Je ne saurais dire s'il me vend. Il m'éloigne, comme il le dit, au nom de ma sécurité. Nos fiançailles ont précipité le chaos qui couvait et la ville est sur le point de s'enflammer à chaque instant.

Argans et Convers se déchirent et les Palabres sont plus que jamais divisées. La mort probable du Régent finira, je le crains, par rendre Orlan ivre de vengeance et je m'inquiète terriblement à l'idée qu'il envisage, dans le plus grand secret, de massacrer tous les Convers de la ville.

Je pars, en ne sachant même pas si mon destin est de revenir un jour ; tu peux mesurer aujourd'hui mon désarroi.

L'Émissaire Sinistre est un homme agréable mais énigmatique, c'est lui qui me servira de guide dans mon périple. Comment savoir, d'ailleurs, si je n'achèverai pas ce voyage dans une oubliette ou un fossé quelconque ? Je dois faire confiance à cet homme, sans réelle garantie.

Mon alliance avec Orlan m'oblige à suivre ses instructions et je ne vois pas d'autre issue, pour l'instant, que d'aller au-devant de mon destin.

Et maintenant que l'heure du départ approche, je me demande même si ce mariage aura véritablement lieu un jour. Ma main tremble en ajoutant cette dernière chose : le Prince est venu dans ma chambre à coucher cette nuit. Je n'ose te raconter les détails de ce moment si ce n'est pour te dire que la froideur d'Orlan se reflète jusque dans ses gestes les plus intimes…

Je pars donc, et je t'embrasse : ne pouvant recevoir de réponse à cette missive, je préfère t'adresser ici des adieux définitifs.

Ta sœur perdue,
Siebel d'Alterro

DEUXIÈME PARTIE :

LA GRANDE CARTE

16
Sol Rude

Ils avaient perdu plusieurs hommes de la même façon.

À la recherche d'un point d'eau ou de la rosée matinale, ils sortaient de l'abri, s'éloignaient un peu trop puis, désorientés par les tempêtes de sable et de gravier qui s'abattaient sur eux, ne parvenaient jamais à rebrousser chemin. On les retrouvait non loin du campement, quelques jours plus tard, à demi enterrés dans la poussière et le sable, morts de déshydratation. À chaque fois, le Capitaine avait fait creuser une tombe qu'ils avaient recouverte d'un monticule de pierres et de rochers.

Entre les oraisons de Maître Ulrich et les coups d'éclat des naufragés, la vie sur ce rivage ne tenait plus à grand-chose. La petite chaloupe leur offrait toujours la possibilité de se déplacer jusqu'à d'autres plages, mais à cause des récifs, il était risqué de s'aventurer trop loin du campement.

Heureusement, les températures commençaient à baisser et de timides averses leur offraient quelques réserves.

Ils remplissaient alors les récipients qu'ils avaient sortis du navire et économisaient l'eau ainsi récupérée dans une grande citerne. La chaleur devenait un peu plus supportable la nuit et parfois une légère brise matinale les rafraîchissait pendant une heure ou deux.

Cela faisait deux semaines que leur bateau avait été englouti et qu'ils survivaient tous dans cet abri de fortune, une large cavité creusée dans la roche qui leur offrait une ombre protectrice pendant la journée. Le Capitaine savait cependant qu'ils ne tiendraient pas longtemps dans ces conditions : bientôt il leur faudrait repartir, à la recherche d'un territoire moins inhospitalier. Par précaution, il préférait attendre la fin de la saison Ardente et préparer soigneusement l'expédition, avant de s'éloigner de cette plage. Mais il n'avait aucune idée de l'endroit où ils s'étaient échoués : l'île était-elle grande ou au contraire minuscule ? Selon ses pronostics, ils devaient approcher des côtes Sinistres, mais il n'avait jamais entendu dire que celles-ci étaient aussi arides.

À l'horizon, un énorme relief montagneux se dressait, permettant toutes les hypothèses. Dinis était convaincu que s'engager dans ces montagnes sans réserves d'eau et par une telle chaleur ne pouvait que se révéler dangereux pour un équipage déjà à bout de forces.

Le Capitaine avait remarqué que les matelots ne montraient plus autant d'hostilité envers le Prince qu'avant le naufrage. Il supposa que l'expérience physique intense qu'ils avaient partagée pendant ce dernier mois avait fini par souder l'équipage.

Dinis était d'ailleurs surpris que le Prince n'ait pas succombé en premier, au vu de sa faible constitution, mais force était de constater que le jeune homme était en meilleur état que la majeure partie de son équipage. Certes, son rang lui évitait quelques corvées fatigantes ; néanmoins il partait très souvent chasser seul et revenait victorieux la plupart du temps. Les hommes, au début rebutés par la texture des étranges créatures qu'il rapportait, s'étaient bien vite accommodés de leur goût, assez passable. Avec leurs larges carapaces, ils eurent l'idée de se fabriquer des casques, qui les protégeraient des rayons brûlants du soleil lorsqu'ils se mettraient en route.

Le Capitaine s'était entretenu avec Arto sur la façon dont ils transporteraient Maître Ulrich car le vieil homme, très affaibli par la chaleur, n'était plus en état de se déplacer. Depuis quelques jours, le Prince et le Capitaine s'attelaient à la fabrication d'un traîneau qui pourrait supporter le vieil homme pendant leur expédition.

Après une bonne matinée de travail, Arto était impatient de pouvoir passer à autre chose.

Le traîneau était presque terminé et il était pressé de lever le camp. Il voulait à tout prix savoir ce qui se cachait derrière cette muraille rocheuse qui surplombait l'île. Trouveraient-ils de l'aide pour construire une nouvelle embarcation qui leur permettrait de reprendre au plus tôt leur expédition ? Ne tenant plus en place, il n'attendit même pas que le soleil descende complètement derrière l'imposante montagne pour commencer sa chasse quotidienne.

Ce soir-là, comme à son habitude, il dépassa, sans même l'apercevoir, la limite de sécurité qu'ils avaient signalée par une rangée de carapaces alignées sur le sol caillouteux et située juste avant une zone plus dangereuse. Là, le sol, de plus en plus sec, était entièrement lézardé et, malgré sa solidité apparente, il s'effondrait par endroits de façon spectaculaire, formant ainsi de vertigineux abîmes.

Arto sondait le sol devant lui à l'aide d'un long bâton, avant chaque nouvelle enjambée, lorsqu'il remarqua soudain des petits fragments colorés qui voltigeaient autour de lui, s'emmêlant dans ses cheveux. Il crut un moment à un nouveau mirage et se frotta les yeux : il s'agissait de pétales de fleurs. Des pétales colorés qui évoluaient gracieusement autour de lui, sur ce plateau désertique où il marchait.

La curiosité d'Arto était piquée : il avait exploré le secteur de nombreuses fois ; s'il y avait eu trace d'une autre vie que la leur, il l'aurait découverte depuis longtemps. Il se remit en marche, guidé par les pétales, de plus en plus nombreux, qui s'accumulaient autour de ses pieds.

Arto accéléra, oubliant la prudence, et se mit presque à courir. Quelle était la plante qui produisait des fleurs aussi chatoyantes ? En termes de végétation, il n'avait jamais rien vu par ici, que de maigres broussailles et quelques buissons épineux. Il contourna une effrayante crevasse, grimpa au-dessus d'un relief caillouteux duquel il dégringola pour se retrouver, englué jusqu'à la taille, dans un cratère empli d'huile de *Corbeau*.

– Grand-Duc ! jura-t-il.

D'abord irrité par sa maladresse, il tenta de s'en extirper, s'agrippant aux quelques herbes sèches qui bordaient le trou noir dans lequel il était tombé.

Très vite, il se rendit compte qu'il était, tout comme le bateau avant lui, aspiré par la force obscure du dessous. Le *Corbeau* se figeait autour de lui comme un ciment, emprisonnant ses jambes et l'attirant profondément. Plus il se débattait et plus il s'y enfonçait : son visage fut bientôt la seule chose qui émergea encore de cette matière visqueuse. Paniqué, épuisé par les efforts qu'il fournissait pour ne pas sombrer, il s'immobilisa soudain et décida, au contraire, de ne plus résister.

Il tenta de reprendre le contrôle de sa respiration, et laissa peu à peu le *Corbeau* le submerger, envahir ses yeux, son nez et sa bouche. Et pendant qu'il disparaissait dans ce lugubre fourreau, les pétales continuaient de s'amonceler au-dessus de lui, en un essaim coloré.

Au matin, s'apercevant qu'Arto n'était pas rentré, les hommes au campement se perdirent en conjectures :

– Cette combe, sous laquelle nous sommes abrités, nous rend invisibles. Peut-être qu'il est passé à proximité sans nous voir ? demanda un des marins.

– La nuit était claire et il n'y a pas eu de vent, ni de tempête. Donc s'il était passé près d'ici, il aurait reconnu l'alignement des carapaces, assura le deuxième.

– Le Prince était notre meilleur chasseur. Comment va-t-on se nourrir jusqu'à son retour ? se plaignit un autre.

– Il ne reviendra jamais, imbécile ! gronda le premier. Et si par miracle, il trouvait du secours, il nous laisserait certainement périr ici !

Le Capitaine fit taire les bavardages et embarqua quelques volontaires à la recherche d'Arto. Pendant un moment, ils suivirent ses traces, bien visibles dans la tourbe de la plage ; mais bientôt, arrivant sur l'immense plateau aride, ils eurent peur de s'être trop éloignés du campement. Ils envisagèrent de revenir sur leurs pas, moroses à l'idée d'avoir perdu un autre membre du groupe.

– Je suppose qu'il est temps, décida le Capitaine. Nous allons retourner au camp, rassembler les affaires et amorcer le départ dès ce soir, en espérant tomber sur le Prince avant qu'il ne soit trop tard.

– Pourquoi ne pas attendre qu'il fasse jour, Capitaine ? demanda un matelot peu expérimenté.

– Il est plus raisonnable de marcher la nuit, afin de profiter des heures fraîches. Nous planterons notre tente en fin de matinée et dormirons quelques heures l'après-midi. Par le Duc, j'espère simplement que ce plateau ne sera pas trop long à traverser !

Les montagnes formaient une ondulation bleutée au loin. Combien de temps leur faudrait-il pour y parvenir ? Trois jours ou trois semaines ? Çà et là, quelques broussailles recouvraient le sol desséché. Ils ne trouveraient pas d'arbre ou d'abri aussi grand pour les protéger du soleil avant longtemps, c'était certain.

De retour au campement, les hommes préparèrent les deux traîneaux qu'ils comptaient emporter. L'un était destiné à Maître Ulrich, l'autre était la chaloupe qui leur avait permis de rejoindre le rivage, aménagée de façon à pouvoir la traîner derrière eux. Ils démantelèrent le campement et entreposèrent dans la chaloupe tout ce qu'ils avaient réussi à sauver du naufrage : le reste du combustible et d'huile qui leur permettait de faire du feu, la large tente fabriquée avec une des voiles de rechange du bateau et leurs réserves d'eau et de nourriture – qui étaient fort minces. Lorsque le soleil commença à plonger vers l'horizon, ils se mirent lentement en route, se relayant pour tirer les deux traîneaux, à travers l'immense plateau désertique.

La première journée de marche se passa sans heurts, même si l'éclaireur qu'ils avaient désigné manqua tomber dans l'une des crevasses qui s'ouvrirent brusquement sous son bâton. L'expédition contourna soigneusement les gouffres ainsi formés, et n'eut à déplorer pour cette première journée que la perte d'un sac ou deux : lorsqu'ils avaient tenté de déloger la chaloupe, coincée dans un renfoncement du sol, les besaces étaient tombées tout au fond d'un ravin, avec un bruit

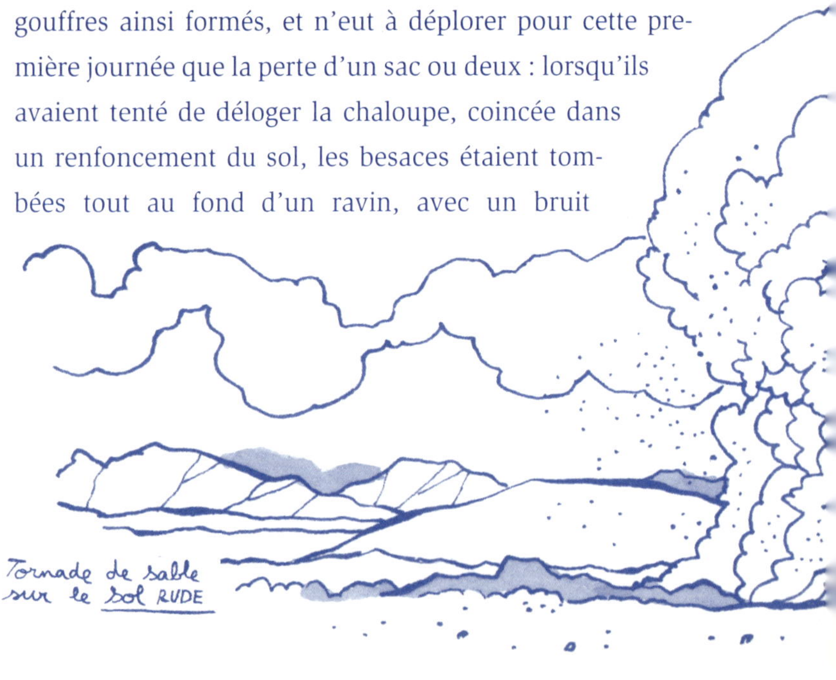

éloquent. Jugeant alors qu'il était plus prudent de s'arrêter, le Capitaine avait fait dresser la tente et tous s'apprêtaient à dormir quelques heures avant de repartir.

Alors que la quinzaine d'hommes se reposaient – tous entassés à l'ombre de la tente, tous profondément assoupis en simple pantalons de toile pour la plupart –, Dinis fut réveillé par le vrombissement caractéristique d'une tornade de sable. En quelques instants, celui-ci devint tellement assourdissant que tout l'équipage fut réveillé. Par instinct, les hommes agrippèrent chacun un bout de la tente pour la retenir. Le vent soufflait si fort que la lourde toile se gonflait, tel un gigantesque ballon, et plusieurs des hommes furent soulevés à quelques mètres de hauteur.

Dinis, comprenant qu'ils risquaient d'être emportés, leur cria de tout lâcher par-dessus le bruit des rafales, levant haut devant lui ses mains vides. Mais les hurlements des bourrasques et le sable qui leur grésillait sur le visage les privaient de leurs sens : ils n'entendaient plus rien. L'un des matelots ne comprit pas l'ordre du Capitaine et se retrouva brusquement arraché du sol et emporté dans les airs.

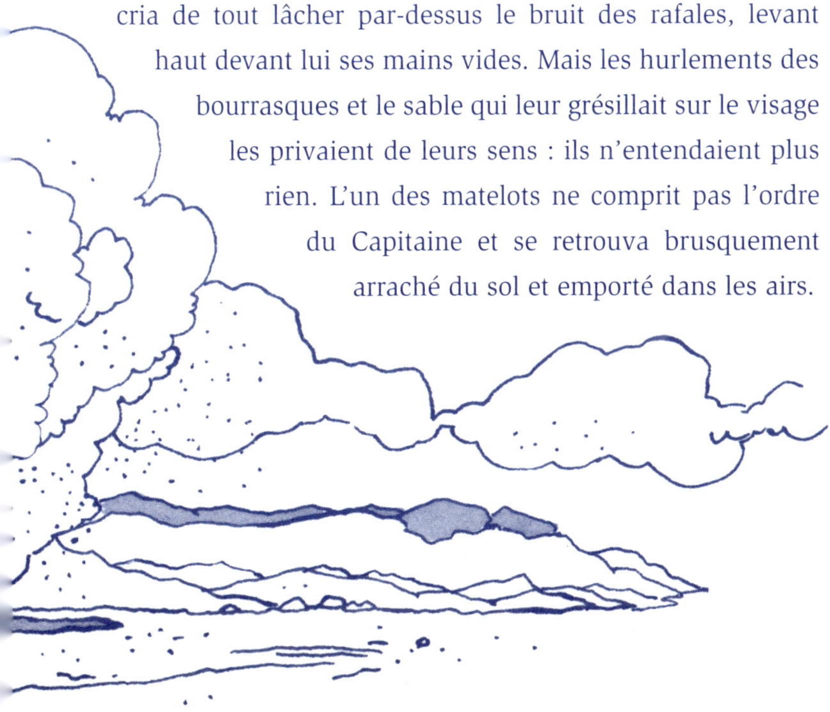

Les autres, affolés, se précipitèrent sur la toile afin de ramener le jeune homme à terre. Ils s'époumonaient, les mains en porte-voix, lui enjoignant de lâcher prise. Celui-ci n'en eut pas le temps car une seconde rafale projeta soudain l'homme et son parachute de fortune vers la terre. Au moment même où il percuta le plateau aride, le sol s'effondra sous lui et le malheureux disparut, toujours agrippé à sa voile qui serpenta dans la crevasse juste après lui.

Harcelés par le sable qui se soulevait du sol, les hommes n'osaient plus bouger de peur de subir le même sort. Ils se recroquevillèrent sur eux-mêmes, se serrant sous la chaloupe renversée, les bras sur le visage pour protéger leurs yeux et leurs oreilles de la poussière qui s'insinuait partout.

En un instant, le campement fut intégralement dévasté.

Quelques heures plus tard, l'assourdissante tornade avait fait place à un silence de mort.

Ici et là, de faibles gémissements s'élevèrent, signifiant que les hommes étaient encore vivants, même si certains étaient ensevelis tout entiers dans la poussière et le sable. Dinis s'était relevé tant bien que mal et tentait, à lui seul, de retourner la chaloupe lorsqu'une apparition de cauchemar le saisit d'effroi.

Une poignée d'individus étaient soigneusement alignés près du campement et lui faisaient face. Ces nouveaux

arrivants, grimpés sur le dos de grandes bêtes aux gueules tombantes, arboraient des masques terrifiants.

– Capitaine, vous vous plaisez donc tant que ça, ici ? Par le Duc, vous ne croyez pas que nous sommes enfin prêts à quitter le nid ?

Dinis, ahuri, tourna la tête : le Prince était bien là, juché sur une de ces gigantesques créatures, encadré par deux personnages vêtus de costumes de peaux et coiffés d'immenses bois de cervidés.

– Le nid ? Que... Que voulez-vous dire ? balbutia-t-il, avant de s'écrouler lourdement par terre, la tête en avant.

Le Capitaine ne vit pas Arto mettre pied à terre et s'avancer vers lui. Il ne vit pas non plus ces hommes aux inquiétants costumes extirper le reste de l'équipage de leur prison de sable et les hisser sur leurs montures. Il ne remarqua pas plus que le convoi se mettait enfin en marche car il s'enfonçait pour de bon dans un lourd sommeil, hanté de créatures prodigieuses aux figures animales et aux corps humains.

Arto fermait le convoi, juste derrière un de ces hommes masqués. Celui-ci dirigeait sa monture tout en tenant celle du jeune homme avec une longe, tournant de temps en temps vers lui son visage grimaçant. Des touffes de broussaille jaillissaient des larges orbites en bois qui figuraient ses yeux et son sourire immense était hérissé de dents biscornues.

Le jeune homme, mal à l'aise, fixait l'horizon, essayant tant bien que mal de s'accommoder de la démarche chaloupée de l'animal. C'était la deuxième fois qu'il montait sur un de ces grands animaux mais il n'arrivait pas à s'y faire.

Après avoir disparu dans le cratère de *Corbeau*, il avait été aspiré dans un long boyau qui l'avait amené tout droit à cette étrange assemblée. La roche l'avait recraché à l'endroit même où jaillissait une source. Tout autour, des hommes et des femmes aux costumes singuliers étaient réunis et jetaient dans l'eau des poignées de fleurs. Visiblement, ils étaient en pleine cérémonie.

Le jeune homme, suffoquant, le visage et le corps enduit de *Corbeau*, avait pris peur en découvrant les terribles figures penchées sur lui. Il avait d'abord imaginé qu'il était mort, qu'il avait atterri en plein jugement infernal et que ces créatures démoniaques se concertaient sur son cas.

Mais à sa grande surprise, alors qu'il émergeait du mince cours d'eau en rampant, vomissant du *Corbeau* tant et plus, les démons l'avaient aidé. Dès qu'il fut en état de se faire comprendre, ce fut la première chose qu'il avait indiquée : levant son index, il s'était désigné puis avait tenté d'expliquer, dépliant la paume tout entière combien il restait d'hommes en péril sur le plateau aride. Il avait tenté d'indiquer la direction de leur campement, dessinant dans le sable le rocher vertical qui surplombait leur abri.

Les démons avaient débattu un moment dans leur langue puis avaient fait grimper le jeune homme sur une de leurs montures.

Suivant les indications d'Arto, ils s'étaient rendus jusqu'au premier campement, qu'ils avaient trouvé vide, et avaient commencé à arpenter l'immense plaine aride jusqu'à apercevoir, au loin, la chaloupe renversée. Tandis qu'ils se précipitaient sur les lieux, Arto s'était convaincu que les choses étaient claires : il ne les secourait certainement pas par grandeur d'âme, ni par bonne conscience.

Il leur venait en aide car il savait que sans un minimum d'équipage, il lui serait impossible de mener à bien son magnifique projet.

Dinis ouvrit les yeux et voulut aussitôt s'extraire du lit de cordes dans lequel il était recroquevillé.

Il lui semblait avoir dormi une éternité et il apprit des autres rescapés que ce n'était pas très loin d'être la vérité. Déshydratés et épuisés, ils avaient eu besoin d'un temps de récupération à la hauteur des deux longs mois passés sur ces terres désertiques. Une fois levé, il tenta de sortir de la tente où il était alité.

Mais une femme à l'imposante carrure, dressée entre lui et l'entrée, lui désigna le lit d'un geste autoritaire. Le Capitaine échoua à la faire changer d'avis : elle le renvoyait sans cesse à sa couchette, sous les rires des autres membres de l'équipage. Il tenta d'obtenir d'elle quelques nouvelles de Maître Ulrich, en mimant des bésicles sur son nez, mais la femme secoua la tête et continua de lui désigner son lit.

Le Capitaine – qui s'était rassis, découragé – se redressa vivement lorsqu'il aperçut Maître Ulrich, un bandage sur les yeux, pénétrant dans la tente en claudiquant.

– Mon cher Ulrich, vous voici ! s'écria Dinis, heureux de voir que le vieil homme était bien vivant. Mais... Vous n'y voyez plus ?

– Hélas non, mon garçon, répondit-il en cherchant un siège à tâtons. Mes paupières ont été, je crois, sévèrement brûlées par le soleil et par le sable. Toutefois, je continue de prier le Duc pour que cela soit passager.

– Mon pauvre Ulrich ! Et comment va le Prince ?

– Sans mes yeux, je ne peux plus guère le suivre, c'est certain. Mais il est en forme, je vous rassure. C'est même le seul d'entre nous qui n'ait pas dormi plusieurs jours d'affilée.

Le Capitaine était estomaqué : ce garçon malingre faisait décidément preuve d'une résistance physique impressionnante. Maître Ulrich lui apprit également qu'en dehors du jeune garçon avalé par la crevasse, aucun autre membre de l'équipage n'avait été perdu depuis la tempête.

Dinis, soulagé, commença à harceler le précepteur de ses questions :

– Ulrich, quel est ce peuple qui nous a secourus ? Avez-vous réussi à situer où nous nous sommes échoués ? Et le plus important : est-ce que le Prince a retrouvé la raison ?

– Calmez-vous, Capitaine, lui répondit le vieil homme. Je vous dirai tout ce que j'ai appris du Doyen de ce peuple, car celui-ci parle un peu notre langue. Je n'en suis pas certain mais j'ai cru comprendre que notre bateau a été englouti non loin d'une série d'îlots qui bordent un territoire plus vaste. Celui-ci pourrait bien être le fameux Sol Rude dont Arto nous rebattait les oreilles à bord.

– Le Sol Rude ? Je ne pensais pas que nous avions dérivé si loin vers le sud !

– Par le Duc, je dois avouer que j'en suis le premier surpris. Cette communauté – qui nous a secourus d'une bien piètre situation – est l'une des tribus nomades de la région : ils se nomment eux-mêmes les Fauves et sont en ce moment en pleine migration. Ils ont secouru Arto quelques heures avant nous : celui-ci a bien failli se noyer dans une pleine mare de *Corbeau*. Si j'en crois le Doyen, il leur a occasionné une surprise de taille, en débarquant au beau milieu de leur rituel.

– Quel rituel ? demanda le Capitaine, qui suivait avec intérêt ce qu'avait appris le vieil homme.

– Eh bien, de ce que j'ai compris, les prêtres invoquaient l'esprit de la source, car celle-ci est de plus en plus corrompue par le *Corbeau*. Cette affreuse substance s'infiltre partout ici ; elle souille l'eau, la rend impropre à la boisson et ruine toute culture. Pour notre chance, et malgré leur frayeur, ils n'ont pas perdu de temps. Ils ont interrompu leur célébration et se sont mis immédiatement à notre recherche. Voilà pourquoi ils arboraient, lorsqu'ils nous ont recueillis, ces impressionnants costumes. Je suis désolé, Capitaine, mais c'est à peu près là tout ce que j'ai appris.

– Je voudrais voir le Prince le plus tôt possible.

– Bien entendu, vous le verrez dès que vous serez sur pied. Je ne sais où il se cache encore ! Il ne jure que par les

festivités en préparation ici, à l'occasion de la nouvelle saison. Excusez-le, Capitaine, je vous en prie, il n'est pas si mauvais qu'on pourrait le croire !

– Des festivités, répéta Dinis.

– Oui, il s'agit d'une cérémonie spéciale qui ouvre la saison des pluies. Nous y assisterons tous très bientôt.

Le Capitaine se leva, furieux, mais put à peine faire quelques pas : ses jambes, trop faibles ne pouvaient encore le porter.

– Ulrich, déclara-t-il en se laissant retomber sur sa couchette, dites au Prince que je l'attends pour mettre au point les modalités de notre retour. Par le Duc, nous devons ramener ces hommes chez eux ! Faites-le-moi chercher au plus tôt, je vous en prie.

– Je lui dirai que vous êtes réveillé, bien sûr ! Il viendra vous voir dès que possible, répondit le vieil homme, embarrassé. Et en attendant que vous soyez en état de vous lever, je vais faire entrer un peu de lumière par ici ; je n'y vois plus mais je peux encore sentir lorsqu'un endroit mérite d'être éclairé.

Maître Ulrich ouvrit une paroi de la tente qui révéla un paysage des plus charmants : un chapelet de tentes rondes dispersées sur un sol où courait une végétation étonnamment abondante et où des enfants s'interpellaient de façon joyeuse.

Devant un tel spectacle, le Capitaine, repensant aux créatures repoussantes entraperçues quelques jours auparavant, se demanda s'il n'avait pas, tout simplement, été la victime de puissantes hallucinations.

17
Ville-sur-l'Eau

Emmaillotée par l'obscurité, Siebel se redressa dans son lit : un tressaillement l'avait tirée de son sommeil.

En quelques instants, elle situa qu'elle se trouvait toujours dans le pavillon où elle avait débarqué ce matin et qu'elle était donc en sécurité relative. Elle s'étira et replongea, comme dans un songe, à travers les récents événements.

Le voyage en mer avait été pire que jamais, on aurait dit que les éléments souhaitaient eux-mêmes l'avertir des dangers qu'elle encourait. Après une nuit et une journée sans sommeil, à travers une mer exécrable, ils avaient débarqué le soir sur un curieux édifice, à bonne distance de la côte.

Elle savait qu'il était interdit à tout navire provenant d'une autre contrée d'accoster directement sur le Rivage Sinistre. Cette partie des eaux était aménagée comme un territoire à part, un espace singulier.

Des maisons sur pilotis avaient envahi cette large bande de mer, la transformant au fil des années en une immense cité lacustre. Cette ville-frontière était devenue le seul lien véritable entre le Pays Sinistre et le reste du Monde Habité et c'est aussi là qu'avaient lieu les très rares échanges commerciaux avec le Continent. Le Détroit des Cétacés, qui séparait la Péninsule d'Hextre et la Ville-sur-l'Eau, était constamment surveillé d'un côté comme de l'autre, et la navigation y était devenue pratiquement impossible.

Pour le Duché, dont la politique d'expansion n'avait de secret pour personne, il était difficile de respecter cet accord tacite concernant le détroit ; celui-ci s'était imposé par intimidation mutuelle.

Les provinces du Grand-Duché vivaient donc sous une menace constante : la première des deux puissances qui briserait cet accord déclencherait, de façon irrémédiable, une guerre destructrice et terrible. Siebel pensait parfois que cette crainte perpétuelle était devenue plus insupportable à vivre que la guerre elle-même. Elle se prenait à rêver du bateau qui fendrait les eaux jusqu'à la côte, rompant ainsi une bonne fois pour toutes le fil qui les tenait étranglés depuis si longtemps.

Jamais elle n'avait imaginé vivre pareille situation : descendre d'une embarcation Sinistre, en pleine Ville-sur-l'Eau, et gravir les marches d'une plateforme maritime en bois, aménagée sur plusieurs niveaux.

L'ensemble était intégralement gravé de formes géométriques et il n'y avait là aucun des signes de richesse habituels que l'on pouvait trouver dans les Palabres : Pierres et Métaux précieux.

Néanmoins, chaque détail était magnifiquement ouvragé et la délégation qui l'accueillit était habillée avec un raffinement impressionnant. Après ce difficile voyage en mer, elle-même se sentait lamentable.

Consignée dans sa cabine pendant toute la durée du trajet, elle n'avait presque pas croisé Thadée depuis leur départ.

En grimpant sur la structure, Siebel chercha donc des yeux l'Émissaire Sinistre. Elle le reconnut avec peine tant il était magnifiquement vêtu. Le jeune homme arborait un splendide manteau, au plissé méticuleux et au col de fourrure. Son crâne, rasé à blanc, mettait en valeur son profil aquilin.

D'un geste, il la pria de s'avancer vers un espace abrité par un large vélum. Siebel croisa furtivement son regard, avant de remarquer une silhouette qui s'avançait vers elle dans le contre-jour. C'était une femme petite et corpulente qui portait, elle aussi, un vêtement éclatant. Son regard autoritaire, sa large bouche qui ne laissait entrevoir aucune espèce de sourire imposèrent d'office le respect à Siebel ; celle-ci baissa la tête, sans réfléchir.

La femme partit d'un rire chaleureux :

– Relevez la tête, je vous en prie, et veuillez excuser notre accueil qui doit vous sembler plutôt curieux. Notre pays est tenu à un protocole strict qui, bien qu'élémentaire, rend parfois compliqué ce qui pourrait être simple.

Elle maniait parfaitement la langue d'Hextre, avec la même pointe d'accent que Thadée.

– Je vous remercie pour votre amabilité, répondit Siebel. J'espère que ce protocole, tout comme les échanges avec notre Duché, pourront peu à peu évoluer dans le bon sens, si le moment est opportun ?

– Certainement. Nous aurons, je pense, l'occasion d'en reparler. Sachez toutefois que nous sommes loin d'être en mesure de laisser retomber notre vigilance.

La femme adressa un regard appuyé à l'Émissaire.

– En tous les cas, ajouta-t-elle, je vous souhaite aujourd'hui la bienvenue. Après quelques jours de quarantaine à la Ville-sur-l'Eau, vous pourrez vous installer de façon définitive à la Belle Maison. Profitez donc de votre séjour pour prendre un peu de repos. Vous semblez épuisée : la traversée sans doute ? D'ici votre départ, qui sait, notre protocole aura peut-être évolué dans le bon sens, comme vous dites ? conclut-elle avec un sourire froid.

La femme esquissa une sorte de salut et Siebel comprit qu'il était temps de prendre congé. Elle recula et heurta de plein fouet l'Émissaire. Elle sentit un instant le sol se dérober sous elle.

– Par le Duc, je vous en prie, dites-moi qui était cette personne ! J'espère que je n'ai pas été impolie…

L'Émissaire l'accompagna jusqu'au garde-corps.

– Vous venez de rencontrer notre Aga, expliqua-t-il. Elle fait partie de notre plus grande instance : la Famille. Vous les rencontrerez tous bientôt.

– Je ne savais pas quoi répondre, j'étais impressionnée.

– Ne vous en faites pas, il n'y avait aucun piège.

– Comment se fait-il qu'elle parle aussi bien notre langue ?

– Ici, la langue d'Hextre est apprise très tôt, en particulier dans les milieux aristocratiques.

Contrairement à elle, l'Émissaire n'avait pas l'air particulièrement fatigué par la traversée. Ses habits chatoyants, qui auraient détonné en Argutie, lui conféraient une grande distinction. À côté de lui, Siebel se sentait de plus en plus maladroite et insignifiante.

– Vous avez besoin de dormir un peu, jugea l'Émissaire. Comme l'a expliqué notre Aga, vous passerez les premières nuits, à la Ville-sur-l'Eau. C'est un endroit… assez particulier. Si vous le souhaitez, je vous le ferai visiter demain matin. Et dans quelques jours, lorsque vous serez un peu acclimatée, vous serez reçue de façon officielle à la Belle Maison. En attendant, je vais vous montrer votre chambre. Vous verrez, il subsiste ici un léger effet de tangage mais vous vous habituerez vite !

– Très bien. Merci beaucoup, monsieur l'Émissaire, répondit Siebel d'une voix où pointait déjà le sommeil.

– Vous pouvez m'appeler Thadée.

Siebel se sentit mieux après une vraie nuit complète.

Une fois levée, elle inspecta l'endroit dans lequel elle était installée. Le moins que l'on pouvait dire, c'est qu'elle n'était pas considérée comme une ennemie – ou alors on cherchait à l'amadouer.

L'endroit était beau, loin des ornements brillants et luxueux d'Hextre mais d'un charme confortable et harmonieux. Les éléments étaient agencés avec grâce et les volumes de la pièce se répondaient de façon agréable.

Siebel ouvrit les différentes boîtes, placards et malles qui meublaient la chambre. Une force intérieure la poussait à fouiller les lieux de fond en comble pour se familiariser avec l'endroit. Elle descendit les quelques marches qui ouvraient sur la terrasse et se perdit un moment dans les brumes qui enveloppaient la Ville.

Une atmosphère trouble changeait cette dernière en un bain de vapeur duquel toutes sortes d'apparitions pouvaient émerger. Elle s'empara d'une carafe qui trônait sur une table mais, malgré sa soif, le liquide clair lui donna la nausée : le fort parfum de fleur l'écœurait.

Impatiente, elle fit les cent pas sur la terrasse, en attendant l'arrivée de Thadée, qui devait lui faire visiter la Ville. Elle le vit arriver de loin : ses habits colorés transperçaient le brouillard opalin.

Il commença la promenade en lui désignant un immense édifice dont la silhouette se détachait au loin sur le rivage escarpé.

– Voici la Belle Maison, où vous serez bientôt accueillie et où vous rencontrerez la Famille. Il faut admettre que vue d'ici, elle porte très bien son nom, vous ne trouvez pas ?

Siebel acquiesça.

C'était réellement un magnifique édifice, entièrement construit en bois, qui dominait la falaise. Ce qui frappait surtout la jeune fille, c'était sa taille : avec ses escaliers

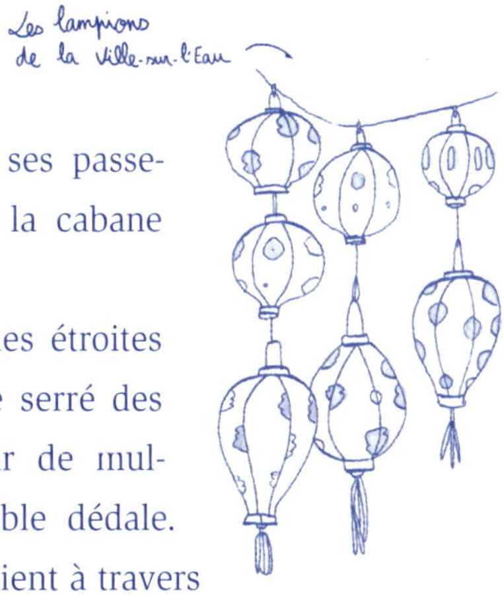

innombrables, ses demi-étages, ses passerelles extérieures, on aurait dit la cabane phénoménale d'un géant.

Ils s'enfoncèrent dans les rues étroites de la cité lacustre ; le maillage serré des bâtiments, reliés entre eux par de multiples ponts, formait un véritable dédale. Partout, des lumières apparaissaient à travers la brume épaisse : des lampions de toutes sortes décoraient les frontons et répandaient une lueur fantasmagorique sur le jour à peine levé. La Cité, encore endormie, avait quelque chose d'inquiétant et d'enchanteur à la fois.

– Vous devez être affamée, venez ! proposa Thadée, sans attendre sa réponse.

Il l'entraîna à sa suite sur une longue passerelle qui serpentait entre de petites maisons basses, plantées de guingois sur de longs pilotis. Le jeune homme marchait à vive allure et Siebel eut peur de le voir soudain disparaître, dévoré par le brouillard. Pourtant, malgré une certaine appréhension, elle s'imaginait avec délice se perdre, seule, dans ce labyrinthe vaporeux.

L'Émissaire s'immobilisa devant un bâtiment minuscule, aux couleurs fanées, dont l'entrée était signifiée par une série de chandelles. À l'intérieur, plusieurs personnes étaient installées autour d'un foyer central où l'on pouvait se chauffer tandis que d'autres occupaient quelques tables éparses. Le lieu n'était pas particulièrement opulent mais Siebel le trouva tout de suite chaleureux. Ils s'assirent et Thadée commanda quelque chose à manger et à boire, dans sa langue, en plaisantant avec le serveur. Siebel observa l'Émissaire : celui-ci avait changé depuis qu'ils avaient quitté l'Argutie. Son visage et sa voix s'animaient admirablement lorsqu'il parlait dans sa langue et il paraissait plus jeune et plus enjoué.

– Nous sommes, expliqua-t-il, dans un établissement Sinistre comme on en trouve beaucoup à la Ville-sur-l'Eau. Toute le monde vient s'y restaurer, les commerçants comme les membres de la Famille car il n'y pas autant de disparités sociales ici qu'au sein de votre Duché. D'ailleurs chaque membre de la Famille travaille ; aucun de nos dirigeants n'est oisif. À ce propos, je les appelle nos *dirigeants* mais nous les considérons plutôt comme nos *parents*.

– Et quand les verrai-je donc, ces parents ? demanda Siebel, avec une pointe d'ironie.

– Bientôt ! Tout se passera à la Belle Maison. N'importe qui pourra venir, s'il le souhaite. Ce sera l'occasion d'une grande fête ! Et vous découvrirez que la Belle Maison est un lieu rempli d'une animation extraordinaire.

– Il y aura tant de monde que cela ?

– Beaucoup, oui.

Face au regard lointain de Siebel, le sourire sur le visage de Thadée se dissipa.

– Je présume que vous devez être inquiète à l'idée de tous les rencontrer. Je suis désolé, je ne sais pas avec précision ce qu'ils attendent de vous. Mais je vous assure que pour tout le reste, vous pouvez vous fier à moi.

Il termina sa phrase en posant sa main sur son épaule. Siebel s'empourpra et recula imperceptiblement. Elle but un peu du breuvage qu'il lui avait servi, au goût amer mais délicieux.

– S'il vous plaît, Thadée, racontez-moi tout ce que je dois savoir. La Famille, par exemple : est-ce une vraie famille ? Comment s'organise la gouvernance d'un territoire aussi grand que le vôtre ?

L'Émissaire s'installa plus confortablement sur les coussins qui recouvraient la banquette.

– Je vais vous parler de la Famille. Mais d'abord, vous devez savoir que le Pays Sinistre est certain de gagner la guerre d'intimidation qui se joue entre nos deux puissances.

– Qu'est-ce qui vous fait dire cela ?

– Eh bien, notre Pays est incroyablement soudé et, malgré son immensité, il n'est pas divisé comme vous en une multitude de fiefs et de provinces, dominés par une seule cité. C'est notre force, même si selon moi, c'est aussi notre faiblesse. Notre empire s'enrichit très peu des apports extérieurs, car ceux-ci sont très rares. Je vais vous montrer quelque chose.

Il sortit de sa ceinture une large carte qu'il déroula sur la table.

– Voici la reproduction d'une carte fameuse de notre territoire. Il n'en existe que très peu : seules les corporations de marchands ont le droit de se transmettre ces informations. Comme vous le voyez, notre réseau de routes marchandes est bien plus sophistiqué que celui du Grand-Duché et dessert chaque région du Pays.

Il désignait un entrelacs de routes et de chemins qui sillonnaient la carte.

– D'autre part, notre pays est délimité par ses frontières naturelles, qui le protègent. Ici les Montagnes Inertes, qui s'étendent jusqu'au Sol Rude, forment un rempart prodigieux contre toute forme d'intrusion. Malgré cela, ce simple ruban bleu, ajouta-t-il en pointant le Détroit des Cétacés, concentre à lui seul, toute la possibilité d'une guerre.

– Thadée, demanda Siebel, ne serait-il pas plus simple de laisser les flottes commerciales de nos deux puissances entrer en contact ? D'ailleurs n'avez-vous pas vous-mêmes des bateaux qui rejoignent régulièrement nos ports commerciaux ? Pourquoi votre pays se méfie-t-il autant du Grand-Duché ?

– Parce que votre empire ne cherche qu'à s'étendre, toujours davantage ! s'emporta Thadée. Mais arrêtons-nous là, Siebel, je ne vous ai pas emmenée ici pour débattre. Nous refusons que les bateaux d'Hextre sillonnent le détroit pour éviter les conflits. Mais votre Duc prend cela pour de l'agressivité et cherche sans arrêt à nous défier.

– Il me semble que cette logique ne peut que favoriser la guerre. Ou la rendre inévitable, répliqua Siebel.

– Malheureusement, oui. C'est pourquoi nous nous tenons prêts à l'affrontement à tout instant.

– Mais je ne comprends pas. Pourquoi êtes-vous aussi convaincus des intentions belliqueuses de notre Duc ?

– Écoutez, Siebel, toute l'économie et tout le pouvoir du Duché reposent sur l'extraction de Pierres et de Minerais, n'est-ce pas ? Ce sont ces richesses qui organisent la société, le travail, le rang social. Pour nous, Sinistres, il en va autrement. Nous n'avons guère envie d'obéir à une seule personne qui tyranniserait nos compatriotes depuis sa tour d'ivoire.

– Par le Duc, Thadée, je ne vous permets pas ! s'offusqua Siebel.

– Laissez donc votre Duc où il se trouve ! Disons que nos conceptions sont éloignées : nous n'exploitons pas notre terre. Au contraire, nous protégeons nos semblables et nous sanctuarisons nos sols.

– Se préparer au conflit et aller au-devant d'une guerre serait la meilleure façon de protéger votre territoire ?

– Nous ne souhaitons pas cette guerre, mais nous la livrerons, s'il le faut.

– C'est étrange, rétorqua Siebel. Vous prônez la paix et pourtant, dans les Palabres, on dit que tous les jours, des bateaux armés sont prêts à appareiller dans vos ports. Pourquoi la Famille ne s'accorde-t-elle pas avec le Grand-Duc ? Voilà qui serait une bien meilleure manière de ne pas faire la guerre.

– C'est impossible, hélas.

– En ce cas, votre pays n'est pas très différent du nôtre s'il est incapable d'éviter que ce conflit ne se produise !

Thadée rangea la carte et pointa un portrait de famille qui ornait un des murs de l'établissement.

– La Famille, reprit-il, est consciente de la peur que le Pays exerce sur le Duché. C'est ce qui permet, pour l'instant, de faire durer la paix entre nos deux pays.

– La peur pour faire durer la paix ? Voilà qui ne me paraît pas très pacifique.

– C'est vrai, consentit Thadée. Mais ici, au moins, la population est libre tandis que chez vous, on raconte que le Duché asservit jusqu'aux êtres humains de ses colonies.

– Qu'en savez-vous ? Ce sont des rumeurs colportées uniquement dans le but de nous désunir. Pourquoi notre souverain opprimerait-il ses propres forces ? Vous n'êtes pas aussi objectif que vous le croyez. Il est facile de juger de l'extérieur ; je suis sûre qu'on pourrait trouver beaucoup à redire, ici aussi.

Siebel s'était mise à parler plus fort et les personnes attablées autour d'eux la considéraient, interloquées. Embarrassée, elle quitta la table et sortit sur un balcon dominant l'Océan Sinistre. Dans la brume, on ne voyait plus grand-chose mais on devinait la vie qui bruissait à l'infini, juste en dessous.

Siebel était pleine de colère.

Elle en voulait à Thadée et se sentait prise au piège de ses propres contradictions. Le conflit du Grand-Duché avec le Pays Sinistre lui rappelait celui qui faisait rage, à moindre échelle, dans les Palabres : là-bas, les Convers et les Argans se dirigeaient, de la même façon, vers un affrontement inéluctable.

En était-il ainsi pour chaque pays, pour chaque ville, pour chaque village ? La fragilité de ces équilibres lui paraissait une chose insupportable.

Prise dans le flot de ses pensées, elle ne perçut pas tout de suite la présence de Thadée qui l'avait rejointe. Il s'approcha de la rambarde en silence et s'y appuya, ses mains reposant tout près des siennes. Ce léger frôlement surprit la jeune fille. Il y avait dans son geste quelque chose de délicat qui la gênait terriblement.

L'Émissaire baissa les yeux : lui aussi était, de toute évidence, mal à l'aise.

– Rentrons si vous voulez, proposa-t-il, à mi-voix.

Elle eut beaucoup de mal à s'extirper de ses rêves le lendemain matin.

Par le Duc, pourquoi s'était-elle arc-boutée ainsi sur les déclarations de Thadée ? Au nom de quoi s'était-elle sentie attaquée personnellement ?

Elle était souvent la première à critiquer les façons brutales qu'avaient les Forces ducales de réprimer les contestations et n'avait jamais soutenu le souverain de façon très ardente. Cette susceptibilité soudaine était peut-être une manifestation du mal du pays, conclut-elle, en se préparant. Comme la veille, elle attendit Thadée. N'avait-il pas dit qu'il viendrait la chercher ?

Depuis la terrasse, elle scrutait les environs avec impatience : la matinée était déjà bien entamée et Thadée n'était toujours pas là. Siebel réalisa qu'elle n'avait pas très envie de le voir, surtout après l'instant de gêne de la veille.

Même s'il lui inspirait confiance, il pouvait tout aussi bien être l'instrument d'une stratégie assez perverse. Séduire l'otage, s'en servir pour la retourner contre son propre pays, voilà qui était une stratégie qui avait déjà fait ses preuves. Elle avait un peu de mal à imaginer Thadée en séducteur patenté, mais elle devait rester prudente.

Tandis qu'elle arpentait la terrasse, elle remarqua qu'un petit escalier extérieur descendait jusque dans la ruelle. Une idée lui traversa l'esprit.

Elle enfila quelque chose de discret, ajouta une grande coiffe en osier tressé qui ornait un des murs de sa chambre et qu'elle avait repérée sur de nombreuses femmes dans les rues, et écrivit une note pour l'Émissaire.

Cher Thadée,

Ne vous voyant pas arriver, je suis sortie faire un tour.

J'espère que vous ne m'en tiendrez pas rigueur, j'avais une envie folle de découvrir la Ville-sur-l'Eau par moi-même.

Siebel

Siebel descendit l'escalier et retrouva l'une des multiples passerelles en bois qu'ils avaient empruntées la veille. Elle justifia son excursion pour elle-même en se disant que Thadée ne lui avait pas formellement interdit de se promener seule. Après tout, était-elle une prisonnière ou bien une invitée ?

Elle abaissa la coiffe pour que celle-ci dissimule ses yeux et la couleur de sa peau, et marcha, d'un pas assuré, en direction des ruelles vibrantes d'agitation.

C'était le milieu de la journée et l'activité à la Ville-sur-l'Eau était à son comble. Au départ, elle surprit quelques regards se poser sur elle mais, à mesure qu'elle se fondait dans la foule elle fit bientôt partie intégrante de cet ensemble mouvant, où l'on se bousculait sans cesse.

À la différence des rues marchandes d'Argutie, il n'y avait pas d'échoppes de tailleurs ni de revendeurs qui étalaient partout leur profusion de Pierres, de brillants et parfois même de simples cailloux repeints quelques instants plus tôt.

Ici, l'abondance se remarquait surtout chez les artisans qui exposaient toutes sortes d'objets magnifiquement ouvragés. Il y avait aussi profusion de comptoirs minuscules où l'on pouvait trouver à manger. Sur des petits feux rissolaient des choses indéfinissables mais appétissantes.

Elle s'immobilisa pour regarder les gestes rapides et précis d'un jeune homme qui réalisait de petites crêpes garnies qu'il tendait aux passants.

Un grand type la heurta et croisa son regard, avec une expression de surprise : de toute évidence, sa peu cuivrée détonnait ici. Elle conclut qu'il était préférable pour elle de ne pas s'arrêter trop longtemps et continua son exploration.

Les conversations étaient rapides et ponctuées de nombreux gestes. Tout en observant le quotidien autour d'elle, elle réalisait que c'était la première fois depuis bien longtemps qu'elle se promenait seule et sans escorte.

Grand-Duc, il fallait donc aller jusqu'en Pays Sinistre pour se sentir libre, enfin ?

Alors qu'elle s'abandonnait à la flânerie, très loin des enjeux diplomatiques, une main lui saisit fermement le poignet. Tel l'animal dans son piège, Siebel eut le réflexe de s'élancer pour fuir. Mais elle n'en eut pas le temps : la main l'attirait déjà hors de la foule.

– Comment osez-vous ? protesta-t-elle.

– Je vous retourne la question !

L'Émissaire avait une expression sévère, qu'elle ne lui avait jamais vue auparavant. Il la tenait toujours par le poignet et s'était rapproché tout près. Soudain conscient de la familiarité de son geste, il recula de quelques pas et la relâcha.

– Vous êtes bien inconséquente ! Et s'il vous arrivait quelque chose, alors que vous êtes sous ma surveillance ?

N'avez-vous pas imaginé que vous pouviez avoir des ennemis, ici aussi ?

Thadée sortit la petite note qu'elle lui avait laissée :

– Vous auriez dû au moins me demander la permission !

– Vous ne m'auriez pas laissée sortir seule.

Elle réalisait la légèreté de ses actes mais elle sentait qu'elle avait un petit ascendant sur Thadée. Celui-ci semblait s'être inquiété pour elle plus que de raison et cela n'était pas pour lui déplaire. Elle lui adressa un sourire réconciliateur.

– Je voulais simplement visiter la Ville-sur-l'Eau par moi-même et découvrir un peu cet esprit Sinistre dont vous m'avez entretenue hier. Mais je dois avouer que n'ai pas beaucoup avancé… Voulez-vous m'en parler un peu ?

Thadée parut hésiter, mais il était manifeste qu'il avait du mal à s'opposer aux désirs de Siebel. Ils s'avancèrent le long d'un canal où étaient arrimées diverses embarcations de commerce.

– Ces revendeurs ont acheté leurs denrées dans le quartier des Débarcadères, où circulent la plupart des marchandises. Vous pourrez même y trouver quelques Pierres qui arrivent tout droit des Palabres, sans doute de façon illicite. Mais comme vous pouvez le voir, les gens ne se bousculent pas pour les acheter.

Siebel se pencha vers l'étal.

– Thadée ! Regardez ces merveilles !

Le plateau étincelait de quelques Pierres à peine taillées. De nombreuses variétés étaient entassées là, sans soin particulier, comme s'il s'agissait d'objets quelconques. Siebel s'empara d'une *Cétoine* d'un vert translucide, grosse comme un œuf de poule. Elle tendit la Pierre vers Thadée, sidérée.

– Ces pierres sont sans valeur pour nous, répondit-il, amusé. Nous les utilisons pour amuser les enfants, ou décorer les fenêtres. Vous aurez le temps de le comprendre en séjournant ici : l'économie de notre pays ne repose pas sur un commerce de biens. Nous privilégions au contraire le partage et la répartition.

Siebel reposa la Pierre, perplexe.

– Dans ce cas, puisque nous ne convoitons pas les mêmes richesses pourquoi craignez-vous tant les relations avec la Péninsule ?

– Siebel, lorsque toutes vos terres auront été rongées, où croyez-vous que votre Duc ira puiser ses trésors ? Croyez-vous vraiment qu'il saura se réfréner et qu'il n'ira pas exploiter de nouveaux territoires ?

Il s'arrêta, confus, ne désirant pas déclarer quelque chose qui braquerait la jeune fille contre lui.

– Excusez-moi, j'outrepasse mes fonctions.

– Ne vous excusez pas, répondit-elle. Vous m'aidez beaucoup.

18
Marais Taquins

Ils progressaient lentement sur les chenaux qui sinuaient dans le paysage marécageux. Daguet jurait en poussant de toutes ses forces sur la longue perche qui lui servait à faire avancer la barge.

– Grand-Duc ! On s'embourbe de plus en plus ! On avancerait plus vite en faisant la route à pied, maugréa-t-il.

Soudain déséquilibré, il agrippa sa perche qui dérapa dans la vase et il retomba brusquement au fond de la petite embarcation.

– Grand-Duc ! cria-t-il. Vous faites ce que vous voulez, moi je débarque ici !

La Tique se redressa et le retint par la manche.

– Je te le déconseille, Daguet.

Daguet, surpris par la fermeté de La Tique, reprit sa place en silence.

– Tu sais pourquoi on appelle cet endroit les Marais Taquins, je suppose ?

– Pas vraiment. Mais sans doute parce que c'est une véritable mélasse, là-dessous… répondit-il en désignant l'eau aux reflets glauques.

– Presque.

La Tique s'installa plus confortablement dans la barque et poursuivit :

– Ces marais sont plus dangereux que tu ne l'imagines ; tout comme la Mer Espiègle qui les borde. À ton avis, pour quelle raison les habitants du coin leur ont-ils donné des noms si angéliques ?

Daguet, Orso et Aglaé restèrent silencieux.

– C'est pour éloigner les mauvais esprits qui les habitent. C'est une façon de dédramatiser, si vous voyez ce que je veux dire.

La Tique, ménageant ses effets, prit un temps avant de continuer :

– Sous cette barque, en vérité, se trouve un véritable charnier. Autrefois, il s'agissait de terres plutôt fertiles mais le Duc les a fait inonder en détruisant l'isthme qui protégeait cette partie de la côte. Le résultat se trouve autour de nous. Des villages entiers ont été engloutis et toute la région est devenue une vaste tourbière. L'eau est infectée de vermine et de maladies, sans doute parce qu'elle a longtemps été contaminée par des corps putréfiés. C'est d'ailleurs dans cette région que le Duc envoie ceux auxquels il offre une *Indulgence* comme les anciens rebelles et les repentis. Il faut reconnaître que leur sort est enviable, n'est-ce pas ?

Il désigna la côte derrière eux.

– Les Marais progressent, les maladies aussi. Tous ceux qui ont reçu le pardon sont pris en étau entre une zone infestée et une mer imprévisible et dangereuse.

Il montra ensuite l'autre côté où les marais grisonnants s'étendaient jusqu'à l'horizon.

– Plus loin, les Carrières et Gîtes de Minerais ont rongé le territoire sur de longues étendues et abritent principalement des Sans-Pierres, des travailleurs sans boîtiers d'identité. Toute cette partie du Continent est une planche de bois pourrie : tout s'effondre et se meurt. Je ne sais quel enfer je souhaite pour moi-même mais je te conseille d'éviter de boire la tasse dans cette purée-là.

Daguet marmonna qu'il avait compris puis se remit à pagayer, avec une moue de dégoût. Aglaé était surprise : c'était la première fois qu'elle entendait La Tique parler aussi longtemps pour autre chose que râler ou se moquer de quelqu'un. Elle observa à son tour l'eau glauque dans laquelle ils évoluaient.

Les relents pestilentiels de tout ce qu'elle devait charrier donnaient raison à La Tique. Néanmoins, elle restait abasourdie par le détachement avec lequel il avait exposé les choses. L'idée que des villages entiers se décomposent juste en dessous de leur barque lui soulevait le cœur.

– Je ne saisis pas, répliqua-t-elle. Quel intérêt le Duc aurait-il eu à détruire ses propres terres ?

– Qu'est-ce que ça peut nous faire, Brindille ? Tu crois peut-être qu'il allait donner de bonnes terres bien grasses, des champs et du bétail à des traîtres ou des opposants ? C'est déjà bien suffisant pour des barbares du bout de l'Archipel, non ?

Aglaé serra les dents à cette remarque. Elle aurait voulu rétorquer quelque chose sur la prétention des habitants du Continent et leur façon de se croire supérieurs à ceux de l'Archipel mais La Tique la prit de court :

– C'est comme ça que le Duché a maté la rébellion chez vous, et aujourd'hui l'équilibre est préservé. Et c'est aussi comme ça que nous restons puissants face aux Sinistres, conclut-il.

– Eh bien, je suis désolée, mais ce n'est pas l'idée que je me fais de notre Duc, répliqua-t-elle. Celui-ci doit protéger ses sujets des attaques extérieures mais aussi régler les conflits internes de ses territoires ; voilà pourquoi le système est aussi réglementé. Et je ne suis pas sûre que noyer des innocents soit une façon de gouverner qui que ce soit.

– Crois ce que tu veux, Brindille, mais ne plonge pas trop ta peau d'oisillon là-dedans, c'est tout ce que je peux te conseiller, trancha La Tique.

Aglaé ne répondit rien et leur embarcation poursuivit son chemin dans un silence pesant. Des fumerolles s'élevaient par endroits juste au-dessus de l'eau, produisant une atmosphère de plus en plus lugubre. La végétation était rare, seules quelques lianes ou quelques bosquets émergeaient de l'eau trouble.

Les raclements de gorge de La Tique et le bruit visqueux de la rame dans l'eau furent bientôt les seuls bruits qui les accompagnèrent.

Lorsque la barge reposa enfin sur le sol, Aglaé sauta à terre en inspirant profondément. L'odeur nauséabonde était moins forte depuis un moment et un peu de vie apparaissait ici et là.

Les longues colonnes de fumée au loin leur désignaient le chemin à emprunter pour rejoindre la Carrière d'Ipoxy. Ils traversèrent en silence un paysage lunaire où flottait dans l'air une poussière irisée.

Orso cracha devant lui.

– Qu'est-ce que c'est que cette neige ? Ça pique la gorge !

– Elle doit provenir des Carrières. C'est certainement une poussière très précieuse, déclara Aglaé, fascinée, en remontant son col sur son nez et sa bouche.

Ces nuées leur irritaient les yeux et la gorge comme un millier de dards minuscules, et le chemin leur parut interminable. Ils aperçurent enfin une équipe, qui convoyait en ligne des bennes remplies d'outils divers.

Sur les six ou sept personnes qui tiraient des chariots, très peu portaient un masque pour protéger leur visage de la poussière.

Aglaé se rapprocha du groupe et s'adressa à l'un des manœuvres :

– Excusez-nous, pourriez-vous nous indiquer le Gîte numéro 9 ?

Celui-ci souleva ses lunettes aux orifices horizontaux qui ne laissaient passer qu'un mince filet de lumière. Aglaé recula, surprise. C'était une femme, sa carrure impressionnante l'avait induite en erreur. D'un simple geste, elle leur désigna un homme qui inspectait les outils au début de la cohorte.

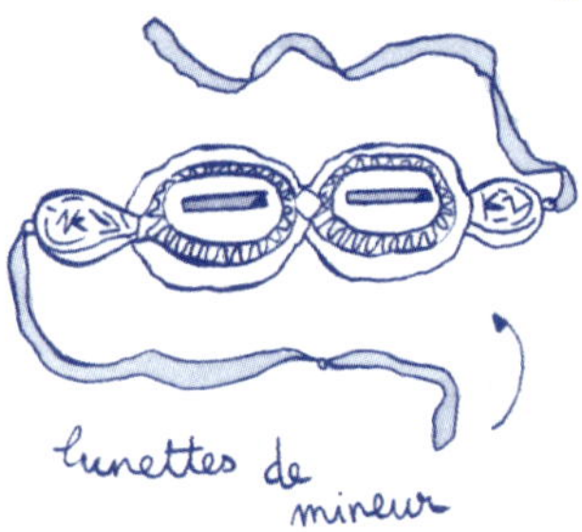

– Pour ça, il faut d'mander au Hibou.

Aglaé se dirigea vers lui. Il portait les mêmes lunettes opaques et une sorte de foulard épais protégeait son nez. Il était, comme les autres, recouvert de poussière mais son attitude générale permettait de distinguer qu'il n'était pas un simple mineur. Il portait sur la cuisse une large bande de tissu blanc où les insignes ducaux étaient reproduits : l'oiseau sacré surmonté de l'*Œil*, symbolisant à la fois la capacité du Duc à tout percevoir ainsi que son esprit visionnaire.

Le Hibou, en pleine observation d'une pioche mécanisée, leur décocha un coup d'œil maussade :

– Qu'est-ce que c'est ? marmonna-t-il.

– Éperviers de la Forteresse, déclara Aglaé, montrant son insigne. Nous nous rendons au Gîte numéro 9.

– Le 9, hein ? Vous allez toujours où il y a du grabuge, mais vous ne venez jamais voir où ça creuse.

La Tique se rapprocha de l'homme et attrapa le revers de son gilet.

– On t'a demandé de nous indiquer le Gîte 9, pas de nous jouer ta petite complainte personnelle.

L'homme repoussa La Tique et se retourna vers Aglaé.

– Ça va ! Pas besoin de sortir les poings, je vous y emmène. De toute façon, c'est sur ma route.

Ils suivirent la cohorte dans le brouillard venteux et s'engagèrent sur une piste qui menait à une palissade s'étendant à perte de vue. Ils entrèrent par un pont de bois qui enjambait une étendue d'eau grise. L'homme fit passer sa cohorte sous la porte cochère et désigna à Aglaé le poste de contrôle, sur le côté. Elle jeta un regard sur le site, on aurait dit une ville en pleine activité : entre les baraquements, les puits d'extraction, et les animaux tirant de lourdes charrettes, tout

était bouillonnant d'animation. Il y avait même un circuit ferré reliant les différents lieux.

Aglaé, distraite, ne put que bredouiller quelques mots lorsqu'on leur demanda leur ordre de mission.

Enfin, un Hibou les mena jusqu'au bureau du Régisseur du Gîte numéro 9.

L'atmosphère dans le petit bureau était viciée par différents effluves. Un parfum écœurant de fumigations surplombait l'ensemble et piquait les narines.

Le Régisseur accueillit les visiteurs avec un sourire crispé.

– Excusez cette odeur. C'est le seul moyen pour purifier un peu l'atmosphère ! se justifia-t-il en mettant un peu d'ordre autour de son bureau. Prenez place. Vraiment, je ne pensais pas qu'une brigade d'Éperviers serait dépêchée pour si peu.

– La Générale en a décidé ainsi, répondit Aglaé.

– Ce qui s'est passé dans ce Gîte arrive souvent. Les esprits s'échauffent, les travailleurs sont plus agressifs quand ils ne font pas leurs quotas. Vous savez, les soulèvements sont fréquents, dans ce type de carrière. Le travail n'est pas facile tous les jours !

Aglaé n'eut pas besoin de concertation avec ses acolytes pour se rendre compte que l'homme n'était pas très à l'aise et qu'il tentait de banaliser les choses de façon évidente.

Elle lança un regard à La Tique qui, debout près de la fenêtre, regardait à l'extérieur et se désintéressait complètement du Régisseur.

– Est-ce que vous pourriez reprendre depuis le début ? demanda Aglaé.

L'homme fouilla dans le désordre des papiers répandus sur son bureau et tira un compte-rendu.

– Alors, tout a commencé il y environ trois mois. Nous avons recruté de nouveaux ouvriers pour le Gîte 9 et certains se sont assez vite montrés, comment dire… dissidents. Critiquant les conditions de travail, ils ont tenté d'occuper le Gîte et de dégrader les installations, ce qui a donné lieu, bien sûr, à une répression réglementaire. C'est ensuite que la situation a quelque peu dégénéré… Le témoignage d'une certaine Maisie fait état d'un groupuscule radical…

– Où est-elle, cette Maisie ? Vous pourriez la faire venir ? l'interrompit Aglaé.

L'homme parut confus. Aglaé vit son teint laiteux s'empourprer.

– Malheureusement, non… Elle a succombé à l'attaque lors de cette fameuse nuit. C'est bien dommage car elle aurait pu nous informer de la piste à suivre pour retrouver ces rebelles.

De plus en plus embarrassé, l'homme se réfugia dans ses chiffres.

– Grâce à nos indicateurs, nos Hiboux ont rapidement été prévenus du début de l'insurrection et il a été facile d'endiguer les premiers mouvements de révolte. Mais un groupe de vingt-cinq individus, hommes et femmes confondus, a tenté de prendre le contrôle du Gite numéro 9, en agressant les Hiboux de carrière. Le bilan fait tout de même état de dix-neuf victimes, treize ouvriers et six Hiboux.

– Dix-neuf victimes ? Il ne s'agit pas d'un si petit incident que cela, répondit Aglaé, sidérée.

– C'est un événement particulièrement meurtrier, je dois le reconnaître ; les pertes pour notre Gîte sont énormes. On peut s'attendre à une réduction de trente-cinq pour cent de Minerai extrait sur cette seule semaine, vous vous rendez compte ? Nous avons bien entendu durci les conditions de travail pour éviter un effet de propagation… Six surveillants de carrière, c'est tragique mais surtout très ennuyeux car cette partie du site tourne à présent au ralenti.

L'homme avait reposé ses papiers et désigna un graphique derrière lui :

– Nous fournissons la Cité selon des flux constants. Notre département s'occupant en partie de l'extraction et de la transformation du Minerai *Fondamental*, nous sommes dans l'obligation de recruter des travailleurs au plus tôt si nous ne voulons pas déstabiliser notre productivité.

– Et où sont les autres rebelles ? demanda Aglaé, peu encline à laisser l'homme se plaindre de sa situation.

– Quels autres ?

– Ceux qui n'ont pas péri pendant l'attaque ? Vous avez évoqué vingt-cinq personnes, il devrait en rester douze ?

– Ah, oui. Ceci est très regrettable. Un groupe armé a effectivement réussi à s'enfuir pendant la nuit et nous n'avons pas encore remis la main dessus. Mais le site dispose d'un service de sécurité qui peut parfaitement faire face à de telles situations. Nous pensons que ces criminels ont dû se réfugier dans les souterrains désaffectés qui ceignent le secteur.

Aglaé fronça un sourcil tandis que La Tique se retournait, daignant enfin s'intéresser à la conversation.

L'homme s'expliqua :

– Il... Il s'agit d'un réseau d'anciens boyaux qui ont été exploités par le passé et qui sont épuisés, au niveau du rendement. C'est un vrai dédale donc il y a de grandes chances pour qu'ils n'en ressortent jamais. Sans carte du réseau, c'est presque impossible de survivre là-dessous, surtout sans eau ni nourriture.

– Qu'est-ce qui vous fait croire qu'ils se sont enfuis par là ? N'y a-t-il pas d'autres moyens de quitter le territoire ?

– Toute la zone environnante est surveillée en continu.

– Pourriez-vous, je vous prie, préparer un dossier avec les fiches de chaque travailleur disparu, le plan des Carrières actuelles et celui des anciens souterrains ?

– Oui… Bien entendu. Mais je me demande… Ne devriez-vous pas avoir pour cela une autorisation d'investigation de la Forteresse ? Je suis désolé, mais les Recrues qui entrent ici doivent être munies d'un pouvoir officiel. En tant que site réglementé, nous devons être vigilants quant à la procédure… vous comprenez ?

La Tique s'approcha et répondit à la place d'Aglaé :

– Vous l'aurez, votre broche. Vous en faites pas.

– Très bien, très bien ! répondit le Régisseur, avec un rire gêné. De mon côté, j'ai beaucoup de travail, donc je vais vous laisser faire un tour sur le site, si vous le désirez ? Vous pouvez jeter un œil au puits d'extraction, aux magasins de stockage, ou même au site des grossistes, vous verrez, c'est passionnant !

– Dans un premier temps, pourrions-nous visiter les baraquements des travailleurs qui se sont soulevés ? demanda Aglaé, interrompant la présentation de l'homme.

– Les baraquements ? Mais je vous en prie. Sachez néanmoins que nous avons déjà relevé toutes les traces qui pouvaient nous aider à suivre une quelconque piste.

– Quelque chose vous aura peut-être échappé ?

– Cela m'étonnerait fort. Je vous appelle un Hibou, il vous montrera ce que vous avez à connaître sur le site.

L'homme sortit du bureau, un sourire toujours aussi crispé sur la figure.

Aglaé se retourna vers son équipe.

– Il cache quelque chose, non ?

La Tique haussa les épaules.

– Il cache surtout qu'il est incapable de gérer convenablement son site. Si le Duc apprend ça, il sera vite remplacé, et à raison.

Aglaé n'était pas convaincue.

– Il a certainement peur de remontrances éventuelles mais il s'agit d'autre chose.

Daguet s'installa sur le bureau avant d'ajouter :

– Par le Duc, quels incompétents ! Comment ont-ils pu se laisser déborder par une poignée d'hommes, armés de pioches et de bâtons ? Il s'agit du poumon du Duché tout de même. Le plus grand site d'extraction du Continent !

Orso toussa un peu et fit remarquer :

– Enfin, le poumon, il faut le dire vite. Moi, je ne vois pas pourquoi on devrait les aider à régler leur histoire de mineurs en fuite. Ce n'est pas le problème de la Forteresse, après tout.

– Je ne suis pas d'accord ! continua Daguet. Il n'y a pas que les Pierres et les Métaux précieux qui sont extraits ici. Les combustibles qui fournissent l'énergie nécessaire au Grand-Duché sont aussi prélevés sur ce site. En nuisant à la Carrière, ces rebelles qui se cachent dans les souterrains nuisent au Duc et, par extension, nous nuisent personnellement. Voilà pourquoi, ils méritent d'être rattrapés et punis !

Aglaé ne répondit pas. Lorsque Daguet était lancé sur la puissance d'Hextre, elle préférait le laisser parler. Elle aussi croyait à la légitimité du système. Du plus loin qu'elle se souvenait, elle avait intégré cette idée : il fallait protéger le Duché comme celui-ci les protégeait.

Car si sa puissance s'amenuisait, il y avait *l'autre* menace, celle qu'il était impossible d'ignorer : le mystérieux Pays Sinistre. On disait que celui-ci était si gigantesque qu'il était impossible de le parcourir entièrement sur l'espace d'une vie.

Elle aussi avait grandi bercée par ces effrayantes histoires à propos des Sinistres mais aujourd'hui, il lui était difficile de se satisfaire des évidences proférées par Daguet ou La Tique.

Le baraquement des travailleurs était misérable.

Ce qui frappait le visiteur, plus encore que la saleté ou le manque de confort du lieu, c'étaient les gravures et les dessins qui ornaient l'intérieur du bâtiment, formant une fresque étrange et explosive. Pas une partie de la pièce qui n'ait été décorée de messages aussi sibyllins qu'illisibles. Les dessins se répandaient surtout au-dessus des lits, la plupart étaient gravés dans le bois mais d'autres étaient en couleurs ; les pigments provenaient des Minéraux extraits un peu plus loin.

Une dizaine de lits en métal étaient alignés et dans un coin se trouvait une cuisine infestée par la vermine : vide de ses occupants, le baraquement paraissait encore plus désolé.

La fenêtre, petite et poussiéreuse, ne laissait passer qu'un misérable faisceau de lumière qui n'éclairait même pas jusqu'au bout de la pièce. Il ne parut pas si étonnant à Aglaé que des personnes vivant dans ces conditions aient tenté de se révolter. Elle souleva les couvertures miteuses qui traînaient sur les matelas, sans grand espoir de trouver quoi que ce soit. Daguet et Orso se tenaient adossés sur le pas de la porte.

– Qu'est-ce que tu imaginais dénicher, Brindille ? C'est juste un vieux dortoir puant. On devrait leur mettre la main dessus assez vite s'ils sont perdus dans les souterrains. Demande au Régisseur de te donner cinq gars et on les aura ramenés avant ce soir ! lança Daguet.

– Je n'en doute pas, répliqua Aglaé, tandis qu'elle inspectait différents petits objets.

Elle ouvrit une besace qui contenait trois minuscules *Porces*.

Le mince rayon de lumière qui effleurait le mur guida le regard d'Aglaé vers un lit voisin. Elle s'y assit et fit courir par instinct ses doigts sur le bois. Les planches veinées ne faisaient pas exception au reste de la pièce : elles étaient recouvertes de noms et d'inscriptions en tous genres.

Ou encore :

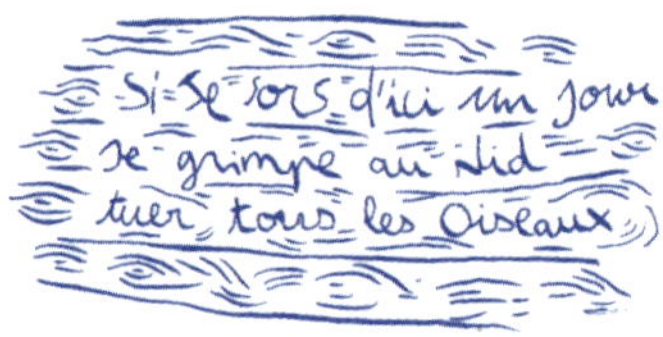

Un relief accrocha légèrement la pulpe de ses doigts. Parmi la multitude de choses gravées, une trace récente offrait des contours plus saillants. Elle se rapprocha tout près, s'agenouillant pour mieux voir. Aglaé eut un léger sursaut lorsqu'elle put enfin déchiffrer les deux prénoms gravés : MAISIE et juste à côté BALTASAR.

Le cœur d'Aglaé fit un bond. Il s'agissait du même prénom que l'auteur du journal. Puis la jeune fille se reprit : Baltasar était un prénom très courant sur l'Archipel.

Il n'était pas très étonnant d'en retrouver au moins un parmi tous les ouvriers qui avaient dû se succéder ici. Aglaé plissa les yeux encore un instant et trouva enfin ce qu'elle cherchait, sans le savoir. Un peu caché, à peine reconnaissable car gravé grossièrement, elle reconnut le symbole du nautile.

C'était bien le même que celui du journal, le même que celui que le pêcheur arborait sur la poitrine. Aglaé voulut prendre note de ce qu'elle avait trouvé. Elle sortit un calepin de sa poche, déchira une feuille et fit une empreinte en frottant doucement un crayon sur le relief. Puis elle remit le tout dans ses poches et se tourna vers Daguet qui bâillait à s'en décrocher la mâchoire.

– J'ai terminé, déclara-t-elle. On peut aller visiter le site.

– Et quand est-ce qu'on se dégourdit un peu les pattes ? lui demanda-t-il avec impatience. On piétine ici !

– Nous devons attendre l'ordre de mandat, répondit Aglaé. Si tu t'ennuies, tu peux toujours aller extraire un peu de Minerai *Fondamental*, ça t'occupera.

La visite du site ne leur apprit rien d'intéressant. Un Hibou leur fit découvrir les différents postes, d'une voix monotone. Les puits d'extraction d'abord, où se tenaient les mineurs en équilibre, à peine harnachés, sur les vertigineuses structures en bois souple qui descendaient profondément dans la terre.

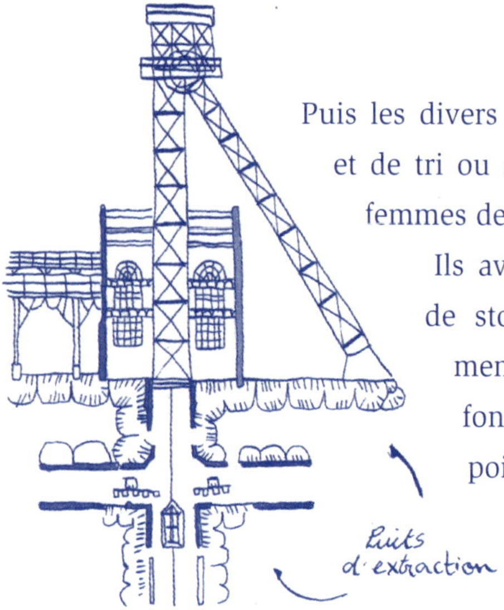

Puis les divers tunnels, les axes de transport et de tri où s'activaient les hommes et les femmes de façon silencieuse et organisée. Ils avaient vu aussi le premier lieu de stockage où les différents fragments de roche étaient triés en fonction de leur qualité et de leur poids. Enfin sur le dernier site, ils avaient visité une grande carrière où les Pierres étaient dégrossies directement.

– La taille des Pierres précieuses a-t-elle lieu ici ? demanda Aglaé.

– Grand-Duc, non ! Les Pierres sont taillées par les Lapidaires du Duché, il n'y a qu'eux qui ont le permis. C'est une fonction extrêmement réglementée, sinon les escroqueries seraient monnaie courante.

Aglaé écoutait les explications du Hibou, mais ces détails l'ennuyaient, tout lui semblait sonner faux. La visite du site, au contraire, passionna Daguet. Il posait mille questions au guide tandis que les trois autres marchaient derrière.

Aglaé interrogea La Tique à voix basse :

– Pourquoi le site est-il si bien entretenu comparé aux baraquements ?

– On s'en fiche de la façon dont vivent quelques travailleurs sans boîtiers, répondit La Tique. La plupart sont sans doute des illégaux en tous genres qui peuvent s'estimer heureux que le Duc leur fournisse une nouvelle chance de servir la Péninsule !

– Une chance… répondit Aglaé, en repensant au taudis qu'ils avaient vu le matin. Je suppose qu'on peut le voir comme ça.

Lorsque la visite se termina enfin, Aglaé n'était toujours pas convaincue. Elle se rendit au pigeonnier du site pour vérifier si un message de la Forteresse leur était parvenu.

En attendant, elle réfléchissait à la manière dont cette nouvelle mission s'entrelaçait avec leur mission initiale : la Voix savait certainement que les choses étaient liées. Mais pourquoi, Grand-Duc, ne pas leur avoir donné ces informations au départ ? Voilà la question qui la taraudait depuis qu'elle avait trouvé le prénom de Baltasar gravé au-dessus du lit.

Le lendemain, Aglaé sortit à l'aube de la pièce qui leur avait été attribuée – à l'évidence, une ancienne remise à outils. Un ramier venait de lui apporter le pouvoir officiel qui leur permettrait d'accéder à tous les dossiers et archives du site ainsi qu'aux plans des réseaux souterrains. Pour autant l'*Autorisation* était accompagnée d'un message dont les ordres étaient toujours aussi sibyllins. Aglaé était à la fois victorieuse et déconfite.

Elle déplia le fin rouleau de papier et relut :

La Générale Caracara,
commandant aux Aucelles de la Forteresse,
vous donne ordre d'intercepter les rebelles
et de rapporter le **Bourgeon** *à la Forteresse.*

Qui était le *Bourgeon* en question ?

Elle se rendit au bureau du Régisseur et déposa sans un mot la pierre bleu nuit qu'elle avait reçue en guise de permis de fouiller.

Celui-ci haussa les épaules et, d'un air pincé, appela un Hibou :

– Emmène-la aux archives et donne-lui ce qu'elle te demandera.

Aglaé suivit son guide dans une salle sombre et désordonnée. Un meuble colossal, constitué d'une multitude d'étroits tiroirs, occupait un mur entier de la pièce.

– Ce sont les fiches d'identité et les Pierres de ceux qui travaillent ici, expliqua le Hibou.

Aglaé se fraya un passage vers les tiroirs, à travers les liasses de papier posées à même le sol.

– Tout est ordonné selon une classification précise, continua le Hibou.

Aglaé était stupéfaite : elle ne pensait pas que le site employait autant de monde.

– Ici, les travailleurs du Continent, ce sont les Pierres les plus précieuses, commenta le Hibou en désignant une partie de la façade, ils travaillent en surface ou bien sur le réseau de transport. Là, ceux de l'Archipel, classés par îles, bien entendu. La plupart travaillent dans les galeries. Et la plus grande partie, ici, sont des travailleurs qui ont reçu une *Indulgence*.

– Et ceux-là ? demanda Aglaé en désignant un grand tiroir posé au sol et duquel débordait une pile de papiers en mauvais état.

Le Hibou s'éclaircit la voix :

– Nous avons ici quelques Sans-Pierres, ceux-là sont en attente d'une décision de la part du Grand-Duc. Nous leur permettons d'avoir une activité en attendant que leur situation soit régularisée. Tenez, celui-là par exemple, c'est le dernier arrivé, expliqua-t-il en désignant un papier chiffonné.

Aglaé prit la feuille et lut à haute voix :

– Raj Malaspina, lut Aglaé à haute voix.

– Un insoumis, lança le Hibou.

– Par hasard, savez-vous ce que représente ceci ? l'interrompit Aglaé.

Elle lui montra le sigle un peu effacé dont elle avait pris l'empreinte. L'homme fronça les sourcils, méfiant.

– Par le Duc, où avez-vous trouvé cela ? Ce genre de blason n'est plus utilisé depuis longtemps. Celui-ci a été classé dans les écussons illégaux.

– Il était gravé dans le baraquement 9, sur un des lits.

– Vous devriez vous en débarrasser. Les murs racontent des vieilles histoires dont il n'est pas toujours bon de tenir compte.

– L'émeute et ce symbole ont-ils un lien à votre avis ? Un témoignage aurait fait état d'un groupuscule radical.

L'homme haussa les épaules.

– Je n'en sais rien. Les révoltes sont fréquentes ici, mais le plus souvent insignifiantes.

– Bien. Je vais m'installer dans un coin pour examiner ces papiers.

Du pied, elle repoussa quelques cartons de papiers pour se faire un peu de place et s'assit en tailleur au milieu de la pièce.

– Comme vous voudrez, répondit l'homme en s'éloignant, si vous avez besoin de moi, je serai au bout du couloir.

En fin d'après-midi, n'ayant rien trouvé de très convaincant dans les fichiers d'identité, Aglaé se lança dans l'étude du plan des réseaux souterrains. Elle avait envoyé Orso et Daguet interroger les autres ouvriers du camp pour avoir la paix. Lorsqu'ils revinrent de leur mission, elle leur annonça qu'ils partiraient en expédition dans les souterrains, le soir même.

– Hein, ce soir ? s'exclama Daguet.

– Daguet, il faudrait savoir ! D'abord, tu dis qu'on piétine et maintenant tu trouves que c'est trop rapide. Ils sont à peine une dizaine et ils ne sont pas armés, je pense qu'on peut s'en charger sans problème.

– La Tique n'est même pas là !

– Mais où est-il encore ?

Elle sortit et appela le jeune homme. Elle le vit émerger du quartier des Hiboux.

– Alors ? lança-t-il. On va enfin les chercher, ces rebelles ?

– On peut savoir ce que tu fabriquais ?

– Nous sommes là pour enquêter, non ? Alors, j'enquête.

Aglaé, agacée par sa nonchalance, se replongea dans l'étude du réseau souterrain.

Quelques heures plus tard, les Éperviers sortirent des baraquements pour se diriger vers l'entrée du puits.

– Et lui, au fait ? On le prévient qu'on descend là-dessous ? demanda Orso, en désignant le bureau du Régisseur.

– On s'en moque de lui, déclara La Tique. Il nous mène en bateau depuis qu'on est arrivés.

Aglaé ne répondit rien.

Pour une fois, elle était d'accord avec lui.

Ils avaient laissé Orso en surface pour surveiller les alentours. Ils n'avaient pas longtemps hésité : Aglaé, elle, se doutait qu'il éviterait de descendre sous terre, s'il le pouvait.

Ils descendirent par un monte-charge jusqu'aux étages inférieurs puis s'engagèrent vers la partie inexploitée de la mine, après avoir montré leur *Autorisation* aux Hiboux de service. Ils marchèrent longtemps dans la pénombre des galeries désaffectées, suivant un moment les rails des anciens wagonnets qui serpentaient dans les tunnels.

(ancien wagon

Très vite, ils perdirent toute notion du temps : le froid et le manque d'oxygène rendaient leur marche harassante. Malgré l'inconfort, il leur fallait se montrer discrets s'ils voulaient surprendre les fuyards. La Tique dressait au-dessus d'eux une simple torche qui les éclairait faiblement tout en offrant aux tunnels une lumière fantasmagorique.

La perte des repères terrestres entraîna, chez Daguet et chez Aglaé, de singulières manifestations. Il leur semblait que des formes étranges surgissaient des parois et se dressaient sur leur chemin. Le silence répercutait leurs respirations d'une manière effrayante, contribuant au malaise général.

Le sentiment d'enfermement s'instillait en eux à mesure qu'ils s'enfonçaient sous terre et Aglaé contrôlait ses émotions avec difficulté. Elle tâcha de reprendre la maîtrise d'elle-même, bien que les tunnels fussent de plus en plus étroits.

Au sol, d'anciens outils abandonnés indiquaient qu'on avait exploré autrefois ces endroits et apportaient une note presque rassurante à l'ensemble. Mais le reste du temps, les gargouillements lointains des sources profondes étaient les seuls signes de vie qui parvenaient jusqu'à eux. Enfin, après plusieurs heures de marche, ils traversèrent une cavité moins boueuse et plus large que les autres et s'y arrêtèrent pour faire une pause.

La Tique inspecta les hauteurs de la salle qui les abritait afin d'être sûr de pouvoir faire un feu sans risquer l'asphyxie. Il redescendit, positif, et s'attela à sa construction. Aglaé remarqua qu'il n'avait pas du tout l'air gêné d'évoluer dans ces grottes et qu'il y paraissait même très à son aise.

La jeune fille s'assit sur un rocher et inspira profondément.

– Vous allez vous habituer, leur dit La Tique, de sa voix rauque. Laissez-vous aller et ne surveillez pas tout le temps vos sensations. Vous réfléchissez trop.

Aglaé ne put réprimer un sourire. Ne pas réfléchir, c'était cela, sans doute, qui aidait La Tique à tenir bon dans ce contexte hostile.

La présence réconfortante du feu permit à Aglaé de se détendre. Elle ferma les yeux, bercée par les bruits étranges qui régnaient sous terre. Les ruissellements, qui laissaient tomber, une à une, de minuscules gouttes d'eau, la ravissaient à présent. Elle avait presque l'impression de flotter et se laissait gagner par le sommeil quand un cri étouffé, s'insinuant dans son esprit, lui fit subitement rouvrir les yeux.

Daguet, livide, était en pleine crise de quelque chose d'impossible à identifier. Il gémissait, tétanisé par terre, les membres raidis, comme tordus par une puissance extérieure. Sa respiration était bloquée.

– Daguet ?

Mais celui-ci n'entendait rien. Il promenait devant son visage ses mains crispées, de façon hagarde.

– La Tique, il y a un problème !

Celui-ci se rapprocha du feu près duquel gisait Daguet et s'agenouilla près de lui.

– Qu'est-ce qui lui arrive ? déclara Aglaé.

Elle n'appréciait pas particulièrement Daguet mais le voir ainsi lui était désagréable.

– Je ne sais pas, répondit la Tique. Peut-être le manque d'oxygène. Ou une crise de panique. Il faut qu'il sorte d'ici rapidement. Je vais le remonter.

– J'arrive, dit Aglaé en se mettant debout.

– Non, c'est stupide, il faudrait tout refaire ensuite en chemin inverse. Le mieux, c'est que tu restes ici et que tu attendes qu'ils finissent par sortir de leur cachette. Ce feu devrait bien attirer au moins un des leurs. Tu peux ajouter ça à griller, ça devrait en intéresser quelques-uns.

Il sortit de son sac un bout de lard qu'il avait dû grappiller dans les cuisines.

Aglaé n'arrivait plus à réfléchir, paniquée par l'état de Daguet. Celui-ci, un peu calmé, se tenait prostré dans un coin, le regard vide.

– Lorsqu'ils viendront vers toi, tu te présentes comme une fugitive toi aussi, une Sans-Pierre, ce que tu veux. Tu les infiltres et tu essaies de les amener à cette sortie, ici.

Il déplia la carte et désigna un étroit boyau au bout duquel on rejoignait l'extérieur. Il déchira cette partie du plan et la tendit à la jeune fille.

– Prends ça, tu leur diras que tu l'as volé à un Hibou. Ils ne te croiront sans doute pas, mais cela n'a pas d'importance. Nous posterons une équipe à la sortie pendant qu'une autre les attaquera à revers.

– Attends, pourquoi est-ce qu'ils me feraient confiance ?

– Pour ça, tu te débrouilles, c'est toi le Brigadier ! Tu as bien réussi à convaincre la Générale, non ? Tout ce que tu as à faire, c'est les amener ici, et on s'occupe du reste.

Aglaé était trop abasourdie pour réagir.

– J'oubliais ! reprit-il. Ce sera moins risqué pour toi si je t'enlève ça.

D'un geste rapide, il décrocha l'*Épervier* de sa blouse. Puis il chargea Daguet, qui paraissait inanimé, sur son dos.

– Je vais remonter par ici, ce sera plus rapide, expliqua La Tique en désignant une voie dans les rochers. Dès que nous retrouverons un niveau d'oxygène suffisant, il devrait aller mieux.

Aglaé acquiesça d'un mouvement de tête et les regarda disparaître dans l'obscurité. La fumée âcre de la viande qui grésillait lui piqua les yeux et elle réalisa qu'elle serait bientôt seule dans ce dédale lugubre.

Néanmoins, l'exemple de Daguet l'avait convaincue. Elle devait résister à tout sentiment de panique. Elle tenta de calmer sa propre sensation d'étouffement et d'oublier la pression qui écrasait sa cage thoracique. Si elle venait à faire une crise comme ce malheureux Daguet, personne ne lui viendrait en aide.

Jusqu'à présent, Aglaé avait épousé cette solitude et cela lui avait convenu de ne compter que sur elle-même. Il lui avait suffi d'œuvrer du mieux qu'elle le pouvait pour ce nouveau clan auquel elle appartenait et auquel elle vouait une loyauté sans faille.

Mais, tandis qu'elle était abandonnée dans ce caveau, il lui sembla que l'univers vacillait autour d'elle : toutes sortes de pensées désordonnées affluaient dans son esprit. L'humidité de la roche, les parois boueuses et rongées de salpêtre se mêlaient aux souvenirs des baraquements infestés de vermine et de moisissures.

Allongée sur le sol rocailleux, il lui sembla être tour à tour brûlante de fièvre puis glacée, et son pouls battait furieusement sous ses paupières fermées.

Elle rouvrit les yeux et aperçut, dans le tumulte des flammes qui dansaient sur la paroi, une silhouette inquiétante se détacher du mur. Orso avait raison, pensait-elle. Ce lieu devait abriter une multitude de créatures infernales et d'esprits malins !

L'ombre filiforme approcha sa tête monstrueuse et ouvrit une bouche démesurément grande, une bouche capable de l'avaler tout entière. Mais Aglaé refusa de lui abandonner la liberté qu'elle avait si durement acquise. Elle envoya un coup de pied furieux dans les braises, tentant désespérément de repousser la créature dans l'obscurité hideuse qui l'avait engendrée.

19
Sol Rude

Arto reposa d'un geste brusque la chope qu'il venait de vider d'un trait.

La boisson le rendait hargneux et irritable : il désirait non seulement remplir son verre mais aussi trouver quelqu'un à défier. Il arpentait la large tente du Doyen, ruminant d'amères pensées contre son précepteur et ce maudit Capitaine. Ils avaient encore eu ensemble un débat pénible.

Depuis que ce dernier était remis sur pied, il n'avait plus qu'une idée en tête. Il voulait faire construire une embarcation qui les ramènerait dans les Palabres le plus rapidement possible. Il avait réussi à convaincre Maître Ulrich ainsi que le Doyen, et la construction du navire avait déjà commencé. Le jeune homme était amer : le Passage Sinistre devait être maintenant tout près mais le

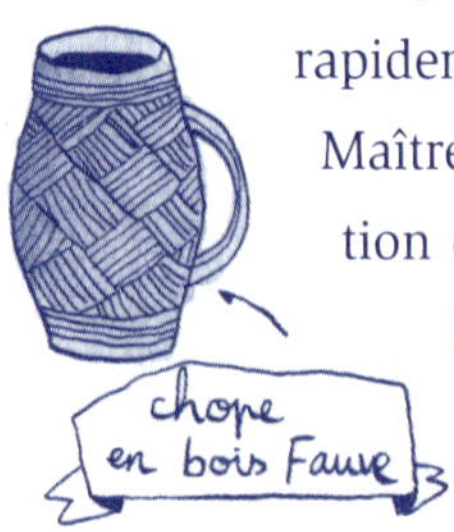

Capitaine refusait catégoriquement de continuer l'expédition. Tout seul, Arto ne réussirait pas à convaincre le Doyen de lancer la construction d'un deuxième navire.

La tribu des Fauves avait commencé la célébration du changement de saison depuis plusieurs jours : les jeunes gens organisaient des sortes de jeux, ou plutôt des mises en scène qui fascinaient les naufragés.

Les femmes et les hommes, séparés, se postaient par bandes de chaque côté du cours d'eau et s'invectivaient à outrance ; la plupart des insultes concernant la force virile des hommes ou la stérilité des femmes.

Le but de ces rituels, avait expliqué le Doyen, était de simuler les disputes et d'exorciser les malheurs qui pourraient advenir aux futurs couples.

– Les jeunes gens s'en amusent beaucoup, avait-il expliqué, et se retrouvent, après la cérémonie, avec encore plus de passion.

En effet, pendant la durée des festivités, les femmes occupaient une large tente à l'autre bout du camp tandis que les hommes se rassemblaient dans celle du Doyen, pleine des effluves de fumée et de cette boisson amère, dont Arto abusait depuis le début de la soirée.

Le jeune homme, ivre, déambulait, à la recherche d'un quelconque adversaire, l'œil mauvais. Il tomba bientôt sur un gaillard robuste, de petite taille, certes, mais bien plus solide que lui, qu'il provoqua, en le bousculant violemment.

Après l'avoir poussé, Arto l'interpella d'une voix rendue traînante par l'alcool :

– Par le Duc, ce ne serait pas toi l'avorton dont se moquaient les femmes, tout à l'heure ?

L'homme, les yeux rougis et vagues d'avoir trop bu lui aussi, repoussa Arto, dont il avait compris l'intention.

– Retrouve tes compatriotes, le naufragé. Laisse-nous accomplir *Vada* entre nous, lui déclara-t-il dans une langue d'Hextre approximative.

Mais Arto se rapprocha et le bouscula de nouveau, renversant le contenu de son verre au visage du jeune homme.

Le coup partit immédiatement : Arto crut que toute sa mâchoire s'était décrochée. Son adversaire s'était rué sur lui, tête baissée, le plaquant au sol. Le nez brisé, il saignait déjà beaucoup mais ne se rendait plus compte de rien car l'alcool avait emporté son esprit.

Très vite, les autres s'étaient mis en cercle autour d'eux, certains intervenaient dans l'altercation en distribuant quelques coups de pied. Les deux jeunes garçons se roulaient par terre, et Arto avait clairement le dessous.

Soudain, l'homme se redressa d'un coup en hurlant, abandonnant le combat. Il porta une main à son oreille sanguinolente et s'éloigna en trébuchant.

Arto était retombé au sol, la bouche maculée de sang : le sien, mais surtout celui de l'homme dont il venait de déchiqueter l'oreille avec les dents. Une expression hallucinée flottait sur son visage.

Les hommes crièrent quelque chose d'incompréhensible et se précipitèrent sur lui lorsque la voix du Doyen s'éleva derrière eux :

– Non ! tonna-t-il, accompagnant son entrée d'un violent coup de canne. Vous ne tuerez point un homme le soir de *Vada* !

– Doyen ! Regardez ce qu'il vient de faire à Pirii ! Nous étions là à fumer tranquillement et ce serpent est venu le provoquer, gronda un des hommes.

– Sortons-le de cette tente et achevons-le ! Nous exhiberons ses tripes demain matin en l'honneur de *Vada* ! s'exclama un deuxième.

– C'est un étranger, il ne devrait pas avoir le droit de se mêler au rite, reprit le premier.

Maître Ulrich, qui était entré en même temps que le Doyen, tentait tant bien que mal de soutenir Arto dont la tête bringuebalait d'avant en arrière de façon pathétique. Le jeune homme riait et gémissait tout à la fois.

– C'est hors de question ! répondit le Doyen. Le sang ne coulera pas le soir de *Vada*, quand bien même ce garçon serait fautif. Allez tous accomplir vos ablutions à la rivière. La lune est déjà haute, il est plus que temps de vous préparer pour le départ !

Puis il examina la blessure de Pirii.

– Je suis désolé, Pirii, mais tu ne peux pas accomplir le rituel avec cette blessure à l'oreille. Janus prendra ta place pour cette fois. Quand tu auras lavé cette blessure, je t'appliquerai un onguent pour empêcher le sang de couler.

– Mais, notre Doyen, j'attends d'être *Vada* depuis deux saisons ! Je me suis longuement préparé…

– Ta blessure pourrait s'infecter, ce serait trop dangereux. Qu'importe, il y aura d'autres *Vada*. Et maintenant, dehors, tous. Dehors !

Pirii serra le poing et les hommes sortirent en maugréant ; la plupart titubaient. Maître Ulrich, toujours agenouillé près d'Arto, remercia le Doyen pour son intervention.

– Veuillez excuser son attitude. Il est parfois terrible, mais il peut aussi se montrer un très brave garçon, je vous assure.

– Vous n'avez pas à répondre de ses actes, Ulrich. Je connais la jeunesse, je ne suis pas outré. Mais votre protégé s'est mis à dos des hommes aguerris et s'il continue sur cette voie, j'espère pour lui qu'il sera de taille à les affronter, ajouta le Doyen en secouant la tête. Je ne pourrai pas intervenir à chaque fois.

Ils portèrent tous deux le blessé sur une natte ; le précepteur, qui commençait à retrouver la vue, passa un linge humide sur le visage tuméfié de son élève. Il avait l'œil poché, le nez brisé et la couleur de ses hématomes était déjà impressionnante. Une partie du sang qui avait coulé sur son visage avait séché et il était impossible de l'ôter sans arracher des gémissements douloureux au jeune homme.

Ulrich laissa donc Arto se reposer, les lèvres entrouvertes et les yeux clos.

– Maître, balbutia-t-il, d'une voix faible, je suis désolé. Je… n'ai pas pu… m'en empêcher. C'est arrivé… tout seul. Mais vous savez, cela ne fait pas si mal que ça de mourir !

– Cessez de proférer des bêtises, Arto, et reposez-vous, répondit Maître Ulrich.

Il l'avait installé près du feu qui réchauffait la spacieuse tente du Doyen : avec le début des pluies, les températures avaient chuté de façon significative et le froid se montrait de plus en plus redoutable.

– Grand-Duc ! Je suppose qu'Arto ne s'est pas fait un ami avec ce Pirii, n'est-ce pas ? demanda le vieil homme au Doyen.

– Vous pouvez en être certain. Surtout que Pirii avait été choisi pour être notre *Vada* cette année. Il doit être hors de lui de ne pas pouvoir honorer l'épreuve.

– J'ai entendu. Je me demande ce qu'est cette épreuve. Une sorte de concours ?

– C'est une de nos coutumes les plus anciennes ; celle qui clôture notre cycle des Saisons. Les jeunes gens sont toujours un peu plus agressifs pendant la période de *Vada*. Mais, asseyez-vous, si vous voulez, je vais vous raconter toute l'histoire.

– Avec plaisir.

Maître Ulrich jeta un dernier coup d'œil à la couchette où gisait Arto. Il avisa la respiration lente du jeune homme, en conclut qu'il dormait. Il remonta sur lui une épaisse couverture puis s'installa face aux flammes pour écouter l'histoire du Doyen.

Histoire de Vada

« Cette histoire s'est produite dans des temps très anciens.

À cette époque, sur les terres du Sol Rude comme ailleurs, les bêtes et les humains n'étaient pas séparés de la manière dont ils le sont aujourd'hui. Les Grands Animaux étaient de véritables divinités et vivaient avec les humains, dans une coopération très différente de celle que vous connaissez. Les histoires d'amour entre humains et bêtes n'étaient pas rares.

Un jour, le plus grand de tous les dieux tomba fou amoureux d'une fille du village ; celle-ci, éblouie par sa puissance, lui rendit son amour. De leur union naquit un bébé qu'elle prénomma Vada. Il avait une apparence humaine mais portait une queue touffue et mordorée, comme le pelage d'une bête.

Lorsque le chef du village découvrit l'enfant, il fut pris d'une colère indescriptible. Il avait prévu pour sa fille une alliance avec un clan voisin et l'enfant ruinait tous ses plans. Il bannit la jeune femme dans la forêt et lança son armée de chasseurs à la recherche du dieu en question. Ils le traquèrent longtemps, et après l'avoir trouvé, ils eurent beau l'emprisonner de chaînes et le larder de flèches, ils ne parvinrent jamais à abattre le puissant animal. Celui-ci réussit à s'enfuir et regagna la forêt pour venir, dit-on, en aide à la jeune femme et à son enfant.

Après cet épisode, les humains et les animaux ne retrouvèrent plus jamais l'harmonie dans laquelle ils vivaient autrefois. Les Grands Animaux, offusqués par l'attitude des humains, adoptèrent un nouveau langage afin que ces derniers ne puissent plus les comprendre. La forêt cessa d'offrir aux hommes le gibier habituel et devint à la place un endroit dangereux et inhospitalier.

Depuis, chaque année, le demi-dieu Vada revient au village pour provoquer les humains : en leur faisant revivre cette histoire, il leur rappelle qu'il existe un être commun, un lien spécial avec les animaux dont il est la preuve.

Ainsi, chaque fin de saison, un jeune garçon ou une jeune fille de la tribu est choisi pour incarner Vada. Celui-ci est traqué dans la forêt pendant toute une journée et une nuit par un groupe d'hommes et de femmes, qui représentent les chasseurs. Vada doit les affronter un par un dans un simulacre de combat, en les maculant d'un mélange de suif et de terre, ce qui leur donne l'apparence de bêtes.

C'est seulement lorsqu'il a réussi à vaincre tous les chasseurs qu'il peut enfin rentrer au village, la tête haute, et réconcilier les humains et les animaux à l'occasion d'une grande fête que nous appelons : le retour de Vada. »

20
Sol Rude

– Vous vous en doutez, Vada sort toujours victorieux de ce rituel, conclut le Doyen.

– Bien entendu, répondit le précepteur.

– Vous êtes certain qu'Arto dort ?

– Le coup qu'il a reçu aurait assommé un élan, donc je présume que oui.

– La traque commencera demain, à l'aube, expliqua le Doyen. D'abord, Vada sera préparé et habillé pour la circonstance, puis celui-ci partira seul dans la forêt. Les chasseurs lui laisseront un peu d'avance mais se lanceront à ses trousses, ensemble. Je vous conseille de dormir si vous voulez assister au départ.

Maître Ulrich s'était levé de son coussin et rapproché de la table du Doyen.

– Puis-je cependant vous demander une dernière chose ? Mes yeux, qui guérissent doucement, ont plusieurs fois remarqué cette carte qui est suspendue ici. Je vous avoue que je me pose quelques questions sur sa provenance.

Le précepteur désignait un fragment d'atlas déchiré, aux couleurs délavées, qui trônait sur la table dans un modeste cadre de bois.

– Vous avez l'œil pour distinguer les choses de valeur, Ulrich. Ceci est en quelque sorte la garantie de notre indépendance.

– Que voulez-vous dire ?

– Vous savez peut-être que, pendant une longue période, le Sol a été sous domination Sinistre. En effet le Pays Sinistre est beaucoup plus proche que vous ne pouvez l'imaginer. Sous l'impulsion de la Famille, les Sinistres ont vidé la forêt de ses prédateurs qui se sont tous réfugiés ici.

– Pourquoi ont-ils fait ça ?

– Ils voulaient rendre la forêt plus accessible, je suppose. Après un terrible conflit, nous avons réussi à arracher cette page à leur célèbre Livre. Depuis ce fait d'armes, nous avons gagné le droit d'être complètement détachés du Pays Sinistre, même s'ils revendiquent toujours un droit sur notre partie de la forêt.

– Qu'est-ce que ce Livre, exactement ?

– L'objet le plus sacré pour les Sinistres, un atlas plus communément appelé la « Grande Carte ». Elle a été dessinée, il y a bien longtemps de cela, par leur célèbre ingénieur, Vittilio. Des milliers d'arpenteurs ont été recrutés par le Pays pour réaliser ce projet colossal. Ils avaient comme mission de recenser le moindre détail géographique afin de dresser un atlas rigoureusement exact de l'intégralité du Monde Habité.

– Donc, cette Grande Carte représente aussi notre Duché ?

– Bien entendu, répondit le Doyen en opinant du chef. Tout y a été étudié, noté et répertorié avec une minutie difficile à concevoir. Ce livre est un objet fabuleux : pour les Sinistres, il incarne véritablement la toute-puissance de leur Pays. Ils le croient investi de pouvoirs bien réels.

– Vous voulez dire… de la magie ?

– Appelez ça comme vous voulez. Nous avons réussi à arracher la carte de notre territoire aux Sinistres et leur croyance en leur Livre est telle qu'ils n'ont jamais tenté de la récupérer, ni d'envahir notre territoire de nouveau.

– C'est une sorte de talisman, si je comprends bien.

– C'est cela, répondit le Doyen en décrochant la carte et en la tendant au vieux précepteur.

Maître Ulrich rapprocha le fragment tout près de ses yeux, encore boursouflés.

– Quelle finesse dans la représentation… Je n'aurais jamais cru les Sinistres capables d'une telle délicatesse !

Le Doyen reprit la carte et la reposa à sa place.

– Pardonnez-moi, Ulrich, mais malgré toute votre éducation, vous, les gens d'Hextre, avez des Sinistres une idée très archaïque. Autrefois, j'ai moi-même été arpenteur dans les Confins et là-bas, tout le monde croyait que les Sinistres n'avaient qu'un seul œil, planté au beau milieu du front !

Ulrich baissa la tête, gêné.

– Oui, je reconnais que c'est encore ce que l'on raconte aux jeunes enfants dans les villages.

– Si ce voyage permet à votre protégé et à vous-même de réviser vos préjugés, il aura déjà beaucoup de mérite.

– Sans nul doute. Mais dites-moi, qu'arriverait-il si quelqu'un tentait de rentrer en possession de votre partie de la carte ? N'êtes-vous pas inquiet de laisser un si précieux document sans protection ? Et si quelqu'un venait à vous le dérober ?

Le Doyen eut un petit rire :

– Personne ne serait assez fou pour cela. Qui voudrait rouvrir les portes de l'enfer, dites-le-moi ? Et puis, ne vous tourmentez pas : nous savons nous défendre.

Le Doyen désigna un lit au précepteur.

– Tâchons à présent de dormir quelques heures, le jour ne tardera pas à se lever…

Pendant qu'ils regagnaient leurs couchettes, Arto était plus éveillé que jamais.

De son œil indemne, il fixait le plafond de la tente, tandis que l'autre, tuméfié, refusait de s'ouvrir. Tout le temps qu'avait duré la discussion avec Maître Ulrich, il avait écouté le Doyen, le cœur battant, craignant que celui-ci n'interrompe son récit. Voici que le vieil homme venait de lui donner le moyen ultime de parachever son expédition. Ainsi, l'objet le plus précieux pour les Sinistres était un simple livre qui détaillait toutes les routes du Monde Habité !

S'il parvenait à le dérober, il pourrait enfin emprunter le Passage Sinistre et accomplir son exploit. Ensuite, il offrirait ce Livre au Grand-Duc, et la réaction des Sinistres serait alors sans appel. Ils déclareraient une guerre immédiate au Duché, mobilisant tous les hommes valides du Continent.

Son esprit s'emballa aussitôt. Ce geste insensé pourrait tout empêcher : le couronnement de son frère ainsi que son odieux mariage.

C'était certainement fou mais pas irréalisable.

Si une quelconque divinité voulait lui enlever Siebel, il faudrait d'abord l'affronter lui, Arto, et pour cela le jeune homme se sentait prêt à lever une armée et à déchaîner l'enfer, s'il le fallait…

21
Belle Maison

Siebel rentra dans sa chambre afin de se reposer un moment avant le dîner officiel.

Elle se sentait fourbue et aurait de loin préféré se jeter sur son lit pour y dormir une nuit et une journée entières d'affilée. En quelques jours, l'Émissaire lui avait montré tant de choses qu'elle avait l'impression d'être arrivée à la Ville-sur-l'Eau depuis déjà plusieurs semaines.

Pour cette grande occasion, on lui avait fait parvenir, par l'intermédiaire d'un jeune messager, une tenue complète qu'elle avait enfilée avec nervosité. Il y avait là un mantelet recouvert de plumes, et une étrange combinaison resserrée sur les chevilles. Le plus curieux était ce masque d'oiseau qui accompagnait la panoplie, et dont elle ne savait pas quoi faire.

Par le Duc, était-il possible qu'un dîner diplomatique se transforme ici en soirée costumée ? Tout cela ne lui paraissait

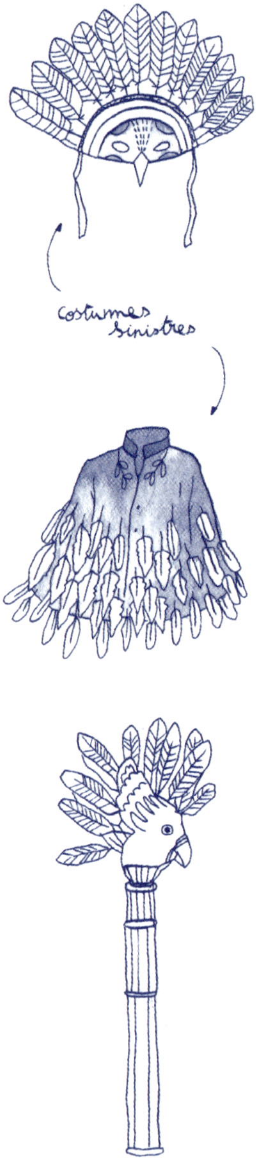

pas très sérieux. Elle s'apprêtait à abandonner le masque sur le lit lorsque Thadée fit son apparition.

Siebel ne put réprimer un cri de surprise. L'Émissaire, d'ordinaire si digne, arborait lui aussi un costume des plus extravagants. Il portait un masque affublé d'un bec démesurément long et d'une très haute canne à pommeau, surmontée d'un bouquet de plumes.

– Thadée ! On dirait… un oiseau de paradis !

– Dépêchons-nous, Siebel, j'ai peur que nous ne soyons en retard ! Où est votre masque ?

Siebel le récupéra prestement et laissa l'Émissaire le lui attacher derrière la tête tandis qu'ils sortaient du pavillon.

La jeune fille était abasourdie : une foule costumée et joyeuse avait envahi les rues et se dirigeait vers la Belle Maison.

– Venez par ici, lança Thadée. Il y a beaucoup de monde. Nous allons prendre une cabine.

Il l'entraîna vers le quartier des Débarcadères où ils ne s'étaient encore jamais rendus. De nombreuses personnes, tout aussi incroyablement vêtues, faisaient la queue devant une série de guérites qui permettaient l'accès à un gigantesque réseau de télécabines. Au-dessus d'eux, l'effet produit était spectaculaire. Des centaines de petites nacelles se balançaient sur un câble, grimpant lentement vers les cimes de la Belle Maison.

Thadée attrapa la main de Siebel et remonta toute la file, sans sourciller. Quelques personnes firent objection mais l'Émissaire, déterminé, ne se retourna même pas. Lorsqu'ils arrivèrent devant le quai, le jeune homme échangea rapidement quelques mots avec le machiniste. Celui-ci les laissa passer et ils prirent place tous deux dans l'un des petits habitacles, sous les murmures réprobateurs de la file d'attente.

La nacelle s'élança vers le ciel avec un mouvement brusque et Siebel ne put s'empêcher de s'accrocher au bras de Thadée.

– C'est impressionnant la première fois, mais sans risque, je vous assure, lui dit-il. Si vous avez peur du vide, ne regardez pas trop en bas.

Par instinct, Siebel jeta pourtant un coup d'œil à ses pieds. La cabine s'élevait rapidement vers les hauteurs et en quelques instants, elle put contempler, le souffle court, le spectacle de la Ville-sur-l'Eau, qui s'étalait comme un tapis en dessous d'eux.

Elle n'eut pas le temps d'admirer bien longtemps le panorama de la cité lacustre car celui-ci disparut soudain dans le voile de brume qui enveloppa la cabine.

– Les cabines restent le chemin le plus rapide pour se rendre directement aux étages élevés de la Belle Maison, expliqua Thadée. C'est un système très ingénieux et très pratique.

La cabine s'immobilisa avec un bruit sec, en se balançant d'avant en arrière. La brume épaisse empêchait Siebel de distinguer le bâtiment, tandis qu'ils traversaient la passerelle qui reliait la Maison aux embarcadères des cabines.

– Voilà donc enfin cette fameuse Maison… souffla-t-elle. Pour ce qui est d'être belle, je ne sais pas encore, mais immense, j'en suis certaine !

– Attention Siebel, ne sous-estimez pas cet endroit, lui chuchota Thadée. C'est bien plus qu'une simple maison, croyez-moi.

– À vous voir, on jurerait qu'elle peut même nous entendre !

Thadée répondit par un signe de tête qui laissait imaginer que ce n'était pas tout à fait faux. La brume se dissipait peu à peu et Siebel réalisa qu'ils se trouvaient

encore plus haut qu'elle ne l'avait imaginé. Une brise souffla et la jeune fille referma sur elle l'épaisse pèlerine surpiquée de plumes.

L'Émissaire se dirigea sans hésiter vers un poste de contrôle. De nombreuses personnes patientaient, tandis que d'autres étaient en pleine discussion avec les sentinelles. Thadée s'interposa et glissa quelques mots à la femme qui surveillait l'accès. Celle-ci leur fit signe d'avancer et ils se retrouvèrent bientôt à l'intérieur.

Ils piétinèrent un moment dans un couloir étroit rempli de monde, débouchant sur une pièce immense, qui laissa Siebel sans voix.

Ce n'était pas tant les proportions du lieu qui saisissaient son attention – bien que celles-ci fussent tout à fait colossales – mais plutôt la façon dont les espaces communiquaient entre eux. Il y en avait des centaines et tous étaient reliés par des escaliers ou des ponts suspendus. Elle se tenait debout sur un véritable plancher de verre à travers lequel on pouvait voir les différents étages en dessous, aménagés de la même manière. La Maison paraissait infinie, quelle que soit la direction dans laquelle on regardait.

Thadée remarqua l'expression stupéfaite sur le visage de la jeune fille et lui fit signe de s'avancer.

– Je vous avais pourtant prévenue, lui dit-il. Ne tardons pas, nous ne sommes pas en avance.

Thadée savait où il allait ; il fendait la foule et marchait à grandes enjambées à travers la Maison. Siebel, qui ne pouvait s'empêcher de regarder partout autour d'elle, avait bien du mal à le suivre et se servait de la canne à plumet de l'Émissaire comme balise.

Un énorme personnage lui barra soudain le passage en la prenant par la main et lui posa une question en Sinistre.

– Excusez-moi, je ne comprends pas, je suis désolée, balbutia-t-elle, embarrassée.

L'homme, avec un large sourire, réitéra sa demande.

Elle regarda autour d'elle : il n'y avait aucune trace de Thadée. Elle tenta de fuir discrètement, en se faufilant entre deux personnes. L'ambiance autour d'elle était hypnotique : de véritables oiseaux au large bec et aux couleurs flamboyantes voletaient à travers la maison et leurs cris rauques se mêlaient à la musique.

Le nez en l'air, elle buta dans l'ossature du corps géant d'une sauterelle ; la femme qui arborait ce costume se retourna vers elle, mécontente. Siebel recula de quelques pas et heurta une imposante sculpture devant laquelle étaient plantés de nombreux bâtonnets incandescents. Le totem représentait une créature mi-homme, mi-animal surprise en pleine attaque.

L'artiste avait sculpté ce monstre de façon saisissante, taillant grossièrement le bois pour en exprimer toute la vitalité, s'attardant néanmoins sur certains détails. Siebel remarqua que le regard était délibérément représenté comme celui d'un humain : l'expressivité de cette sculpture la fascinait.

Thadée la tira soudain de sa rêverie :

– Je vous ai cherchée partout ! s'exclama-t-il.

– Décidément, je vais finir par croire que c'est une manie, répliqua-t-elle.

– Ne vous moquez pas, Siebel, vous pourriez errer très longtemps ici avant de retrouver la sortie.

– Par le Duc, je vous crois sur parole. Dites-moi, Thadée, la Famille organise-t-elle souvent des fêtes de cette envergure ?

– Vous n'y êtes pas, Siebel. Ce soir, c'est juste un petit dîner intime, je vous assure.

– Vous vous moquez !

– Pas du tout. Vous allez voir, nous y sommes presque.

Ils empruntèrent un couloir étroit faiblement éclairé.

Thadée la fit entrer dans une alcôve au plafond bas où se trouvait une cuisine toute simple. Autour d'une longue table de service était installée une dizaine de personnes. L'Émissaire annonça quelque chose depuis le seuil puis se recula, pour laisser Siebel s'avancer.

La jeune fille comprit qu'il s'agissait là de la Famille mais elle était toutefois très étonnée de les trouver dans cette petite pièce tandis que la fête battait son plein ailleurs. Ils étaient attablés de façon détendue : certains se tenaient debout, d'autres s'affairaient aux fourneaux, tout en bavardant. Bien que l'on pût trouver partout dans la maison des buffets garnis de plats gargantuesques, un repas rustique trônait sur la table, servi dans de grands récipients de terre cuite.

Siebel s'en amusa : en Argutie, les membres de la cour ne se seraient jamais abaissés à dîner dans des plats aussi modestes. Les membres de la Famille discutaient avec animation, plaisantaient comme s'ils étaient seuls alors que des centaines de convives festoyaient non loin d'eux.

Siebel n'osa pas les interrompre. Ce fut l'Aga elle-même qui se dirigea vers elle après avoir déposé une large soupière au centre de la table. D'un geste accueillant, elle l'invita à prendre place.

La jeune fille paniqua : où devait-elle s'asseoir ? Quel était le protocole ?

Elle suivit des yeux le geste de l'Aga qui se prolongeait vers la chaise qui présidait l'assemblée. Siebel s'y assit et remarqua avec appréhension que Thadée s'était retiré.

L'Aga prit la parole en premier :

– Bienvenue, ma chère, au nom de notre Famille et du Pays tout entier. Nous sommes ravis de votre présence ici. Peut-être trouverons-nous ensemble une solution au sujet qui nous préoccupe. Mais laissez-moi d'abord vous présenter la Famille.

Siebel n'eut pas le temps de répondre : l'Aga faisait déjà de grands signes, désignant un à un les membres de la Famille.

– Voici devant vous notre Matriarche et notre Patriarche. Ici sont nos Ancêtres et voici les douze enfants de la Famille, qui actuellement compte dix-huit membres. Sans oublier que nous avons partout dans le Pays une multitude de cousins, qui sont une extension de notre Famille.

Chacun lui adressa un signe de tête ou un geste de salut.

Siebel se tourna vers la Matriarche, et déclara le plus poliment possible :

– Douze enfants ! Quelle magnifique famille, madame.

L'Aga eut un petit rire.

– Ne vous inquiétez pas pour notre Matriarche. Il ne s'agit pas d'enfants qu'elle a portés mais d'enfants choisis pour leurs qualités ou l'accomplissement d'un exploit particulier. Voyez, notre plus jeune frère Élias, expliqua-t-elle en désignant un adolescent d'environ quinze ou seize ans. Il a été adopté comme membre de la Famille il y a tout juste quelques semaines. C'est un honneur, pour lui comme pour nous, mais il était libre d'accepter ou non cette proposition.

– Personne ne refuserait un tel honneur, répondit le jeune homme.

– Comment avez-vous été choisi ? demanda Siebel, curieuse.

– J'ai réalisé une grande sculpture en bois de rouge, qui est le bois le plus difficile à travailler, expliqua-t-il.

– La sculpture que j'ai vue dans la grande salle ? Elle est très réussie, répondit Siebel.

– Vous savez, nous pouvons avoir notre propre famille en dehors de celle-ci. Ce n'est pas un vœu monacal ! intervint un jeune homme, au sourire charmeur.

– Je comprends. Même si c'est assez loin de ce que je connais... reconnut Siebel.

La Famille n'était donc pas une famille au sens où Siebel l'imaginait. C'était suffisamment surprenant ainsi.

Mère Aga leva son verre.

– Cela fait bien longtemps qu'un membre du Grand-Duché n'avait pas partagé le repas de la Famille ; aussi, trinquons à ce moment d'exception !

Siebel but une gorgée d'une liqueur dont le goût était très fort. Les parfums capiteux et la fumée renforçaient son léger sentiment d'ivresse.

Elle se laissa aller pour la première fois depuis longtemps. Le jeune homme charmant à côté d'elle n'arrêtait pas de lui poser des questions. Il parlait beaucoup moins bien la langue d'Hextre que l'Aga, et ses imprécisions firent beaucoup rire l'assemblée. Plus la soirée avançait et plus Siebel oubliait les lourds enjeux diplomatiques liés à son arrivée ici. Malgré l'absence de Thadée, son seul repère jusqu'à présent, elle se sentait légère et sereine et goûta les plats avec appétit.

Vers la fin du repas, l'Aga se tourna vers elle et, levant à nouveau son verre, déclara :

– À vous, Siebel, et à notre prochain comptoir – nous l'espérons – sur votre territoire !

Siebel rougit soudain de confusion.

– J'espère de tout cœur que ce projet saura convaincre le Prince Orlan.

– Vous l'y aiderez, nous en sommes convaincus, ajouta l'Aga.

Siebel tâcha de répondre à l'Aga de la façon la plus sincère possible.

– Je ferai mon possible. Mais vous devez savoir que les conditions de mon départ ont été quelque peu… difficiles. Et puis, nous ne sommes pas encore mariés officiellement. Je suis désolée mais mon influence ne sera peut-être pas aussi grande que vous ne l'imaginez.

Au moins ainsi, tout était clair, songeait Siebel, embarrassée. L'Aga traduisit pour les Ancêtres, se rapprocha d'elle et lui prit le poignet délicatement.

– Ne vous inquiétez pas, ma chère. Vous êtes plus importante que vous ne le croyez.

– Que voulez-vous dire ?

L'Aga se rapprocha encore et lui enserra délicatement le poignet.

– Que vous portez la vie. Et pas n'importe laquelle, répondit l'Aga à voix basse. Un enfant princier.

La voix de Siebel se brisa dans sa gorge.

– P… Pardon ?

Elle chercha Thadée des yeux. Elle réalisa que la table entière s'était tue et la regardait. Certains se chuchotaient des choses à l'oreille, un sourire en coin.

– Excusez-moi. Je ne voudrais pas être impolie mais je ne me sens pas très bien.

Rassemblant ses forces, elle se leva, les jambes tremblantes, et sortit précipitamment de la pièce. L'Aga la poursuivit d'une voix enveloppante qui la terrifiait :

– Bien entendu, ma chère, reposez-vous ! Il vous faut beaucoup de repos. Élias vous conduira dans vos nouveaux appartements.

Elle suivit le jeune garçon qui avançait rapidement à travers la Maison. Dans sa hâte, elle croisa Thadée, surpris, qui tenta de la retenir, sans succès.

– Siebel, quelque chose ne va pas ?

Elle ne voulait pas avoir affaire à lui : elle avait le sentiment terrible d'avoir été trahie.

Siebel refusa qu'il l'accompagne et laissa le jeune garçon la guider dans les étages supérieurs de la Maison, qui résonnaient de rires et de musique. Celui-ci lui ouvrit la porte d'un vaste appartement composé de plusieurs espaces distincts, tout à fait dans l'esprit du reste de l'édifice. Mais Siebel n'était pas en état d'admirer les lieux : il lui semblait que sa raison entière vacillait.

Elle s'assit sur le bord du lit : tout son corps tremblait.

Une fois seule, elle s'allongea afin de retrouver une respiration normale tout en éloignant le plus loin possible de son esprit l'idée extravagante qu'elle était enceinte.

La jeune fille passa les deux jours suivants à errer dans la Maison. Ruminant toujours ses pensées, elle avait du mal à rester en place.

Elle dédaigna de s'entretenir avec Thadée, qui frappa plusieurs fois à sa porte. Elle tâcha de découvrir toute seule ce lieu prodigieux, déconcertée par les innombrables coursives et escaliers. Des sentinelles étaient postées à certains croisements mais dans l'ensemble, la Maison était silencieuse et déserte. À sa grande surprise, quelle que soit la direction qu'elle prenait, Siebel était sans cesse ramenée devant la porte de sa chambre, comme si la Maison ne l'autorisait pas à se promener seule.

Agacée, elle abandonna ce projet et, allongée sur son lit, tentait de répondre elle-même à ses questions. Pourquoi l'Aga lui avait-elle annoncé cela avec autant d'assurance ? Comment pouvait-elle le savoir ?

Siebel guettait avec impatience l'arrivée de son cycle, mais il était encore trop tôt. Il était peu probable qu'elle puisse être enceinte après une seule nuit passée avec Orlan même si c'était toutefois possible.

Lorsque Thadée se présenta à sa porte, le lendemain matin, elle n'y tenait plus : trop de questions se bousculaient dans son esprit. Elle ouvrit et, en silence, laissa entrer le jeune homme.

Ils descendirent les quelques marches qui menaient à la terrasse de sa chambre. Celle-ci offrait une vue splendide sur la Ville-sur-l'Eau que Siebel ne se lassait pas de contempler. Siebel ne voulait pas évoquer avec lui la déclaration de l'Aga. Après tout, que savait l'Émissaire ? S'était-il entendu avec Orlan, avant de la faire venir en Pays Sinistre ? La chose était trop odieuse pour qu'elle puisse en parler directement avec lui.

L'homme, embarrassé, commença par s'enquérir de son état :

– Siebel, je me suis beaucoup inquiété. J'ai cru que vous étiez malade. J'allais faire venir un médecin.

– Je me sens très bien, je vous remercie, répondit-elle, le regard toujours plongé dans le panorama qu'offrait la cité lacustre.

– Vous devez savoir, hasarda Thadée, que je ne suis pas au courant de ce qui a été dit pendant votre dîner. Si quelque chose vous a blessée, n'hésitez pas à me le dire.

– Tout s'est très bien passé, je vous assure. J'étais juste fatiguée, cela arrive.

Ils restèrent un moment silencieux puis Siebel fit part de l'impression que lui donnait la Maison.

– L'atmosphère n'est jamais la même ; elle change constamment.

– Cela ne me paraît pas si étrange. Vous êtes arrivée ici très sensibilisée par tout ce qui se passe dans les Palabres. Votre perception de ce lieu a pu en être impactée. Et puis nous avançons dans la saison, le soleil est plus haut dans le ciel, les lumières n'en sont que plus belles et peuvent aussi changer le visage de la Maison.

– Je ne parle pas de lumière, Thadée. Je vous assure, on dirait que de nouveaux endroits apparaissent chaque jour.

L'Émissaire eut un sourire énigmatique.

– Vous avez tenté d'explorer seule la Maison ?

– J'ai essayé. Mais j'ai bien l'impression d'avoir tourné en rond. Comme si « quelque chose » avait empêché que je m'aventure plus loin.

– L'homme qui a conçu cette maison était illustre, expliqua l'Émissaire. Il a réalisé de nombreux autres édifices, tous aussi prodigieux les uns que les autres. C'est une histoire tragique d'ailleurs, car un jour, ce génie a tenté de mettre le feu à son chef-d'œuvre.

– Et qu'est-il arrivé ?

– On l'en a empêché, bien sûr. Il a été soigné après avoir été grièvement brûlé dans l'incident. Malheureusement, il s'est pendu dans sa chambre, quelques jours plus tard.

– Grand-Duc ! Qu'est-ce qui peut pousser un homme à vouloir détruire sa propre création ? Et même à lui sacrifier sa vie ?

– Personne ne le sait, répondit Thadée. C'est une histoire ancienne. C'était un perfectionniste : j'imagine qu'il n'a pas supporté que son œuvre ne soit pas exactement telle qu'il l'imaginait ? En tous les cas, ce qu'il a construit dans le Pays n'a jamais été égalé et beaucoup de ses techniques ne sont plus maîtrisées par les artisans d'aujourd'hui. Le grand principe architectural de son travail repose sur la mobilité. Il y a quantité de passages, de portes dérobées, de murs escamotables dans la Maison ; voilà sans doute pourquoi elle vous paraît si vivante. On pourrait passer une vie entière à explorer ses secrets. Mais tout cela est bien concret, Siebel, je vous assure. Il s'agit de savoir-faire très anciens associés à un esprit visionnaire.

– Je comprends mieux. Et quel était donc ce chef-d'œuvre en question ?

– Peut-être aurez-vous l'occasion de le découvrir un jour ou l'autre, répondit-il. Si vous le souhaitez, aujourd'hui je peux vous conduire aux Jardins Suspendus. C'est un endroit très agréable, vous verrez.

La jeune fille accepta et, quelques instants plus tard, ils parcouraient ensemble les méandres inépuisables de la Belle Maison.

Grâce à un élévateur, ils grimpèrent jusqu'aux étages culminants de la Maison. De là-haut, la vue était à couper le souffle. Les Jardins Suspendus étaient des terrassements aménagés au-dessus du vide, qui abritaient cultures et plantations. Thadée expliqua à Siebel que ces jardins permettraient bientôt à la Maison d'être complètement autonome sur le plan alimentaire.

– Vraiment ? demanda-t-elle, étonnée, en repensant à la foule qui se pressait quelques jours auparavant dans les vastes pièces de la Maison.

– Un système d'irrigation, également signé Vittilio, permet un apport suffisant en eau.

– Ingénieur, architecte… Ce Vittilio était un véritable touche-à-tout.

– Exactement. Un artiste également. C'est aussi l'auteur de notre « Grande Carte ».

– De quoi s'agit-il ? Une carte géographique ?

– Bien plus que cela ! Un véritable atlas de tout le Monde Habité. C'est quelque chose que vous devriez voir un jour, un ouvrage d'une immense beauté !

– J'en serais enchantée.

– Je pourrais peut-être obtenir de l'Aga l'autorisation de vous le montrer, réfléchissait Thadée, à haute voix.

Ils avaient fait halte au milieu d'un véritable arboretum. De nombreuses essences d'arbres, toutes plus exceptionnelles les unes que les autres, y étaient répertoriées.

– Ce sont nos arbres vénérables, expliqua Thadée. Vous avez sans doute déjà remarqué que le bois est un matériau très important chez nous.

L'endroit ravissait Siebel au plus haut point : elle ne se lassait pas de regarder le ciel à travers les frondaisons qui ondoyaient au-dessus d'elle.

Une jeune fille arriva soudain, essoufflée, et s'adressa à Thadée à voix basse en la dévisageant. L'Émissaire se retourna vers Siebel, embarrassé.

– Mère Aga me fait vous demander si vous êtes bien installée et voudrait savoir comment vous vous sentez depuis le dîner.

Siebel s'empourpra.

– Vous pourrez simplement répondre à Mère Aga que je vais très bien, que je doute un peu de ses talents de devineresse et qu'elle s'est trompée, ça arrive à tout le monde !

– Je ne lui dirai pas.

– Dans ce cas, dites-lui juste que je suis bien installée… bien mieux que je ne pouvais l'imaginer.

La jeune fille ajouta autre chose à l'oreille de Thadée et celui-ci se rembrunit d'un seul coup. À son expression, Siebel se douta que quelque chose de sérieux était arrivé.

– Nous devons rentrer, il se fait tard. L'Aga n'aimerait peut-être pas vous savoir ici.

– Pourquoi donc ?

Thadée ne répondit rien et resta silencieux le reste du trajet. Il la raccompagna jusqu'à sa chambre : cette fois-ci encore, le chemin qu'ils empruntèrent pour traverser la Maison lui parut très différent de celui qu'ils avaient pris à l'aller.

– Je vous laisse, Siebel.

– Attendez, Thadée ! Par le Duc, que vous a donc annoncé cette jeune fille ? Il s'est passé quelque chose ?

– Rien qui vous concerne. Ne vous inquiétez pas. Je repasserai vous voir demain matin.

Siebel se demandait quelle mouche avait bien piqué Thadée et se laissa tomber sur le lit. Elle regarda autour d'elle : le sentiment d'une menace l'envahissait, comme si quelqu'un s'apprêtait à lui sauter dessus. Pourtant, rien ne semblait avoir été déplacé, tout était exactement comme elle l'avait laissé quelques heures auparavant.

Se tournant alors vers la terrasse, elle eut un sursaut d'effroi.

Où était le balcon qui prolongeait la fenêtre donnant sur la baie ?

Il n'y avait plus qu'une simple ouverture en ogive, encadrée par de minces colonnades en bois, au lieu de la grande double porte qui, ce matin encore, inondait la pièce de lumière. Elle s'approcha de l'étroite fenêtre et chercha instinctivement à soulever la crémone, ou à saisir une poignée, en vain.

Cette fenêtre-ci ne s'ouvrait même pas.

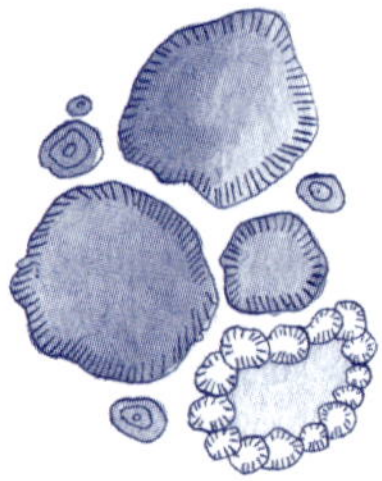

22
Carrières d'Ipoxy

Le jeune homme s'était écarté pour éviter de recevoir le jet de braises rougeoyantes au visage. Il se rapprocha de la jeune fille inconsciente, l'éclairant avec sa faible torche. Alerté par l'odeur de fumée, il était venu vérifier qui avait commis l'imprudence d'allumer un foyer ici.

Lorsqu'il avait découvert cette fille, allongée et fiévreuse, il en était resté perplexe. Elle ne ressemblait pas à une sentinelle ni à un Hibou. Depuis plusieurs jours qu'ils organisaient leur fuite dans ces souterrains, personne encore n'avait réussi à les localiser. Les ordres de Raj avaient pourtant été clairs : aucun feu n'était autorisé dans cette partie du réseau. C'était la plus dangereuse, car leurs poursuivants pouvaient facilement les prendre à revers ; les accès étaient multiples et donc difficiles à surveiller.

En tous les cas, à part son feu, cette fille-là semblait inoffensive et peu renseignée sur le principe de discrétion. L'odeur du morceau de viande qu'elle avait fait griller embaumait la moitié des boyaux du réseau et avait guidé le jeune homme jusqu'à elle.

Il crut un instant qu'elle était morte tant sa respiration était profonde et lente. Il examina son visage affûté constellé de taches de rousseur, ses sourcils épais, ses lèvres charnues : elle était jeune et ne paraissait pas sous-alimentée. C'était la preuve qu'elle ne travaillait pas à la mine ou alors pas depuis très longtemps. Avait-elle essayé de s'enfuir lors de son transfert ? À ce qu'on disait, certains y arrivaient.

Elle ne portait pas l'uniforme des mineurs ni celui des ouvriers et n'avait rien emporté sur elle. Le jeune homme examina simplement le contenu de ses poches, n'osant pas la fouiller plus intimement. Il savait qu'il devait la conduire auprès de Raj mais en éprouvait une certaine inquiétude. À défaut de pouvoir la porter, il la saisit sous les bras et entreprit de la traîner jusqu'au campement.

Au bout d'un long tunnel, il arriva, haletant, dans une salle plus vaste où sinuait un ruisseau souterrain. Après avoir déposé son fardeau, il but un peu et aspergea doucement le visage de la fille qui ouvrit les yeux comme si elle sortait d'un mauvais rêve.

– Nous arrivons bientôt, lui glissa-t-il. Je te conseille d'être convaincante lorsque tu t'adresseras à Raj, si tu veux revoir la lumière du jour.

Aglaé fronça les sourcils, encore un peu endormie.

Le jeune garçon traversa le ruisseau et lui fit signe de le suivre. Ensuite, ils escaladèrent la paroi de la roche qui était en léger devers. Le jeune homme lui tendit la main pour l'aider à se hisser mais Aglaé grimpa agilement jusqu'à l'amas rocheux qui surplombait les hauteurs de la grotte.

Devant son air surpris, elle expliqua :

– J'ai travaillé sur des bateaux.

C'était assez plausible. Les filles de petite taille faisaient des matelots habiles, surtout lorsqu'il s'agissait de grimper dans les voiles. C'était même assez courant de trouver ce genre d'équipage dans l'Archipel, car les hommes partaient souvent travailler sur le Continent et les navires manquaient de marins.

– Aujourd'hui, il y a même des femmes dans les garnisons de la Forteresse, répondit le garçon, en haussant les épaules.

– C'est bien possible, répliqua-t-elle.

Ils se glissèrent dans une anfractuosité qui se révéla être un étroit passage vers une cavité de belle taille. Un souffle d'air s'y infiltrait depuis les hauteurs et la luminosité y était plus forte qu'ailleurs. Un petit groupe se tenait assis en cercle autour d'un homme d'une quarantaine d'années à l'œil sombre, à l'épaisse tignasse et aux sourcils broussailleux.

Celui-ci se tourna vers eux et adressa aussitôt un regard soupçonneux à Aglaé.

– Qu'est-ce que c'est ?

– L'odeur. C'était elle, répondit le jeune homme. Elle faisait cuire quelque chose du côté des Carrières d'Ipoxy. Elle était inanimée près de son feu quand je l'ai trouvée.

L'homme fut sur Aglaé en trois enjambées et l'attrapa par le collet en la secouant.

– Qui es-tu ? C'est toi qu'ils envoient à notre poursuite ?

Aglaé recula d'un pas.

– Je me suis enfuie, répondit la fille. Pas la peine de me secouer comme ça.

– Tiens donc, enfuie ! Et comment ? Nous avons dû abattre six Hiboux pour nous échapper et on ne sait même pas combien des nôtres sont morts. Mais toi, tu t'es évadée du camp toute seule, comme une hirondelle ?

Aglaé tenta de garder son calme. Elle répondit sans se presser :

– Ils ont fait venir une brigade de la Forteresse. Les Hiboux étaient complètement désorganisés. Le Régisseur les a tous rassemblés pour leur parler ; j'ai profité de ce moment d'inattention pour me lancer sur vos traces.

L'homme était méfiant. Il lança à la cantonade :

– Quelqu'un a-t-il déjà vu cette fille au camp ?

– Je… Je suis arrivée il y a trois jours seulement. Je fais partie d'un contingent qui a été dépêché pour remplacer les travailleurs manquants.

– Les travailleurs ?

Il tira encore sur son vêtement la soulevant presque du sol.

– Seul un Hibou ou un contremaître parlerait ainsi ! Là-haut, nous sommes des forçats, oui ! Mais à présent, que ça leur plaise ou non, nous sommes libres. Prisonniers des entrailles de la terre, peut-être, mais libres !

Il traîna Aglaé vers le petit groupe d'évadés, blafards et terrorisés.

– Tu penses vraiment qu'il s'agit de travailleurs ? Ils ont été raflés et mis à l'ouvrage forcé, voilà tout.

Le jeune homme intervint :

– Raj, tu m'as dit toi-même que certains sont recrutés de leur plein gré pour obtenir une *Indulgence*.

– Parce qu'ils sont illégaux, parce que leurs Pierres sont irrégulières, qu'est-ce que j'en sais ? C'est rarement un véritable choix !

Il relâcha enfin Aglaé et croisa les bras sur sa poitrine.

– Et d'où vient-elle, alors, cette fugitive ?

– Je suis née sur l'Archipel, répondit Aglaé.

– Quelle île ?

– L'île Grande.

– Tous des vendus, là-bas ! Comment tu t'es retrouvée aux Carrières ?

– Je… J'ai fui mon recrutement, mentit Aglaé. J'ai déserté la garnison qui devait m'emmener à la Forteresse et je me suis cachée sur un bateau pendant plusieurs semaines. Quand on m'a découverte, j'y ai travaillé comme j'ai pu ; je pêchais, je faisais l'ouvrage des matelots. Mais au cours d'un contrôle, j'ai été dénoncée : on m'a dit que je pourrais récupérer une *Indulgence* en travaillant ici une année, et qu'ensuite je pourrais revenir chez moi…

– Bien sûr, se moqua Raj.

Aglaé improvisait, mais elle n'inventait pas complètement : en vérité, elle racontait l'histoire de son oncle. C'était lui qui avait plongé sa famille dans la ruine où elle se trouvait aujourd'hui. Après sa désertion, la honte avait rejailli sur ses parents et ceux-ci avaient bientôt été désignés comme Déchus. L'oncle en question n'était jamais revenu dans l'Archipel et personne n'avait su s'il était allé, oui ou non, travailler dans les Carrières. La jeune fille poursuivit son récit :

– … Mais quand je suis arrivée sur le site, j'ai tout de suite compris que ce ne serait pas possible. Tout était trop misérable. On m'a raconté votre mutinerie et j'ai appris que vous vous cachiez dans les anciens souterrains. J'ai réussi à échapper à la vigilance des Hiboux et voilà comment je suis arrivée jusqu'ici.

Son récit était simple mais crédible. Rien dans sa voix ne trahissait un doute ou une imprécision : Aglaé mentait avec aisance.

– Une Recrue en fuite, hein ? Et on peut savoir pourquoi tu as quitté ta garnison ? Tu avais peur de te salir ?

– Raj, elle a l'air sincère. Je la crois, moi, l'interrompit le jeune homme qui l'avait ramenée au camp.

Aglaé ne disait rien.

Son regard était fixe et son visage, impassible. Raj partit d'un grand éclat de rire.

– Sincère, rien que ça ! Ce que tu peux être naïf, Baltasar ! Évidemment qu'elle a l'air sincère ! Ça s'appelle mentir : raconter n'importe quoi avec un air innocent. Nous ne pouvons pas accepter n'importe qui, sous prétexte qu'il se réclame de notre cause !

Aglaé leva les sourcils en entendant le prénom du jeune homme : le fameux Baltasar, celui du journal, c'était lui ! Elle le dévisagea un instant. Le jeune homme avait un visage rond, des cheveux noirs et sa peau hâlée contrastait avec le vêtement clair des mineurs qu'il portait encore.

– Si elle fuit la même chose que nous, je ne vois pas pourquoi on ne l'accepterait pas.

Raj cracha au sol.

– Dans ce cas, c'est toi qui en répondras. Si tu veux qu'elle ait sa place dans le groupe, tu en assumes la responsabilité. Je veux que tu l'aies sous les yeux à chaque instant. De mon côté, si jamais je la surprends en train de faire quelque chose de louche, je te promets qu'elle ne ressortira pas vivante de ces souterrains !

Le jeune homme soupira, n'osant visiblement pas contredire leur leader.

– Viens, dit Baltasar à Aglaé, l'éloignant de Raj. Je ne sais pas si tu as bien fait de nous suivre dans ces souterrains : regarde-nous, nous ne sommes plus que des ombres !

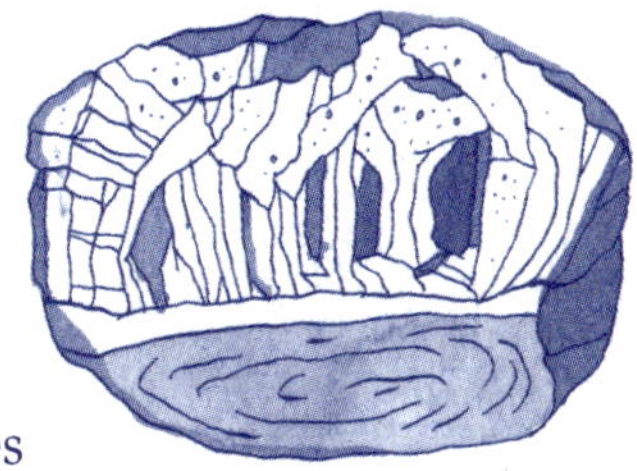

Les Mines du Minerai Fondamental

Il lui expliqua les difficultés qu'ils rencontraient : en quelques jours, les rescapés avaient testé plusieurs chemins qui n'avaient rien donné et Raj était devenu très irritable. Ils n'étaient pas nombreux, et organiser toutes ces recherches prenait du temps. Et le temps n'était pas quelque chose dont ils disposaient en abondance, surtout depuis qu'ils avaient épuisé tous leurs vivres.

Aglaé resta silencieuse. Elle chercha dans son vêtement et tendit le bout de carte déchirée au jeune homme.

– J'ai réussi à subtiliser ceci dans le bureau du Régisseur.

Baltasar la regardait d'un air circonspect en dépliant le plan du réseau. Il le considéra un instant, puis le rangea dans sa poche.

– Merci. Je le transmettrai à Raj et nous aviserons. En attendant, je vais te montrer comment nous nous organisons ici, tu verras, c'est assez simple.

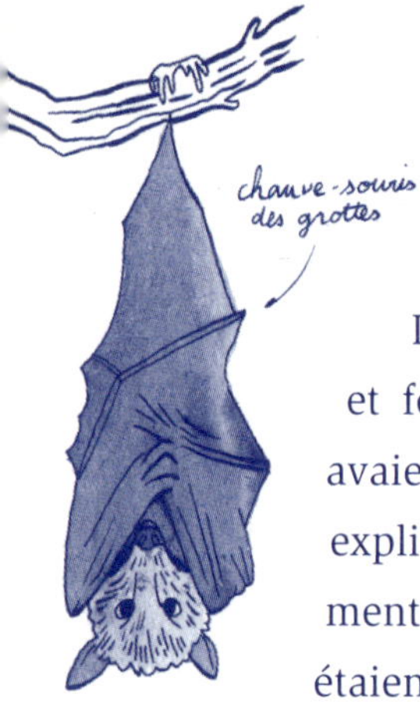

Il la présenta aux autres membres du groupe. Il y avait une dizaine de personnes, hommes et femmes de tous âges, et Aglaé remarqua qu'ils avaient l'air épuisés et en mauvaise santé. Baltasar lui expliqua le fonctionnement général du camp et comment ils partageaient les corvées : certaines personnes étaient dévolues à la chasse aux chauves-souris, d'autres travaillaient à la construction d'un campement sommaire.

Une femme lui donna une première tâche à effectuer et Aglaé s'exécuta. Elle devait ramasser des pierres et les trier par taille : celles qui étaient grosses comme le poing alimentaient une réserve de projectiles, en cas d'attaque, tandis que les plus petites servaient de repères au sol. Apparemment, Raj avait fait en sorte que tout le monde ait un rôle bien précis pour éviter les crises, et tout ce qui pouvait affaiblir la cohésion du groupe.

Un peu plus tard, Aglaé fut interrompue dans sa récolte par Raj qui vint la trouver avec un air courroucé. Derrière lui se tenait Baltasar.

– Un peu trop beau pour être vrai. La fille qui débarque, avec dans sa poche, le plan du labyrinthe ?

– Tu es libre de ne pas me croire.

– Et quelle serait ta proposition ?

Aglaé hésita et lui désigna un long tunnel qui débouchait à l'endroit que lui avait indiqué La Tique.

– Puisque tu as l'air d'avoir de si bonnes idées, voici ce que nous ferons : tu testeras cet itinéraire juste devant nous, avec ton petit fiancé…

– Raj ! s'exclama Baltasar, gêné.

– Baltasar, tu partiras devant avec ta protégée. Le reste du groupe attendra dans ce diverticule ici qui mène aussi à la sortie. Nous attendrons prudemment et si personne n'est en poste de votre côté, vous nous enverrez un signal. Nous saurons que la voie est libre et nous vous rejoindrons par ce passage, ici. Si c'est un piège, Baltasar, tu seras malheureusement le premier à t'en rendre compte, désolé.

Aglaé intervint :

– Je pense que vous devriez nous suivre. Ce passage a l'air escarpé et trop étroit pour y faire passer un groupe avec autant de personnes. Si vous deviez faire face à une attaque, vous risqueriez un mouvement de panique qui pourrait coûter la vie à beaucoup de monde.

Mais Raj ne l'écoutait plus.

– Savez-vous, mes amis, lança-t-il au groupe, que les meilleurs châteaux peuvent être défendus par une poignée d'hommes ? Il suffit de les poster aux bons endroits, voilà tout ! Baltasar, prépare-les à partir, nous levons le camp bientôt.

Aglaé s'éloigna mais Raj lui saisit soudain le bras.

– Attends ! De quelle île as-tu dit que tu venais déjà ?

– L'île Grande, répéta Aglaé.

Il dévoila le haut de sa poitrine : une scarification laissait entrevoir le symbole du nautile.

– Sais-tu ce que ce dessin représente ? lui demanda Raj, avec un sourire triomphant.

– Pas vraiment, déclara-t-elle en se rapprochant. On dirait un serpent. Ou un coquillage.

– Ne fais pas l'idiote avec moi. Je veux savoir si tu sais ce qu'il symbolise !

– Je l'ignore.

– Il représente un cartel dont nous faisons tous partie ici. Celui-ci regroupe les Insurgés de l'Archipel qui ont jadis lutté contre l'appropriation de leurs terres par la Péninsule, notamment l'île du Bout, l'île Petite, l'île du Chien, les trois Îlets et les Miettes. Mais à présent, ce mouvement s'étend bien au-delà !

Raj, les yeux brillants, attrapa Baltasar par les épaules et remonta la manche de sa chemise, dévoilant le bras du jeune homme qui arborait la même marque encore rouge et mal cicatrisée.

– Regarde-le, ton fiancé ! C'est un Bien-Né et pourtant, il se retrouve ici, avec nous ! Il a vu de ses yeux notre condition et il prend notre parti. C'est moins courant que tous ces Sans-Pierres qu'on enlève un matin pour les réduire en esclavage, c'est certain ! Toute la côte fait passer le message depuis qu'il est arrivé au camp grâce à nos réseaux clandestins. À l'issue de cette mutinerie, quoi qu'il advienne, c'est toute la Péninsule qui s'enflammera ! Notre réseau s'organise un peu partout et nous reprendrons tôt ou tard notre autonomie, que le Grand-Duc le veuille ou non !

– L'armée ducale vous écrasera. C'est de la folie de vouloir reprendre son indépendance, répondit Aglaé.

– Balivernes. Le Duché n'est pas si puissant que tu le crois.

– Et s'il meurt pendant votre fuite ? dit-elle en désignant Baltasar.

– Qu'importe s'il meurt ou s'il survit. Il est un Bourgeon condamné à fleurir. S'il vit, il sera un symbole et nous aidera à mener la révolte auprès d'autres, en racontant son histoire. S'il meurt, il sera un martyr et tout s'embrasera.

Raj se rapprocha d'Aglaé et déclara avec un sourire :

– Si tu es avec nous, alors tu seras heureuse d'arborer cette marque.

Il désigna une tige de métal avec, au bout, le symbole grossièrement taillé du nautile. Aglaé fit un signe de tête.

– Raj, arrête. Ce n'est pas indispensable ! Et puis, tu as dit que nous étions pressés ! s'interposa Baltasar.

– C'est à elle de choisir, Baltasar ! Alors ? Que décides-tu ?

Aglaé acquiesça lentement de la tête. Elle savait que c'était le seul moyen de convaincre Raj de son implication.

Celui-ci plongea la tige dans une flamme et la laissa chauffer quelques instants.

Aglaé ne tenta pas de se dégager. Raj appliqua la marque sur son avant-bras sans qu'elle laissât même échapper le moindre cri. Une odeur exécrable de chair brûlée flottait dans l'air.

Baltasar la rattrapa avant qu'elle ne s'écroule sur le sol puis l'emmena, titubante, plonger son avant-bras dans l'eau du ruisseau souterrain.

Aglaé dormit deux heures complètes et se réveilla très agitée.

Elle tournait en rond, inspectant les rochers sur les hauteurs, considérant le puits vertigineux qui laissait parfois entrer un rayon de lumière. Était-il possible de ramener ce groupe à la surface sans que les choses dégénèrent ? Elle en doutait un peu, étant donné la détermination de leur chef. Comment La Tique avait-il prévu d'accueillir les mutins ? Selon la procédure, ils devaient être transférés à la Forteresse pour y être jugés. Son avant-bras la lançait horriblement mais elle n'y prêtait pas trop attention car elle savait que le départ était tout proche.

Baltasar s'approcha d'elle, visiblement embarrassé.

– Comment va ton bras ?

– Je ne sens déjà plus rien, répondit-elle.

– Vraiment ? Tu sais, j'ai regardé le plan. Cette ancienne carrière est un vrai gruyère. Il y a énormément d'autres endroits d'où nous pourrions hypothétiquement sortir. Je ne crois pas que le Régisseur dispose de suffisamment d'hommes pour les poster devant chaque orifice. Je me demande si nous ne devrions pas attendre encore un peu.

– Cela fait cinq jours complets que vous vous êtes enfuis. Le temps de soigner les blessés, de s'organiser, le Régisseur risque de lancer une nouvelle équipe à votre recherche. Je pense qu'il est temps pour vous de remonter à la surface.

– Toi aussi. Tu fais partie du groupe à présent !

– Oui... Merci d'avoir pris ma défense, à ce propos.

– C'est tout naturel. Raj est devenu tellement méfiant depuis notre évasion.

– C'est vrai ce qu'il racontait à ton sujet ?

– C'est à peu près la vérité, oui.

– Qu'est-il arrivé, exactement ?

– C'est à la fois hors du commun et terriblement ordinaire. Mais assieds-toi, je vais te raconter toute l'histoire.

Histoire de Baltasar

« Je suis, comme l'a dit Raj, un fils de bonne famille, un Bien-Né.

J'ai reçu, il y a environ cinq mois, un *Bourgeon* qui m'invitait à prendre le départ de mon Grand Tour. J'étais fou de joie et j'étais loin d'imaginer que ce voyage me mènerait ici, dans ces souterrains.

Les deux premiers mois, à vrai dire, se sont passés dans la monotonie la plus totale : mes parents m'avaient dressé un itinéraire détaillé, et mon précepteur le suivait scrupuleusement. Nous faisions escale dans les différentes îles, et je retrouvais bien souvent les mêmes Touristes, occupés à leurs sempiternelles activités comme se faire peindre sur le belvédère de l'île du Bout où bien aller se faire admirer au Grand Théâtre.

Pour ma part, je rêvais d'un peu plus d'aventure.

Alors, quand notre bateau s'est approché de la Cité d'Hextre, j'ai cherché à m'enfuir. Je me suis arrangé avec deux matelots qui m'avaient l'air fiables ; je leur ai demandé de m'accompagner à terre et de me laisser deux jours et deux nuits dans la Cité.

La première journée, tout s'est bien passé : j'ai rencontré une joyeuse bande dans un estaminet et nous avons bu ensemble une bonne partie de la soirée. La deuxième nuit, la même bande m'a emmené dans le quartier des Perles ; ils insistaient pour que je paye une femme pour… enfin, tu comprends.

Mais, je dois dire que ce quartier ne m'a pas du tout fait bonne impression. Très vite, j'ai voulu en sortir et je les ai abandonnés là-bas, ivres morts. Hélas, moi-même, j'étais dans un état si catastrophique que je me suis égaré. Mais aussi, Grand-Duc, que cette ville est compliquée !

J'ai emprunté une ruelle que j'aurais mieux fait d'éviter et je me suis fait attaquer par-derrière. Après m'avoir assommé, mes agresseurs m'ont flanqué dans une barque, ont quitté la Cité et m'ont vendu comme une vulgaire marchandise à un receleur qui coordonne ce trafic. Je pensais que tout cela était une erreur grossière ; j'ai essayé d'expliquer qu'on m'avait volé ma Pierre, sans succès. J'ai fini par comprendre.

Les malheureux qui sont enlevés, comme moi, sont, en fonction de leur état, répartis dans les Mines et Carrières ou dans les chantiers des Confins. On les transporte par un convoi spécial et ensuite on les met au travail forcé.

À peine débarqué, j'ai rencontré Raj et Maisie qui préparaient en secret une insurrection. Amusés par mon histoire, ils m'ont très vite inclus dans le cartel dont je porte, comme tu as pu le voir, également la marque. Ils ont profité de mon arrivée pour convaincre tous ceux qui n'étaient pas encore prêts à se soulever.

Selon Raj, si le cartel arrive à rendre public, grâce à mon histoire, que ce type d'enlèvement est courant et que les Convers en sont souvent victimes, alors les choses pourront enfin évoluer. Il pense que l'Archipel se soulèvera et les Palabres également.

Je ne sais pas s'il dit vrai mais en tout cas, c'est comme ça qu'il a réussi à faire s'évader le groupe que tu vois ici. »

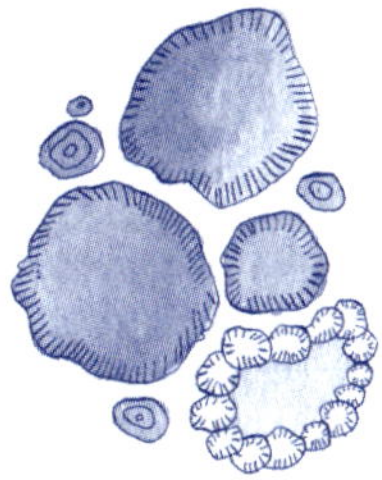

23
Carrières d'Ipoxy

– Je suis désolée pour ce qui t'est arrivé.

– Tu n'as pas à l'être, tu n'y es pour rien. Je crois que nous devrions rejoindre le groupe à présent. Raj va bientôt donner les consignes pour le départ.

Aglaé suivit Baltasar au centre de la grotte où ils étaient tous réunis : les douze survivants, huit hommes et quatre femmes, sans compter Aglaé. Raj leur fit un rapide discours sur la liberté. Le Cartel veillerait sur eux, disait-il, et s'il ne pouvait les libérer, il tâcherait au moins de protéger leur famille.

À côté d'Aglaé, Baltasar était nerveux, elle pouvait percevoir son appréhension. Onze personnes aux visages fatigués se rangèrent derrière Raj pour préparer leur ascension tandis que Baltasar et Aglaé se dirigeaient vers un couloir qui montait en pente douce.

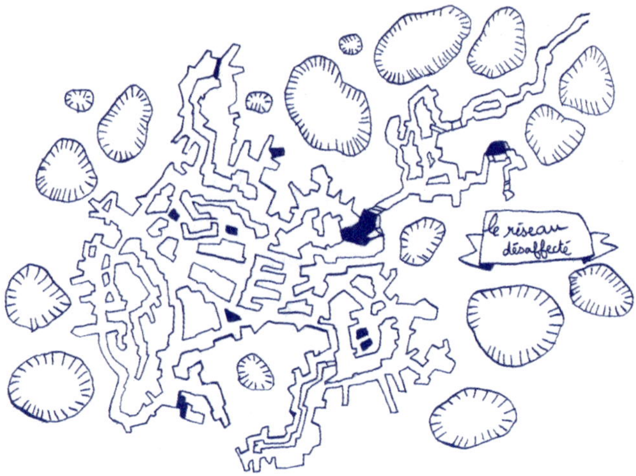

Ils se perdirent rapidement de vue. Aglaé et Baltasar s'enfoncèrent dans une longue et étroite galerie. Il leur fallut s'entraider pour arriver à passer certains goulots complexes. Aglaé était plus à l'aise car elle était petite et menue, mais Baltasar, plus grand, devait se contorsionner pour réussir à passer. Le jeune garçon suivait Aglaé, tantôt debout, tantôt à quatre pattes. Il ne parlait plus et avançait silencieusement, comme hypnotisé par la marche dans cette pénombre. Ils marchèrent longtemps, si bien qu'il perdit la notion du temps.

Arrivés au lieu de rendez-vous, ils s'arrêtèrent enfin.

Une étrange mélopée le sortit peu à peu de l'état de catalepsie dans lequel il était plongé.

– Baltasar, la voie est libre. Je viens d'envoyer le signal à Raj !

Baltasar sursauta, comme s'il sortait d'un mauvais rêve.

La jeune fille jeta au sol la pioche de métal avec laquelle elle venait de frapper sur les concrétions de calcite pour avertir Raj. Elle se demanda où se cachaient La Tique et son escouade. Tout à coup, des bruits d'assaut et des hurlements s'élevèrent à travers les parois, juste au-dessus d'eux. Aglaé s'immobilisa et fit signe à Baltasar de se taire.

Les cris redoublèrent, Aglaé en frémit d'horreur. De toute évidence, La Tique avait rattrapé le groupe par-derrière et lancé contre eux un violent assaut. Par le Duc, leur mission était de ramener les évadés, pas de tuer un groupe entier de sang-froid !

– Qu'est-ce qui se passe, Aglaé ? Il faut leur venir en aide !

– Nous devons sortir, Baltasar. Nous y sommes presque.

Elle lui désigna une fente de lumière, à une centaine de mètres devant eux.

– Non, répondit Baltasar en reculant, je dois aller voir ce qui se passe !

Le jeune homme se dégagea et disparut dans l'obscurité. Aglaé s'élança à sa poursuite mais s'arrêta net : devant elle, illuminée par une torche se dressait une silhouette immense, ruisselante de sueur et de sang. La silhouette poussa un grognement suivi d'un raclement de gorge caractéristique.

– La Tique ?

La main du jeune homme, lestée d'une grosse pierre, retomba lourdement sur le crâne d'Aglaé qui, sans un cri, s'affaissa au sol, inanimée.

Elle se réveilla, allongée dans la boue, sans forces, les cheveux collés par le sang qui s'était écoulé de sa blessure. Dans la galerie attenante, elle entendait le pas des sentinelles et le cliquetis de leurs armes. Combien étaient-ils ? Allaient-ils inspecter toutes les galeries voisines ?

– On en a compté sept, ici ! assena la voix traînante de Daguet. Et trois là-bas !

La voix rauque de La Tique ajouta, avec cynisme :

– C'était facile ; ils étaient à bout de forces. On ne peut pas dire que vous abusez sur la nourriture dans votre camp, chef.

Aglaé reconnut également le Régisseur.

– Ils se sont évadés cinq jours entiers dans des carrières désaffectées ! Je ne vois pas en quoi je devrais me sentir responsable de leur état ! Et je me permets de vous signaler qu'il en manque deux. Nous devons absolument les retrouver ! Et pour votre collègue ?

– On a regardé par là, ne vous inquiétez pas. Un groupe est redescendu de l'autre côté, ils sont faits comme des rats. Et, en ce qui concerne la fille, je me suis assuré qu'elle ne remonte pas.

– Parfait. Je n'ai jamais aimé les femmes soldats et encore moins les fouineuses de son genre. Que direz-vous à la Forteresse ?

– Eh bien, la vérité ! Qu'elle a profité de cette mission pour déserter et s'enrôler chez les mutins. J'ai même vu le symbole illégal tatoué sur sa peau. De toute manière, elle n'aurait jamais pu réapparaître à la Forteresse avec ça sur le bras.

– Quelle horreur ! J'ai tout de suite senti qu'elle était louche. Vous avez bien fait de me prévenir que vous descendiez. Au moins, nous sommes débarrassés de ces agitateurs et ce, sans procès et enquêtes inutiles.

– Vous pouvez rentrer au camp tranquille, chef. Laissez donc un de vos hommes armé surveiller cette issue, on va chercher les deux derniers et on vous les ramène dans moins de deux heures, ajouta La Tique.

Aglaé entendit leurs pas s'enfoncer dans les profondeurs de la grotte.

Elle se redressa, pantelante.

Où avait disparu Baltasar ? Était-il au nombre des victimes ? Elle rampa le long d'un petit couloir et avança jusqu'à une cavité, non loin de la sortie. À cet endroit, un ancien éboulis avait condamné l'accès à différents boyaux et de larges morceaux de roche formaient un empilement vertigineux.

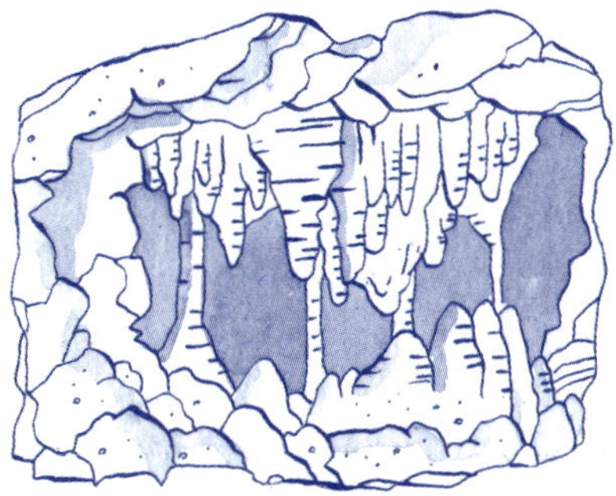

concrétions de calcite

Levant la tête, elle distingua la lumière d'une torche qui brillait faiblement et décida d'escalader la paroi pour en avoir le cœur net. Arrivée en haut, elle trouva Raj et Baltasar, boueux, maculés de sang, qui se terraient tous les deux dans une niche creusée à même la roche.

– Aglaé ! chuchota Baltasar, en se précipitant vers elle. Tu es vivante ! En revenant sur mes pas, j'ai juste eu le temps d'apercevoir ce type recouvert de sang jaillir de la roche et te frapper avec une pierre. J'ai bien cru qu'il t'avait tuée !

– En tout cas, il aura essayé, répondit-elle à mi-voix.

– J'ai réussi à me cacher dans un recoin de la roche et je suis tombé sur Raj, expliqua-t-il en chuchotant. C'est le seul qui ait survécu à l'attaque. Ils sont arrivés par-derrière, si j'ai bien compris, et beaucoup sont tombés ou se sont fait piétiner dans la panique.

Raj leur fit soudain signe de se taire.

Aglaé n'en revenait pas. Elle pensait que La Tique intercepterait le groupe et le ferait arrêter de manière légale. Mais le jeune homme lui avait indiqué cet endroit dans le seul but de pouvoir les attaquer par surprise et de se débarrasser d'elle par-dessus le marché. Il avait certainement anticipé de la faire disparaître depuis le début de leur mission et avait attendu la meilleure occasion pour agir.

Du recoin où ils se tenaient cachés, une dizaine de pas seulement les séparaient de l'extérieur et un halo de lumière les éblouissait, jusqu'à en avoir mal aux yeux. Raj, agité, une blessure à l'épaule, expliqua à Aglaé à voix basse :

– Toi, tu vas nous aider à décamper d'ici. Je t'explique le plan. Tu sors la première et tu te débrouilles avec le type qui nous attend là-haut. Tu n'as qu'à lui faire du charme ou ce que tu veux. Dès que tu as réussi à capter son attention, on intervient. Ensuite, si tout se passe bien, on file tous par la forêt. Compris ?

– Du charme ? demanda Aglaé, dubitative.

– Tu as saisi ce que je voulais dire.

Aglaé secoua la tête.

Elle se glissa dans l'ouverture et sortit, éclaboussée de lumière. Un grand type armé d'une arquebuse pointait son arme vers elle.

Baltasar observa la minuscule silhouette d'Aglaé s'approcher de lui. L'homme, surpris, n'eut pas le temps d'ouvrir la bouche : elle attrapa son arme et l'attira vers elle avec une telle vivacité qu'elle le fit basculer au sol. Une fois l'homme à terre, elle se jeta sur son dos et l'immobilisa en retenant ses bras en arrière et en appuyant fermement sur sa cage thoracique.

Raj se précipita pour l'aider, laissant Baltasar interdit, les bras ballants. Il s'approcha de la sentinelle et l'assomma d'un coup d'arquebuse sur le derrière de la tête, sans sourciller. Puis, attrapant fermement l'épaule de Baltasar, il l'entraîna en avant dans les fourrés.

– Cours sans te retourner ! lui ordonna-t-il.

Aglaé les suivit à travers les buissons. Le relief autour d'eux était accidenté. Les méandres des tunnels les avaient emmenés très loin, dans une zone forestière où de gros morceaux de grès émergeaient des fougères. Ils perdirent de la vitesse sur un chemin escarpé qui serpentait le long de la colline. Ils grimpèrent encore, sans se retourner, s'entraidant lorsque les blocs devenaient trop difficiles pour Baltasar.

Arrivés au bout du pierrier dans lequel ils s'étaient engagés, ils débouchèrent sur une ligne de crête. À bout de souffle, la gorge en feu, Baltasar se laissa tomber à terre, face à la lumière du soir qui se répandait en larges auréoles sur le site en contrebas.

Aglaé scrutait l'horizon.

Elle savait qu'il était risqué de leur fausser compagnie et de tenter de rentrer à la Forteresse. La détermination de La Tique à prendre sa place et ce tatouage qu'elle arborait la plaçaient dans une situation délicate. De l'autre côté, si ces deux Insurgés découvraient son identité, nul doute qu'ils tenteraient, eux aussi, de l'éliminer.

Mais avant tout, elle considérait que sa mission n'était pas terminée. Elle allait surveiller Baltasar et tenter d'en savoir plus sur ce fameux cartel. Combien de membres comportait-il ? Quels étaient leurs objectifs ? Ces informations, si elle les obtenait, seraient de la plus haute importance pour la Voix et supplanteraient aisément les mensonges de La Tique sur sa prétendue désertion. À bien y réfléchir, c'était sa seule option valable.

Tandis qu'elle réfléchissait, Raj, les poings sur les hanches, se tourna vers eux.

– On ne va pas pouvoir faire de pause, Baltasar.

– Vraiment ? répondit le jeune homme, encore essoufflé. Mais, par le Duc, où est-ce qu'on va comme ça ?

– Là-bas, répondit Raj, en désignant la frange bleue qui s'étalait, majestueuse à l'horizon. Après l'océan : nous allons en Pays Sinistre !

Baltasar suffoquait.

– Quoi ? Le Pays… Mais c'est de la folie ! Et elle ?

– Elle fera comme elle voudra ! Après qu'on a tenté de lui fracasser le crâne, j'imagine qu'elle n'a pas tellement envie de retourner au Gîte numéro 9 ?

Il se tourna vers la jeune fille.

– Alors ? Tu viens avec nous ?

Le regard toujours au loin, Aglaé opina de la tête et se remit en marche, sans faire le moindre commentaire. Elle s'avança sur la ligne de crête d'un pas décidé, rapidement suivie par Raj et Baltasar.

Pour le moment, la jeune fille ne voulait plus tenter de répondre aux interrogations qui se bousculaient dans son esprit. Elle voulait simplement faire le vide, emplir ses poumons et continuer d'avancer, droit devant elle.

24
Sol Rude

Arto tendit l'oreille. Il entendait, au loin, l'horrible petite ritournelle.

Le jeune homme se doutait qu'être Vada serait éprouvant mais il n'imaginait pas à quel point il serait difficile pour son corps et son esprit de suivre une telle cadence. Depuis sa fuite insensée du camp des Fauves, il entendait chaque jour cette affreuse litanie. Combien de jours s'étaient écoulés entre-temps ? Il n'aurait pu le dire.

Une éternité de pas, de foulées et de sauts. Une infinité d'écorchures et de courts sommeils entrecoupés de ces affreux réveils trempés de sueur.

Le matin de sa fuite, il avait attendu sagement que tous s'éveillent et que les rituels de la cérémonie commencent. Vada devait d'abord être purifié et son costume de peaux était ensuite cousu directement sur lui ; ces préparatifs lui avaient laissé un peu de temps pour accomplir son forfait.

Il s'était levé en silence, avait sorti la carte de son cadre de bois, puis l'avait roulée sous ses vêtements. Une fois hors de la tente du Doyen, il s'était mis à courir tout droit vers les montagnes.

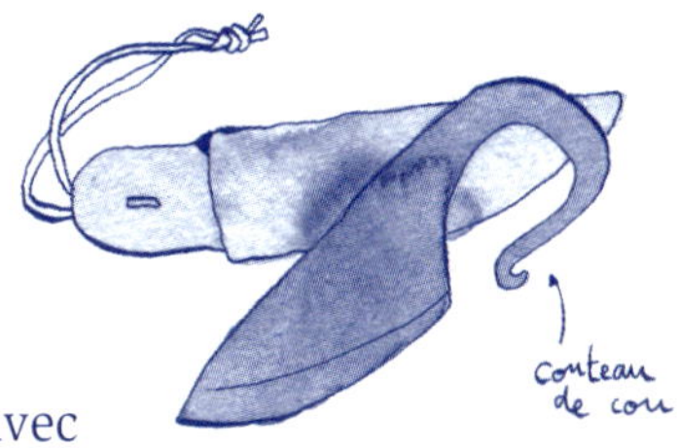

Mais, nom d'une *Porce*, comment avait-il pu oublier d'emporter des provisions ? Il pouvait encore trouver de l'eau en suivant la végétation qui s'étoffait mais qu'imaginait-il chasser avec son petit couteau ridicule ? Malheureusement, ce n'était même plus la peine de regretter quoi que ce soit à présent. La folie de son projet l'avait déjà emmené trop loin et, selon lui, il était trop tard pour un retour en arrière.

Toujours allongé sur sa litière de feuilles, il tentait d'imaginer ce qui avait suivi son évasion. Le Doyen avait dû se rendre compte très vite de la disparition de la carte et l'absence du jeune homme à la cérémonie avait suffi pour faire le lien. Les Fauves avaient sans doute réuni un conseil de défense, le fameux Piiri en tête.

Et voilà comment, en quelques heures, il était devenu Vada.

Pas une doublure de cérémonie dont le costume finirait dans le feu sous les cris de joie de la foule, non ! Lui s'était véritablement métamorphosé en Vada, la divinité en personne, celui qui devait affronter toute la tribu.

Pourtant les Fauves faisaient durer le plaisir : ils devaient être tellement sûrs d'eux qu'ils ne se pressaient même pas. Comme le tonnerre précède la foudre, cette mélodie funeste qui les accompagnait partout le prévenait de leur arrivée.

Pendant la journée, les Fauves se reposaient et il pouvait prendre de l'avance, mais la nuit tout se compliquait. Il n'aurait pas su dire ce qui se passait réellement dans l'obscurité mais il était presque certain d'être traqué par autre chose qu'un groupe d'hommes en colère. Les cavalcades, les rugissements dans le noir étaient ce qui le terrorisait le plus. La nuit, les Fauves avaient une bien meilleure ouïe et un meilleur odorat aussi. Parfois, il avait la sensation qu'ils étaient tout proches, qu'il pouvait presque sentir leurs crocs s'enfoncer dans sa chair.

Il effleura le vélin souple et rugueux de la carte toujours plaquée contre son ventre. Quelquefois il la déroulait et contemplait le dessin fin et délicat, les annotations mystérieuses : il aurait voulu la conserver pour toujours. Et même s'il décidait de leur rendre un jour, concluait-il, cela ne changeait rien. Les Fauves le traqueraient jusqu'à l'épuisement et l'engloutiraient vivant.

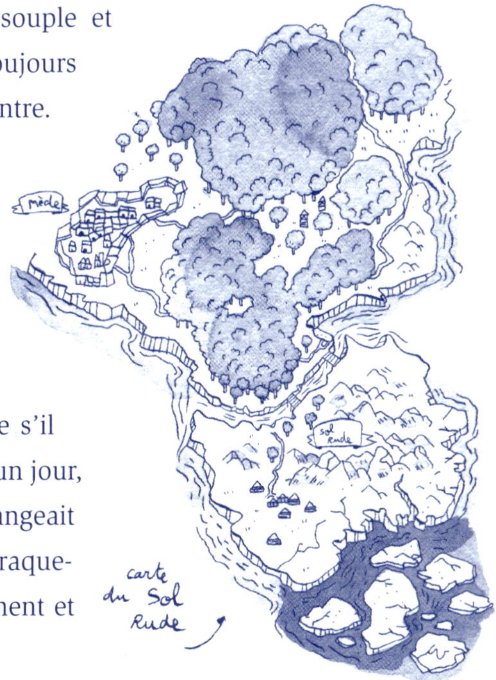

Le jeune homme tenta à nouveau de se situer sur la carte mais, mis à part identifier qu'il avait rejoint une immense zone forestière, il n'avait aucun repère pour s'orienter. Le son plaintif d'un instrument de cuivre entremêlé à un autre, plus aigu, lui fut soudain apporté par une légère brise. Les Fauves se rapprochaient.

Il n'hésita plus.

Il se releva et, à moitié claudiquant, se remit à courir.

25
Belle Maison

Thadée n'était pas venu voir Siebel depuis cinq longues journées.

Lorsqu'il frappa à la porte ce matin-là, elle bondit à sa rencontre. Elle s'était sentie si seule pendant tout ce temps, enfermée dans sa chambre, qu'elle n'osa lui faire de reproche, de peur de le voir s'éloigner à nouveau.

Il était toujours attentionné avec elle mais Siebel le trouvait parfois trop énigmatique pour lui accorder son entière confiance.

– Je vous demande de m'excuser pour mes absences répétées, commença-t-il. Il s'est passé beaucoup de choses depuis notre dernière promenade.

Siebel attendit patiemment qu'il poursuive, brûlant d'en savoir plus.

À cet instant, sa peur de rompre le charme et d'être renvoyée à sa solitude la terrorisait plus que n'importe quelle autre nouvelle.

– Votre futur époux, le Prince Orlan, a ordonné une répression sanglante contre votre peuple. Je suis désolé de vous l'apprendre mais d'après nos informateurs, de très nombreuses victimes sont à déclarer. Il semblerait que la mort du Régent ait précipité ce chaos : le Prince aurait alors lancé ses hommes contre les Convers d'Argutie lors d'une nuit particulièrement funeste.

Siebel était soufflée. Ainsi le Régent était mort et Orlan avait mis à exécution son abominable idée. Il n'y avait donc plus personne à ses côtés pour tempérer sa folie.

Thadée poursuivit, ennuyé à l'évidence de lui apporter d'aussi sombres nouvelles :

– Cette tragédie n'est pas sans effet pour nous. Nous craignons beaucoup de voir l'équilibre des Palabres ainsi perturbé. C'est pourquoi notre pays aussi s'organise.

– Que voulez-vous dire ?

– Eh bien, nous nous tenons prêts, si jamais la situation venait à déborder.

– Je doute qu'un événement si lointain puisse se répercuter jusqu'ici.

– Ce massacre a éveillé un très fort mouvement d'opposition dans les Palabres et les autres provinces, qui attendaient une occasion pour se mobiliser. La Péninsule semble

remédier à ces contestations en durcissant encore davantage ses décisions : la plupart des opposants sont envoyés massivement sur les sites d'extraction ou dans les Confins. Nous pensons que beaucoup de ces opposants risquent de rejoindre nos côtes dans les jours à venir.

– Pourquoi prendraient-ils ce risque ?

– Il faut que vous sachiez qu'un cartel dissident a trouvé refuge dans la Forêt Sinistre, depuis quelque temps déjà. La Famille tolère sa présence, dans une certaine mesure. Mais la situation pourrait nous échapper.

– Qu'envisage l'Aga à leur sujet ? Les chasser du Pays ? Que comptez-vous faire ?

– Eh bien, je dois me rendre de toute urgence sur la Côte Sauvage du Pays qui borde la forêt et je voulais vous l'annoncer moi-même.

– Vous… Vous partez ? Mais pour combien de temps ?

– La route est longue jusqu'à la Forêt Sinistre, je serai absent au moins un mois, peut-être plus. Mais ne vous inquiétez pas, tout ceci ne change rien pour vous.

– Thadée, je vous en conjure, emmenez-moi ! Je pourrais vous être très utile. Je peux vous aider à communiquer avec ces rebelles ! Si j'ai bien compris, ces hommes et ces femmes qui se réfugient dans la forêt sont pour beaucoup des Convers ? En ce cas, je suis plus que légitime pour m'adresser à eux !

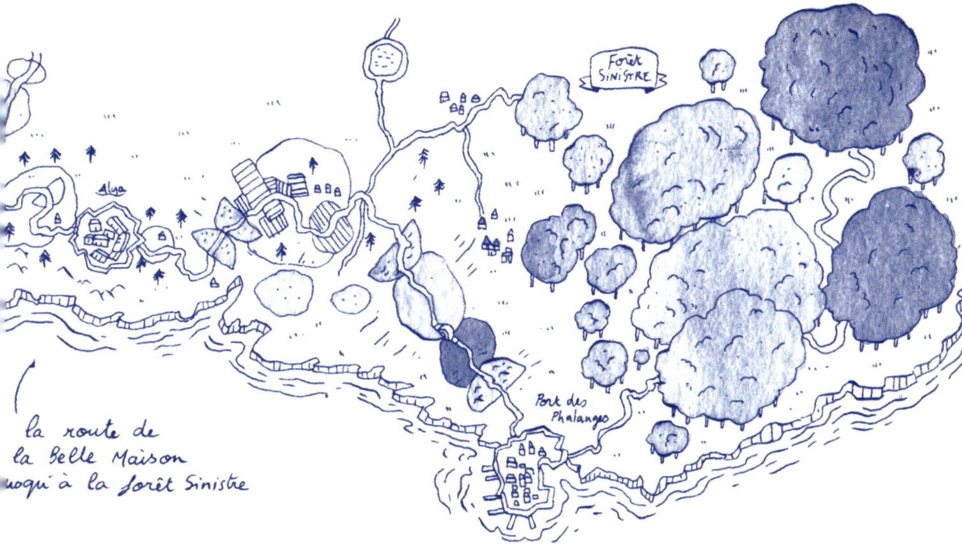

– Je pense que ce sera un voyage risqué et fatigant. Et puis, nous partons avec une patrouille, ce ne sont pas des conditions idéales, surtout dans votre état…

Siebel s'emporta :

– Je vous en prie, oubliez mon « état » et laissez-moi vous accompagner ! Je suis convaincue que c'est la meilleure façon d'aider nos deux puissances. Parlez-en à la Famille, s'il vous plaît ! Si elle a le désir sincère d'améliorer les choses, Mère Aga ne peut refuser cette proposition.

– Je lui soumettrai l'idée mais je ne peux rien garantir. Si jamais elle accepte, vous risquez d'être étroitement surveillée, à la fois pour votre sécurité et la nôtre.

– Je comprends, ça ne me pose aucun problème.

Lorsque Thadée sortit, elle avait la conviction qu'elle partirait très bientôt. La perspective de quitter cette chambre la remplissait d'allégresse. En attendant le retour de l'Émissaire, elle commença à préparer un léger paquetage. C'est là que lui vint l'idée de se travestir. Il serait certainement plus simple de voyager sans révéler qui elle était, ni même qu'elle était une femme !

Cette idée lui parut si brillante qu'elle tenta de la mettre en application immédiatement. La mode Sinistre ne lui imposait pas de se couper les cheveux ; au contraire elle avait remarqué que les hommes avaient tendance à porter les cheveux longs et détachés.

La jeune fille sépara ses cheveux noirs par le milieu, en deux larges bandes puis elle ajouta un fin bandeau de cuir, qu'elle noua très bas sur le front.

Toute la matinée, elle fouilla les placards et les malles et tenta de se confectionner une tenue avec ce qu'elle put trouver. Lorsqu'elle fut habillée, l'image que lui rendit le miroir était très concluante.

À la place de la robe traditionnelle au large col évasé qui mettait en valeur la nuque des femmes, elle portait une veste croisée et une ample jupe plissée, sur un pantalon court. Bien qu'elle se trouvât très changée, elle se demandait si cela suffirait pour la dissimuler au reste de la patrouille.

Lorsque Thadée se présenta à la porte, il laissa s'échapper un petit cri de surprise en l'apercevant.

– Pensez-vous que je ferai illusion ainsi ? demanda Siebel.

– Grand-Duc ! C'est très convaincant.

– Ne vous moquez pas !

Il se rapprocha et inspecta la jeune femme.

– Mais vous devez savoir qu'ici les jupes des hommes sont pliées avec plus de minutie, ce qui leur permet d'abord de monter aisément mais aussi de se fabriquer des poches de toutes les tailles et d'y accrocher leurs armes. Tandis que vous avez emberlificoté ça d'une manière calamiteuse !

– Ah, rougit Siebel, je ne savais pas.

– Je vais vous expliquer comment faire. Vous ne pouvez pas non plus vous déplacer sans un manteau. Nous traverserons des territoires particulièrement venteux et je ne suis pas sûr que vous teniez très longtemps avec une simple veste comme celle-ci.

– Cela signifie-t-il que vous m'emmenez ? demanda Siebel, pleine d'espoir.

– J'ai fait part de votre proposition à Mère Aga. Elle ne s'oppose pas à ce départ à la condition qu'il ne vous arrive rien. Je devrai donc être sur vos talons toute la journée.

– Thadée, ce sera un plaisir ! Quand partons-nous ?

– Demain matin. Je viendrai vous chercher aux premières lueurs, soyez prête.

– Vous pouvez compter sur moi.

26
Océan Tourbe

Aglaé se tournait et se retournait sur elle-même, sans parvenir à trouver le sommeil. Son insomnie était moins due au roulis qu'à la dureté de la banquette et à l'absence de toute couverture.

Depuis leur fuite des Carrières, ils n'avaient pas dormi une seule fois dans des conditions appréciables : ils avaient élu domicile dans de petites grottes ou des cabanes de fortune et s'étaient introduits une fois dans une porcherie – qui s'était révélée de loin leur meilleure option. Ils se terraient ainsi depuis presque sept jours dans la cale du passeur qui devait les conduire au Pays Sinistre.

Dans la petite cité portuaire de Mélas, ils avaient réussi à dérober à un Touriste qui flânait la somme nécessaire à leur traversée : à la surprise de tous, ce larcin s'était révélé être un jeu d'enfant pour Aglaé. Une fois au large, on les avait discrètement fait changer de véhicule : ils étaient descendus de la modeste yole et avaient grimpé dans ce bateau de pêche Sinistre. Mais peut-être le Capitaine avait-il pour eux d'autres projets ? Aglaé n'en revenait pas d'être à bord d'un navire Sinistre, ballottée par les vagues en attendant que ce type inconnu les amène à bon port.

Dire qu'elle pensait encore quelques jours plus tôt que l'Océan Tourbe était infesté de monstres marins et de créatures infernales ! Pour l'instant, ils n'avaient croisé que de gigantesques poissons, lents et doux, qui n'avaient pas l'air particulièrement menaçants. L'homme qui les transportait avait une fausse cale, aménagée sous la première, qui pouvait accueillir une dizaine de passagers, tant qu'ils se tenaient courbés.

Ils n'avaient plus le droit de sortir de cette cachette depuis que la côte avait fait son apparition, même la nuit. Ce confinement durait depuis plus de deux jours et Aglaé supportait mal cette situation, surtout que les discussions avec Raj étaient parfois houleuses. Heureusement, entre eux deux, il y avait Baltasar.

Celui-ci avait constamment besoin d'assistance et Aglaé se plaisait à l'aider à suspendre un hamac ou à soigner une petite écorchure. Elle était amusée de voir qu'un grand gaillard comme lui se retrouve aussi souvent démuni ; le roulis, par exemple, lui était insupportable.

– Au nom du Duc, Raj, gémit-il, est-ce que nous arrivons bientôt ? Je vais finir par me vider de mes entrailles, si nous pourrissons un jour supplémentaire dans cette cale !

– Économise ton énergie, Baltasar, et cesse donc d'invoquer ton Duc à tout instant ! répondit Raj, sévère. Tu n'as pas encore compris où ça t'avait mené jusqu'à présent ?

Baltasar lui répondit par une longue plainte suivie d'un hoquet éloquent. Comme toujours, Aglaé avait tiqué lorsque Raj avait mentionné le Grand-Duc. Il lui était difficile de ne pas rebondir lorsqu'il abordait ce sujet :

– Mais comment peux-tu être certain que le Duc cautionne les exactions commises dans les Carrières ? Après tout, c'est peut-être cet affreux Régisseur qui prend toutes les décisions ?

Raj eut un rire condescendant :

– Ce que tu peux être candide, Aglaé. Autant tu te débrouilles quand il s'agit d'attaquer un homme armé ou de grimper sur des rochers mais pour ce qui est d'avoir le sens des réalités, tu as encore des progrès à faire.

Aglaé détestait le ton supérieur que Raj adoptait lorsqu'il s'adressait à elle. Même s'il lui faisait davantage confiance depuis qu'ils étaient sortis des souterrains, elle avait du mal à ne pas réagir à sa morgue de révolutionnaire endurci.

Il avait beau asséner des vérités, elle ne voyait pas comment il pouvait être informé de ce qui était porté à la connaissance du Grand-Duc ou non.

Baltasar, entre deux plaintes, entra dans la discussion :

– C'est vrai que tous les trafics ne sont pas couverts par la Cité. Les réglementations sont strictes et il se pourrait que le fonctionnement de ce site soit défaillant. Dans mon cas, par exemple…

– Baltasar, interrompit Raj, tu as connu les Hiboux comme moi, non ? Est-ce qu'ils n'arborent pas une Pierre ducale ? En somme, ton cas n'est que la faillite suprême de ce système qui n'est même plus en état de protéger ses membres privilégiés !

Aglaé tenta de changer de sujet avant que la conversation ne s'envenime :

– Raj, demanda-t-elle, à quoi devons-nous nous attendre en abordant clandestinement chez les Sinistres ? J'ai déjà entendu dire que certains quittaient le Continent de cette manière, mais que peut-on espérer là-bas ?

– Tu le découvriras bien assez tôt. Nous avons des alliés de choix. Qu'est-ce que tu crois ? Les choses s'organisent.

À nouveau, Raj baissait la garde devant elle sans savoir qu'elle enregistrait chacune de ces informations et les conservait scrupuleusement dans un coin de son esprit. En revanche, Aglaé était gênée de mentir à Baltasar : il lui était plus facile de broder des détails sur sa vie fictive lorsqu'elle parlait avec Raj.

Son objectif était simple : elle voulait découvrir ce que le fameux Cartel des Sans-Pierres tramait contre le Grand-Duc et en tenir informée la Générale dès que possible. Mais peut-être qu'un rapport de cette ampleur ne pourrait être décrit que devant le Duc lui-même ? Dans tous les cas, si elle voulait des renseignements complets, il lui fallait suivre ses nouveaux compagnons de voyage jusqu'au bout et, surtout, continuer de feindre l'innocence, ce qui n'était pas le plus aisé.

– Au fait, demanda Raj, comment se fait-il que tu saches aussi bien te battre ? Et monter un campement ? C'est un peu étrange pour une fille.

– C'est ta remarque qui est étrange, répondit Aglaé depuis sa couchette. Moi, cela me paraît parfaitement normal. J'ai appris en gardant les troupeaux sur mon île. On part parfois des saisons entières sur les hauteurs et il y a beaucoup de prédateurs, hommes et animaux, qui viennent chaparder les bêtes. Comment crois-tu qu'on se débrouille ? Il faut bien se chauffer, s'abriter et savoir se défendre.

Raj leva un sourcil, perplexe. Baltasar partit d'un grand éclat de rire.

– C'est vrai que ta question est bizarre, Raj. Ce sont des gestes de survie, tout simplement.

– Oui, railla Raj, c'est d'ailleurs pour ça que tu te débrouilles aussi bien dans ce domaine.

Aglaé se mit à rire de bon cœur.

– Moi, c'est différent, protesta Baltasar. J'ai été couvé par ma famille, c'est comme ça dans mon milieu. Ce n'est pas de ma faute si je ne suis pas très autonome. Mais je m'améliore, n'est-ce pas, Aglaé ?

– C'est vrai, tu fais des progrès, concéda-t-elle. Particulièrement en ce qui concerne la résistance au mal de mer.

– Par pitié, ne me parle pas de mer, j'avais oublié où nous étions pendant un instant.

Aglaé allait répondre quand Raj lui fit signe de se taire d'un geste de la main.

Le passeur parlait à quelqu'un, juste au-dessus d'eux, le bateau à l'arrêt.

Pendant un moment, ils n'entendirent plus rien. Puis des bruits de pas arpentant le pont firent grincer les planchers au-dessus d'eux.

– Je crois qu'ils ouvrent les nasses et en vérifient le contenu, chuchota Raj.

Le bruit d'un bâton qu'on cogna plusieurs fois sur le plafond les figea complètement. Pendant un instant, Aglaé eut la conviction que la trappe allait s'ouvrir d'un coup sur une armée de mercenaires. Mais la trappe resta fermée et les sons s'éloignèrent peu à peu. Le bateau se remit

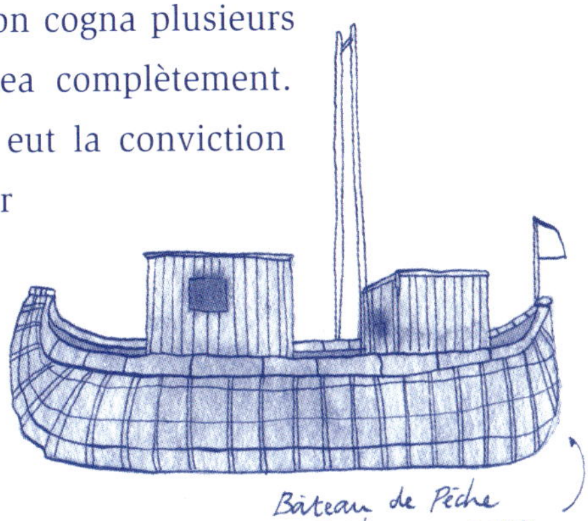

Bâteau de Pêche
Sinistre en roseau

en route et ils surent, à cet instant, que le passeur ne les avait pas vendus.

Raj leur adressa un regard brillant qui signifiait : je vous l'avais bien dit !

Ils se rassirent et attendirent avec impatience que l'homme vînt les voir pour leur donner des détails. Celui-ci ouvrit la trappe quelques instants plus tard et leur déclara avec un fort accent Sinistre :

– La brigade de contrôle nous a donné l'autorisation d'accoster un peu plus haut, sur le port de pêche d'Alya. Je vous conseille d'attendre la nuit pour sortir. Mon rôle s'arrête ici mais si vous vous dirigez vers la forêt, je pense que vous trouverez d'autres fugitifs comme vous.

– Euh… attendez ! appela Raj, avant que celui-ci ne referme la trappe.

– Oui ?

– Merci de ne pas avoir trahi notre présence !

– Pourquoi l'aurais-je fait ? Vous m'avez payé. Et puis, les contrôles sont de moins en moins fréquents. C'est comme si les équipes ne cherchaient plus vraiment, alors le risque est beaucoup moins grand.

L'homme referma la trappe et le petit groupe l'entendit donner ses ordres à son second pour se rapprocher du port.

– Vous croyez qu'il dit la vérité ? Cet homme est un peu étrange, vous ne trouvez pas ? souffla Aglaé.

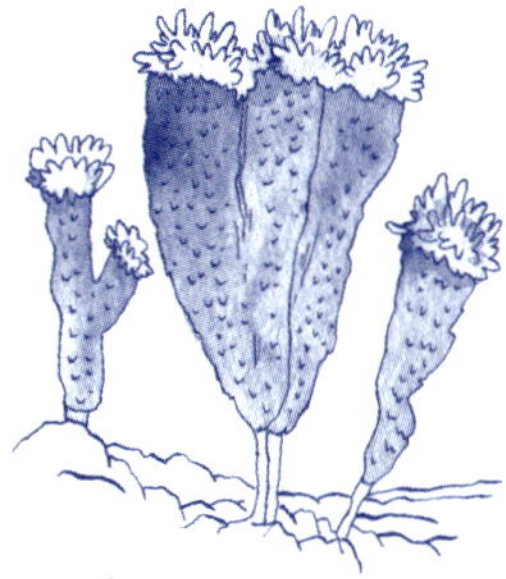

– Pour nous, les dés sont jetés, déclara Raj. Nous attendrons son signal et nous quitterons le port, un par un, pour plus de sécurité. Nous aurons jusqu'au matin pour nous retrouver dans la forêt ; voici votre point de rencontre.

Il sortit de sa poche un dessin sommaire représentant une plante qu'Aglaé n'avait jamais vue de sa vie. Le tronc, fin et recouvert de sortes d'écailles, s'évasait vers le ciel, et les épaisses branches étaient chacune surplombées d'une touffe de végétation.

– C'est un arbre, ça ?

– C'est une essence très rare, oui. Il existe un coin de la Forêt Sinistre qui en abrite toute une bordée : c'est là que nous sommes attendus. À présent je vous conseille de dormir quelques heures ; notre arrivée à terre sera peut-être mouvementée, il est préférable d'emmagasiner des forces.

Aglaé et Baltasar acquiescèrent tous deux avec un soupir et chacun se pelotonna dans son coin, espérant réussir à trouver le sommeil. Bientôt, on n'entendit plus dans la cale que le clapot des vagues contre la coque, tandis que le bateau se rapprochait dangereusement des côtes Sinistres.

FIN DU LIVRE 1

REMERCIEMENTS :

À ceux et celles qui m'ont accompagnée pendant l'écriture de ce roman : Charline, ma fantastique éditrice, mes vaillants colocataires du Cabinet, ma famille et son joyeux soutien ainsi que l'inimitable fanfare TTT.

À Julie pour ses précieux conseils, à Luke pour son enthousiasme.

À la Charte des Auteurs et Illustrateurs Jeunesse ainsi qu'à la Ligue des Auteurs Professionnels pour tout leur travail et leur implication.

À Laurence, Élodie et Caroline pour les refuges et la quiétude.

Ce livre est dédicacé à Merwan et Selma, avec amour.

Extrait du *Grand Tour - Livre 2*

Forêt Sinistre

Le soir enveloppait la Forêt Sinistre d'une lueur étrange et belle, qui détonnait avec la situation d'Arto. C'était la lumière idéale pour une promenade contemplative ou un rendez-vous amoureux, pas pour une chasse à l'homme.

Celui-ci, toujours courant, sortit d'un taillis en bondissant et visa une grosse pierre en contrebas derrière laquelle il comptait se reposer quelques instants. Mais, emporté par son élan, il dégringola au pied d'un large remblai bordé d'arbres gigantesques. Sa chute fut amortie par l'épais humus, et sa réception ne lui parut pas si mauvaise pour un homme dans son état de fatigue.

Il s'approcha d'un Rouge gigantesque et posa la main sur son tronc. Les arbres de la Forêt Sinistre étaient vraiment colossaux, autant du point de vue de leur hauteur que de leur circonférence. Cela faisait bien longtemps qu'on ne trouvait plus de forêts aussi denses sur le Continent, remarqua le jeune homme.

Certes, le climat y était différent de celui d'ici mais c'était surtout l'exploitation du sol et la construction des navires de la flotte commerciale du Grand-Duché qui avaient dévoré la plupart des forêts. Le jeune homme se souvenait d'ailleurs d'une des leçons de Maître Ulrich : c'était le manque de cette ressource qui avait motivé les premières missions d'explorations du Grand-Duc dans les Confins.

Arto se tourna ensuite vers la large et haute pierre : on aurait dit une stèle.

Étant donné sa taille et la façon dont elle paraissait plantée dans le sol, le jeune homme se disait qu'une indication était peut-être gravée dessus. Il s'échina à débarrasser la pierre de la mousse qui la recouvrait lorsqu'une douleur fulgurante le parcourut.

Le sang coula rapidement mais Arto ne comprit pas tout de suite ce qui était arrivé. Il tenta de faire un pas qui lui arracha une grimace de douleur. Le bruit métallique du piège qui s'était refermé sur sa jambe finit par le ramener à la réalité.

Heureusement, sa bottine avait fait écran mais quelques dents du piège s'étaient très profondément enfoncées dans sa cheville, la traversant de part en part et il ne pouvait faire un mouvement sans éprouver une douleur insoutenable. Assis par terre, il tenta de se dégager. Il força la mâchoire de métal mais ne réussit qu'à l'entrouvrir avec peine avant que celle-ci ne se referme sur son pied, dans un claquement sec.

Arto hurla.

La vue brouillée par les larmes et le sang, il essaya de réfléchir à la meilleure façon de se libérer. Il suivit des doigts le fin mécanisme, les dents d'acier retenues pas un bras de métal qui servait de levier. Heureusement pour lui, il fonctionnait avec un ressort et non une clef : cela voulait dire qu'il y avait bien un moyen de le détendre pour pouvoir l'ouvrir. Il avisa un léger fil d'acier qu'il attaqua avec son couteau. Avec un peu d'acharnement, la tige commença bientôt à se rompre, libérant le ressort.

Le piège se rouvrit enfin avec un cliquetis.

Arto dégagea sa jambe inondée de sang et tenta de se faire un pansement avec la tunique qu'il portait. Il en déchira des pans maladroitement et réalisa un bandage sommaire qu'il serra le plus possible : en quelques secondes, le tissu devint écarlate.

Il jugea bon de s'éloigner au plus vite car celui qui avait posé ce piège chercherait tôt ou tard à relever sa prise. Il traîna sa jambe inerte, rampant le plus loin qu'il pût, en soufflant comme un bœuf. La distance qu'il parcourut ainsi lui parut ridicule mais il pouvait difficilement faire plus rapide. Il contourna ainsi la grosse pierre et repéra au dos de celle-ci quelque chose qui attira son attention.

– Grand-Duc ! murmura-t-il.

Il déplia de nouveau la carte, qu'il macula de sang et tenta de retrouver le symbole gravé en forme de feuille de rouge parmi les innombrables signes qui ornaient la carte.

Il le trouva enfin : selon la carte, il était au beau milieu de la forêt, certes, mais néanmoins assez proche d'une rivière qu'il pouvait suivre. Une rivière ! Cette nouvelle lui donna tant d'espoir qu'il en oublia la gravité de sa blessure.

L'odeur du sang attirait déjà quelques insectes qu'il chassa, dégoûté. Il lui fallait rincer sa blessure au plus vite : ces effluves de sang frais risquaient d'attirer les Fauves jusqu'à lui avec une facilité déconcertante.

Il se traîna sur le sol boueux, ramenant sa jambe avec le bras, plus déterminé que jamais à l'idée de trouver ce cours d'eau. La simple pensée d'immerger son corps en entier dans la rivière lui procurait une énergie incommensurable.

Heureusement, les bruits de la forêt qui s'éveillait dissimulaient un peu sa progression.

Il aurait pu s'endormir sur place, le nez dans la terre, tant il était fatigué mais le léger clapotis qu'il percevait lui ordonnait de continuer. Il n'était plus très loin de la rivière, à présent.

Lorsque le Fauve attaqua, Arto fut d'abord surpris de n'avoir rien entendu ; celui-ci s'était déplacé avec la discrétion d'un félin. D'un simple coup de patte, la bête prodigieuse envoya Arto rouler plus loin, comme si le jeune homme n'eut été qu'un simple ballon d'osier. Celui-ci se roula en boule, inspira profondément et attendit le coup de griffe qui ne tarderait pas à s'abattre sur lui.

À suivre…

Cet ouvrage a été achevé d'imprimer par-delà la Mer Espiègle
pour le compte des éditions Thierry Magnier
par l'Imprimerie SEPEC à Péronnas en mars 2021
Dépôt légal : avril 2021
NBJ/38550.01.53781.001
N° d'impression : 12004210204
Imprimé en France

IMPRIM'VERT®